夕照漫笔

资中筠 著

上

壹嘉出版社

夕照漫笔（上）

作　　者／资中筠
出 品 人／刘　雁
封面设计／王　烨
装帧设计／壹嘉出版（美国）
出　　版／壹嘉出版（美国）
　　　　　网址：http://www.1plusbooks.com
印制销售／秀威资讯科技股份有限公司
　　　　　114 台北市内湖区瑞光路 76 巷 69 号 2 楼
　　　　　电话：+886-2-2796-3638
　　　　　传真：+886-2-2796-1377
网络订购／秀威书店：http://store.showwe.tw
　　　　　博客来网络书店：http://www.books.com.tw
　　　　　三民网络书店：http://www.m.sanmin.com.tw
　　　　　读册生活：http://www.taaze.tw

出版日期／2023 年 2 月
ＰＯＤ版／2023 年 6 月　一版
ＩＳＢＮ／978-1-949736-56-4
定　　价／NT 850 元

作者简介

　　资中筠，国际问题及美国研究资深学者，中国社会科学院荣誉学部委员，美国研究所退休研究员、原所长。祖籍湖南耒阳，1930年生于上海，1947年毕业于天津耀华中学，先后在燕京大学、清华大学外文系学习，1951年毕业后，多年从事对外关系工作。1980年代参与创办《美国研究》杂志与中华美国学会，创办中美关系史研究会并任第一、二届会长，主持并参加各种国内外学术活动。1996年从社科院美国所退休后，著述尤丰，除专业国际研究外，旁涉中西历史文化，近年来关注中国现代化问题，撰有大量随笔、杂文。此外，翻译英、法文学著作多种。

编辑说明

　　《夕照漫笔》收入作者 2013 — 2022 年间写作的文章及讲座整理稿、访谈录共约50万字，依内容主旨分为八个小辑，以上下两卷的形式出版。本册为上卷，包括"文化与教育"、"公益与社会改良"、"闲情与杂感"、"访谈录"四辑。每辑中的文章大致按写作年代顺序排列。

目 录

序 言　1

辑一　文化与教育

中文修养是一种文化底蕴　7

再谈学中文　27
　　——澄清一些误解

周有光《我的人生》代序　34

公益与教育　38
　　——在"为中国而教"支教论坛讲话摘录

历届留学生与"报效祖国"　54

生祭《炎黄春秋》　64

知识分子感言　70
　　——写在杨绛先生仙逝之际

从文化制度看当代中国的启蒙　81

坎坷又幸运的创业　91
　　——读《风疾偏爱逆风行》有感

改革开放初期中美学术交流中的轶事　97

为时代立言，为民族精华立传　105
　　——庆贺宗璞九十大寿及《野葫芦引》终卷出版双喜

斯文何以扫地　111
　　——中国知识分子思想改造的特种炼狱

时代与青年　130
　　——在传一沙龙的讲话

哀清华　142

文摘三则　147
　　之一　程朱理学如何成为"杀人"道学？　147
　　之二　百年前如何认识"大国民"？　162
　　之三　当年大学教授是如何维护学府尊严的　167

辑二　公益与社会改良

无心插柳柳成荫　172

美国财富向善历程对中国财富家族的启示　185
　　——在"财富连城"讲座讲话

一家山区幼儿园访问记　200

21世纪的新公益　203

新公益的最新发展　209

新公益与社会改良：新公益如何促成资本主义演变　221
　　——在《中国慈善家》改版专家座谈会上的讲话

倡导公益慈善行动，莫以小人之心度人　229
　　——在传一爱德基金成立会上的发言

捐赠何为　233

辑三 闲情与杂感

我们都是看客 237

皇帝的新衣现代版 239
　　——有感于国际经济危机，风景这边独好戏作

说真话为什么这么难？ 241

奢侈的会诊 248

歌剧《费加罗的婚礼》与美国独立 251

闲话过敏症 255

杀君马者道旁儿 259

什么"文化差异"？ 262

壬寅述怀 264

铁链女与战争 266

辑四 访谈录

我们这一代人对民族怀有很深的感情 270
　　——《中国新闻周刊》采访

一位知识分子的老生常谈 282
　　——《生活月刊》访谈

关于《20世纪的美国》 294
　　——《南方人物周刊》访谈

爱的对立面不是恨，而是冷漠 309
　　——《新京报》书评周刊访谈

关于《蜉蝣天地话沧桑——资中筠九十自述》　320
　　——《跨世纪思想家》封面人物访谈

序 言

自上世纪八十年代以来，我在专业著述之外开始写一些随笔杂文，或长或短，隔几年出一本集子。2011年应广西师大出版社之邀，从三十年来的文字中选了一些自以为有长远价值的，按题材性质分五卷，出了《资中筠自选集》，又称《五卷集》。这套文集获得了一些关注，还得了各种图书奖。随后于2013年又将以后两年来的文字集结出版，题为《老生常谈》。自那以后，时格势禁，没有再出文集。如今应刘雁女士之邀，把2013年以后尚未入集的文字在这里集结出版。这是本人第一次中文著作在外国出版，这本书竟首先在海外与读者见面，是我未料想到的。

本书文章截止于2022年。其中少部分曾发表在国内一些报刊。2015年在朋友建议和帮助下开了微信公号，创作更加随性，读者点击率也日益增加。本书大部分文章是曾在公号上发表的。这个公号共存活三年，正在方兴未艾之时，2017年秋被"永久屏蔽"。但是互联网时代文网再密也有空隙，实际上我并未三缄其口，除撰写文章外，也应邀做讲座或访谈，本书有些是根据录音整理成文字。所以内容驳杂，体例也无一定之规；即兴发言不像写文章，措辞可能不太严谨。不过不论何种形式，都是个人有所思、有所感，经过思考，出自肺腑之言。

专业是研究美国，所以有关国际评论的文章也大多与美国有关。关于把一个国家作为一门社会科学来研究，我在1987年《美国研究》创刊号上已为文阐述一己之见。总之是把美国竖切面、横切面，作为一种文明全面考察，帮助国人增进了解，而不是为政府出谋划策，或为外交建言。当然此宗旨不为主流社科界所接受。只是自己的研究本着这一原则，主要代表性的专著有《二十世纪的美国》和《美国十讲》，以及几本论文集。另外还有一个独特的关注领域，就是百年来美国公益基金会的发展，为此写了专著，第一版题为《散财之道》，以后随着发展不断增订，最后一版题为《财富的责任与资本主义的演变》。因是之故，就这个专题接受了很多采访，应邀做了许多讲座。本文集设"公益"一栏，选入我最近几年的几篇文稿。美国是成熟的公民社会，NGO非常发达，进入后工业时代在这个领域又有所创新，对整个资本主义社会可能产生重大影响，但是受到学界的关注远远不够。希望这一栏目的文章对读者有所帮助。

近年来，美国两党政治分化变本加厉，特别是最近两届大选，不但在有选举权的华裔美国人中争议激烈，而且在中国的知识界也出现热烈的"川粉"现象。本人也曾被要求"表态"。我坚持作为中国人只能隔岸观火，绝不选边站。而且根据自己的研究角度，从来关注点不跟着大选跑，因为我不认为在美国制度下，总统能决定国运。

实际上我真正关注的当然是生于斯、长于斯、终老于斯的本乡本土。借用杨奎松教授一本书的题目：忍不住的关怀。我关心的是民族精神，与研究外国一样，写作是以普通中国人为读者，绝对不作向上建言、献策之举。中国知识分子常有一种"帝师"情节，所谓"处江湖之远而忧其君"，我竭力提倡的是摆脱这种情结而忧其民。本文集中有一篇《国家兴亡，匹夫无责》，诠释顾炎武的名言"天下兴亡匹夫有责"。在广为流传中"天下"常被代以"国家"。其实顾的原意是把"天下"与"国家"分开，明确说"保国者，其君其臣肉食者谋之；保天下者，匹夫之贱与有责焉耳矣"。另外一篇最新写的《国际研究的反思》，最后一段主张学者采取更为超脱、更高瞻远瞩的立场，与政客拉开距离。这是我的一贯治学和发声的态度，但很少为人所理解。

最后摘录《自选集》序言的片段：

（2000年）的集子名《读书人的出世与入世》，原意是想退休后享受"出世"的情趣的。不知怎地忧患意识日甚一日。后一本《斗室中的天下》，扉页上自题："生年不满百，常怀千岁忧"。

……

回顾自己几十年来的文字，既有变化也有一以贯之的不变。第一个不变是对人格独立的珍惜和追求。事有巧合：2010年我发表了《知识分子与道统》一文，其中对中国古今的"颂圣文化"作了比较透彻的分析，文中引了韩愈"臣罪当诛兮天王圣明"之句。如今重读旧文，忽然发现1980年发表的第一篇随笔《无韵之离骚——太史公笔法小议》中正好也提到太史公之可贵处在于没有"臣罪当诛兮天王圣明"那种精神状态，并钦仰其"不阿世、不迎俗，不以成败论英雄，不以荣辱定是非"的写史笔法……现在回忆起来，我那时正处于对一代知识分子的命运抚今思昔、思绪万端的状态。不知怎地常想到司马迁，于是重读《史记》，甚至曾起意要为太史公写一个舞台剧本，连序幕和主要情节都想好了，而且想象中舞台上的太史公是于是之扮演的（！）。后作罢。以我的才力当然是写不成的，结果只写了一篇读后感。为什么想起"臣罪当诛兮天王圣明"这句话呢？大约是为当时各种受迫害的人被"落实政策"后一片"感恩"之声所触发。由此可见反颂圣、恶迎俗是我的本性，开始并没有那么自觉，自己也没有想到三十年后想明白了许多问题，却与开初的朦胧状态遥相呼应。《知识分子与道统》一文所述中国"士"的精神轨迹多少也有夫子自道的成分。遥望两千年前，犹有太史公这样的风骨，再看两千年后的今天"颂圣"和"迎俗"的态势，能不令人唏嘘！

追求"真、善、美"而厌恶"假、恶、丑"应该是普遍的人性。不过在阅历太多、入世太深之后，可能审美神经就会麻木。然而我在知命之年开始逐渐苏醒之后，这条神经却日益敏锐。似乎对虚伪、恶俗、权势的暴虐、草民的无告，以及种种非正义的流毒恶习的容忍度比较小。许多当代国人见怪不怪，不以为意，一叹了之，甚至一笑了之之事，我常觉得难以忍受，有时真想拍案而起，尽管许多事与我个人风马牛不相及，若不是现代资讯发达，我完全可能浑然不知。……向往美好、公平、正义的新社会，而且也曾经多次为之升起希望，所以对于方今现实与当初理想的鲜明对比感受特别敏锐。至于当年的"士林"风尚比之今日，只能说是"曾经沧海难为水"了！

本文正当结束时，发生了日本地震→海啸→核泄漏的严重灾难，举世关切。日本的灾难更足以证明需要加强"地球村"的意识。天灾是如此不可测，而"人"自己的"发明创造"究竟是造福人类，还是惹祸，值得深刻反思。这绝不是一国一地的问题。今后超国界、超民族，需要共同应付的天灾人祸定会层出不穷。而各国政治家何时能超出狭隘、自私的"国家利益"的惯性思维和强权政治、损人利己（其实也损己）的行为模式？其中，大国、强国显然比小国、弱国有更大的影响，更重的责任。他们，或者我们大家，负得起这个责任吗？我自称"常怀千岁忧"，人类还有一千岁吗？

　　以上写于11年前，大体上仍能代表当前写作动力和心情。最后一段提到日本核泄漏的天灾人祸。科学发展对人类的祸福一直是我关切的话题，见本书《科学与人类》一文。但是再"杞人忧天"，也没有想到今日在国内竟身处这样类似荒诞剧的防病毒"封控"局面；外部世界竟然发生了超级武器库卷入的真正的"热战"。掌控足以毁灭人类的武库的政客们凭理性克制了近80年之后，竟有失控的危险。与此同时，那些创新奇才似乎能将太空玩弄于股掌之上。人类、地球向何处去，已非我这风烛残年的凡夫俗子所能计。

2022年5月，九十二岁

辑一

文化与教育

中文修养是一种文化底蕴

中国人为什么要学好中文？

我们每个人都是用母语思考的。一个人的文化底蕴和思想深度与他的母语的程度有很大关系。汉语自成体系，与其他语言都不相同。一个欧洲知识分子往往精通几国西方语言，都可以运用自如，可以有双母语，甚至三种母语。但是不论中国人还是其他国家人，同时精通汉语与一门西方语言而都达到母语的程度的，是极少数。这是指真正的"精通"，运用自如，而不是一般的"流畅"。近日许渊冲教授上电视朗读，引起热议。像许老那样在中、英、法三种文字之间互译，而且能译诗，达到那样出神入化的水平，着实令人钦佩，但这绝对是特例。本人大学专业是外国文学，至少十岁以前开始学英文，而且相当长一段时间的工作是做翻译，但是自问外文的运用无论如何与中文不可相提并论，就翻译而言，从外文译中文尚可，而从中文译外文，特别是文学作品，从来不敢自己定稿。

中文（这里指的是汉文）有两大特点：

1.口语与书写文字是两套，这是汉语对用拼音文字的外国人说来最难学之处，等于要学两遍。所以普及比较难。好处是虽然方言发音非常复杂，文字是统一的，就是现在一般认为是自秦朝开始的"书同文"。不像印度，由于每一个邦都有自己的文字，到现在还得用英语为官方语言。生为中国人，说话已经不成问题，"学文化"就是从识字开始。能正确地读、写、用多少字和词就成为衡量基础文化程度的重要标准。

2.成语、典故特别丰富，并已融入日常话语中，几乎取之不尽，用之不竭。这正是汉文的魅力所在，也是几千年文明的积淀。对成语、典故的运用也成为写文章的一大艺术。当然不能要求人人都是文章高手，但是基础的语文教育至少应该严格规范，应该有一定的要求。依我设想，一所合格的完小（六年级），其毕业生应该能写通顺的白话文而极少错别字，初中毕业则应掌握常用的成语、典故而不出错。能流畅地阅读一般文学作品，有进一步提高的自学能力，这就算有了文化基础，以后无论学什么专业，包括外文，那是个人的选择了。所以现在乱改成语是对中文极大的破坏。

比起上一代的人——我的老师、父母辈，我的旧学底子差多了。但是与下一代相比，又好像学得稍微多一些。就是我的同代人，情况也很不一样。

举一个例子，有一次一些人随便聊天，有人说到了某些大人物的糗事，我脱口而出说真是"墙有茨"。一位专门研究古诗词的大学教授非常惊讶，说你是学外文的人怎么还知道"墙有茨"？（《诗经》："墙有茨，不可扫也，中冓之言，不可道也。所可道也，言之丑也。"以后"墙有茨"就用来隐喻宫廷中的秽闻）老一代的人说话不喜欢太露，一般爱用隐喻，这是很寻常的比喻，我少时就听大人说过。而在那位比我年轻的教授看来，这种典故只有他那样的古典文学专家才懂。说明我这代读书人一般常用的典故，到这一代人就成为专业知识。这还不是年龄的"代"，而是学校的教育和文化氛围的变化。因为我在改革开放以后初访美国，遇到台湾来的学理工的年轻人，谈吐和脱口而出的成语，就与我们这代人没有什么差别，因为他们的中学国文课本与我原来学的差不多。

每个人本能地都用母语思考，所以对母语的修养越深，能调动的资源、语汇以及联想就越丰富。当然语言也是有发展、变化的，时下的许多新的网络语言，老一代的人就跟不上了。不过要成为汉语文化的一部分，还有待时间的淘洗。

个人学中文的经历和体会

我的中文熏陶来自三个方面：家庭、学校和自己乱看书。我只是个案，有我们这一代人的普遍性，也有特殊性。

1. 家庭

我最早知道的诗就是"春眠不觉晓"，那是我3岁的时候，早晨起来正好外头下雨了，我母亲一边给我穿衣服，一边吟这首诗，用她的方言湖州调吟。每一个地方的方言不一样，吟的调子也不一样。我母亲是湖州人，所以她就是用湖州话吟。我到现在想起"春眠不觉晓"这首诗，自然心里就出现湖州调。还有其他的，比如说《滕王阁序》后头的两首七绝，在我印象中也是湖州调，像唱歌一样，现在还会唱。

我中学有一位国文老师是河北人，他在课堂上教那个古诗十九首"行行重行行，与君生别离"，就是用河北调来吟的。所以我现在想起这个诗的时候，就出现那个调，与湖州调完全不同。吟诗有一个很大的好处就是记得住，跟唱歌一样，而且对音韵、平仄的掌握自然而然就熏出来了。但是用普通话是很难吟的，连有的韵脚都不对。听说中文吟诗已经申请联合国非物质遗产，不知确否。

我大约五岁上一年级的时候，我母亲就教我念《论语》，只是挑一点，不是念很多，也不逼我背，就让我知道一点。

有一段经历虽然比较短，对我影响却很大。在我初中的国文课本中有一篇文章是"郭子仪单骑退回纥"，选自《资治通鉴》。老师讲得特别生动，使我对郭子仪这个人发生很大的兴趣，于是对《资治通鉴》也产生了很大的兴趣，很想知道《资治通鉴》是怎么样的一套书。特别是小学课本就有"司马光打破缸"的故事。原来作者就是这个司马光！更加好奇想看这书了。碰巧，我父亲有一位朋友家里藏了很多线装书，我现在已经忘记他怎么知道我想读《资治通鉴》，对我非常嘉许，居然就送了我一套《资治通鉴》（可能他正好要搬家，处理书籍），我还记得是好几排木匣子摞起来，大概是很好的版本，当然现在早已不知去向。

我那年暑假（大概是初三）没事，出于好奇，就开始从头一本一本地看《资治通鉴》。其实也不见得都懂，挑着看。书里每隔几段，就有"臣光曰"，就是司马光的评语，表达他对这段历史的看法。因为是写给皇帝看的，所以称"臣"，这可能也是古史的一个传统。《史记》里头不是也常有"太史公曰"吗？我忽然兴起，一段一段把那个"臣光曰"抄在一个本子上，同时也算是练毛笔字。但是为了要说明他这一段评语说的是什么事，我就得把前头的那段历史事实用自己的话做一个简要说明。

这样抄了一段时间以后，被我们家的一位常客发现了。他姓郝，是我舅舅的同学，我母亲对他非常尊重，称他为"郝大哥"，让我叫他"郝寄爷"，是干爹的意思。那个时候在我心目中他是老头儿，但他事实上大概不到50岁。他学问很大，什么都会。从前有一种全科的中学教员，从数理化到国文英文都会教，缺什么老师他都能补上去。当然最重要的是国文。他的旧学底子非常厚。我最爱听他讲话，有一肚子掌故，外带发牢骚、骂一切看不惯的人和事。他看到了我抄"臣光曰"的笔记本，突然对我写的史实概要很欣赏，认为概括能力很强，觉得孺子可教，说了一句"可以与言《左传》矣"。于是乎他就开始主动教我《左传》，讲得特别生动，使我对《左传》产生很大兴趣。因为《左传》从文字来讲，跟《资治通鉴》很不一样，它太简练、古奥，以我当时的程度，要是没人讲解，是很难靠自学读下去的。他给我讲也是选读，加上他自己的见解，像讲故事一样，特别生动，而且常使我有豁然开朗的感觉。而且发现日常用的许多成语原来就典出《左传》，例如"疲于奔命"这个词原来与一个叫公申巫臣的故事有关系，等等。这样，我对《左传》越来越感兴趣。

郝寄爷其实教我的时间并不长，但是他的启蒙好像为我打开了一扇门，不仅是对《左传》的兴趣，而是整个春秋战国时期的人物和故事在我心目中活起来了。至于下决心通读《左传》，那是很后来的事了。实际上，我至今也并不是所有文字都通了，很多地方我还得看注解。但是不管怎么样，这是我最早，以这种方式接触到的古典的东西，而且是当时那样年龄的孩子一般比较少接触到的。我举这段经历是要说明一种自然的熏陶，没有人逼我，那位郝寄爷也不是母亲请的家教，专门教我念《左传》的，并没有这样的意思。碰巧遇上了，也算是我的幸运。这也形成我一种学习的模式，后来学外国文学也是一样，常常是由于一个篇章，一个人物，引起我查找原出处以了解某部著作全貌的兴趣，然后再四处开花，延伸开去。

那时候天津也有外国学校，类似现在的国际学校，所有一切课程除了中文都用英文教学。太平洋战争之后，学校里英文让位于日文，英文程度下降。我父亲有些我们看来比较"洋派"的朋友就把孩子送到国际学校，主要为了学好外文。父亲对此略有动心，可是我母亲坚决反对，她认为假如中文底子不打好的话，这个人的思想不会深刻，洋文再流利，毕竟还是中国人。外文以后可以补，中文错过了就补不回来了。所以我继续留在原来的学校。我很感谢她这个决定，也认同她的看法。

2. 学校

我在天津上的耀华学校是从小学一年级一直到高中三年级，十二年完整的学校。那是一所很好的学校，其他方面不讲，这里只讲中文教学。中文和数学是最主要的主课，一星期至少五堂。小学课本是国民政府教育部审定的，第一课就是"大狗叫，小猫跳，小弟弟哈哈笑"，完全是白话。但是从小学三年级起，就另外加一点文言文选读。我最初读的是李白"春夜宴桃李园序"，琅琅上口，很快就会背。中学六年的课本大约文言白话各半，文言的课文好像是基本按年代排，例如初中一主要是先秦文章，初二秦汉文……高三是晚明和清朝的文章。但也许不完全按朝代排序，还有按难易排序。老师在课堂上重点讲的都是文言文，他觉得白话文用不着太教，挑几篇做一点提醒，自学就行。所以我印象深的都是古文。我们那个学校很特别，中学六年基本上作文都作文言文，国文老师的理论是，文言文做好了，不怕白话文做不好，以后有的是机会写白话文。这也许有一定的道理，我后来当然主要都是写大白话，完全没有困难，但是文言文的底子无形中对文风通顺、简练，和遣词造句的推敲是有帮助的。

除了国文课之外，另外还加了"经训"，这好像也是我们学校特有的。每星期一堂，从小学六年级开始是《论语》，初中一是《孟子》，初二是《大学》和《礼记》，初三是《诗经》，高一是《左传》然后到高二改成"中国文学史"，这是国文课以外的。到高三的时候我们有一位老师是个看起来很冬烘的老头儿，据说是前清的秀才，他教我们《小学》《尔雅》《说文解字》。可是那个时候我们大家都准备考大学了，对那些东西不感兴趣，根本就听不进，他在黑板上写，我们在底下偷偷干别的，或者做数字习题或者做英文练习。所以我对于说文解字一点没学进去，但是高二的中国文学史那个老师讲得非常好，非常生动，每个朝代都挑一点东西讲，而且讲很多野史里头的东西，我们都听得兴趣盎然。

这样说起来洋洋大观，好像读了一大堆古文，四书五经，其实我们只读了三书二经，还只是少量选读，不可能像前人那样从头到尾每一本都读。但是这样浅尝辄止跟没有接触过是非常不一样的，选读的多是比较精彩、有用的，我们对成语、典故的出处了解许多，而且对于汉文的美有了鉴赏力，对于过去的那些人和事觉得特别好玩，古代士人的境界、他们的幽默感、他们的表达方式，都使我对我们中国的文化和历史产生了非常深的感情，是很有趣、很美丽的，这么一种感觉，而不是非常苦的、非常枯燥的感觉。

我觉得这个感觉应该归功于老师，不管在家里还是在学校碰到的，那些老师每一个都可以成为模范教师，他们都是全心全意的，对教的内容自己非常投入，特别欣赏。他（或她）给讲一首诗的时候，自己就先摇头晃脑击节赞赏，甚至自己感动得都要落泪的地步，你就跟着她一块欣赏，一块儿感动，而不是为了将来要准备考试而使劲记。所以有人说"五四"以后中国文化断裂，至少在我身上我自己感觉是没有断裂的。

3. 课外乱看书

我学生时代自己读的杂七杂八的东西远远超过课堂教的。商务印书馆出的幼儿文库、少儿文库、中学生文库，是我最早的课外读物，内容丰富，图文并茂。特别是其中有讲成语、谚语故事的，非常有趣而且有用。不知道现在还有没有这样的读物。

我家其实藏书不多。一般人以为我算出身"书香门第"，一定家藏万卷书，因此有广泛阅读的条件。其实不然。由于住房一直不宽敞，我父亲没有自己的书房，家中几乎没有什么藏书。我父亲陆续买了不少书都放在办公室，说以后给我。但是1952年他调北京工作时全部捐给了天津图书馆，我根本没有见到。我较早的乱翻书是小学五、六年级，那两年因躲天津水灾，住在上海舅舅家，他家有一个壁橱，堆满了各种新老书籍，没有整理。我没事就钻进去，弄得灰头土脸，着实狼吞虎咽看了不少书。从武侠、神怪到红楼梦、巴金的《家》《春》《秋》，冰心的《寄小读者》，还有翻译小说：福尔摩斯、大仲马、莫泊桑，等等，真正的"乱"翻书，完全自由放任，生吞活剥，没人管，也没人指导。不过每遇有趣的东西、或有心得，就与年龄相仿的表姐们交流、传阅，乐趣盎然。那个时候还接触到一些新文学，有些杂志里的作品，我感到很新颖，后来才知道那就是三十年代的左翼文学。

到高中的时候还有很多书是同学中互相传的。例如有些笔记、小品，就是有一个同学家里的藏书，像纪晓岚的《阅微草堂笔记》、《子不语》等在当时就有点属于"少年不宜"了。

我们那时学习比较宽松，放学后家庭作业比较少，所以有许多闲暇看闲书。母亲虽然对我管教比较严，但只要成绩单使她满意，对我看书从不加涉。我主要是养成了"读字"的兴趣，不一定是看书，逮着什么看什么，对一切有字的东西都好奇，包括买东西包的报纸，都要看一看，有时竟然也会有意外的发现。

所有这一切对我主要是起文化熏陶的作用，形成一种审美趣味，后来不论怎样从事"西学"，周游列国，或是强制"思想改造"，这种熏陶形成的底色是很难改变的。过去是不自觉的。到了晚年日益精神"返祖"，才意识到什么叫"文化底蕴"。

我从古文体验到的思想情怀

读文章、诗词，不是读字典，必然包含着思想、情怀，或者至少表达某种意境吧？那么我从这些古文中受到什么感染和影响呢？今天不说外国的或现代的东西，那是另外一个题目了。我得到的感染不是三纲五常、忠孝节义那些东西。有一些传统道德是自然而然贯穿在家教和学校教育中，待人接物的态度，以及什么可以做，什么事情不可以做，等等，这不是从书本里头学来的。今天回头来看，读的那些中国书给我留下印象较深的有以下几个方面：

1. 士大夫的忧患意识

我所生活的时代无时无刻不伴随着内忧、外患。我成长的最重要的时期是抗日战争，所以文天祥、岳飞、辛弃疾、陆游等的作品必然特别往心里去。像"王师北定中原日，家祭无忘告乃翁"，总之是痛感国土沦丧，总是想着要恢复国土。还有班超投笔从戎，祖逖闻鸡起舞，杜甫写离乱的诗，等等。这个大家都熟悉，就不多讲了。

2. 厌战、渴望和平

几千年来，中国这块土地上从来战乱不断，所以文学作品中这方面的内容很多，而且很动人。我小学六年级最早读到杜甫的"车辚辚，马萧萧，行人弓箭各在腰，爷娘妻子走相送，哭声直上干云霄……"就特别感动。还有像"一将功成万骨枯"，这是人人都耳熟能详的。作者曹松不太有名，全诗也很少有人记得，但是这句话流传千古，因为太写实，太深刻了。很久以后，我见到一本加拿大作者写的小书，题目直译是《将军们死在床上（Generals Die in Bed）》，意思就是在战争中战死沙场的大量是普通士兵，而将军们功成名就，全身而退，得以死在病床上。有人问我，对这个题目有没有恰当的译法，我第一个想到的就是"一将功成万骨枯"。后来这本书是否有中译本，我不得而知。

还有两句名句是"可怜无定河边骨，犹是春闺梦里人"。当年程砚秋曾经排过一出戏，就叫《春闺梦》，用的就是这首诗的意境，一位少妇思念远征的夫君，梦里相逢，其实他已经战死了。程砚秋是京剧演员中最有思想的。他是在抗日胜利后四十年代后期排这出戏，但是被国民党给禁演了，因为那时已爆发内战，这种反战剧影响士气，不利"剿共"。到了新朝，他又想演这出戏，还是没有被批准，因为在"斗争哲学"统治下，"和平主义"自然在批判之列。从古到今，普通人受战争之苦，追求和平，与统治者的野心往往相左。

最使我动心，对战争的残酷表述得最深刻，反战最彻底的是《吊古战场文》，那也是我在中学时期读到的。一开头就气势非凡：

"浩浩乎平沙无垠，夐不见人，……亭长告余曰：此古战场也，常覆三军，往往鬼哭，天阴则闻。"作者感叹"伤心哉"！紧接着就问是秦、汉还是近代？其实都一样。以下大段文章历数自古以来的有名战役，想象战场的残酷和惨烈景象，结论是，秦起长城，汉击匈奴都使生灵涂炭，因此"功不补患"。把那些帝王的"丰功伟绩"都给否定了。最后一段有几句简直是撕心裂肺，我永远难忘：

"苍苍蒸民，谁无父母，提携捧负，畏其不寿？谁无兄弟，如足如手？谁无夫妇，如宾如友？生也何恩？杀之何咎？"老百姓活着的时候得到过什么恩泽？现在他们犯了什么错，就这么给杀死了？而且"其存其没，家莫闻之。人或有言，将信将疑"，"吊祭不至，精魂何依？"就是说家人对他们的生死还不明，连吊祭都不知到哪里去吊，死者不知魂归何处。这是一种什么样的悲惨境界？最后只能归之于命，从古就是这样，"为之奈何"。这篇文章对一切征伐否定得非常彻底。所谓"兴，百姓苦，亡，百姓苦"。古今王侯的功名都建立在百姓的白骨之上，而百姓是享受不到胜利成果的。这篇文章可以说是血泪之作，是对"一将功成万骨枯"最好的诠释。

3. 民间疾苦

民间疾苦其实和战乱分不开，老百姓除了赋税之外，还有一项沉重负担是服徭役，就是征兵，或者劳役。例如杜甫的"三吏"、"三别"是教科书经常选的。我想着重提的是白居易的"新乐府"和"秦中吟"。有好几十首，每一首诗都是讲一种劳动人的疾苦，主要是手工艺者或者农民，覆盖面极广，而且都有一个鲜明的对比，就是和宫廷、权贵的那些穷奢极侈的享受作对比。作为诗，文字非常美，在形容各种美丽的东西的时候，既写实又浪漫，想象力十分丰富，然后最后总有点睛之笔，点出他要表达的感慨和悲愤。

以《缭绫》为例，这是我特别欣赏的《新乐府》诗之一。

"缭绫缭绫何所似？不似罗绡与纨绮；应似天台山上明月前，四十五尺瀑布泉。"这四句开头就不凡。你想像一下，月光下的瀑布，哗！一大匹白缎子挂下来，接着描述本色织锦的花样。然后就是宫里来加工订货了："去年中使宣口敕，天上取样人间织。织为云外秋雁行，染作江南春水色。"就把一匹白绫子给染成绿的了，这几句该有多美！然后"织者何人衣者谁，越溪寒女汉宫姬"。是江南贫寒人家的女子织给皇宫里的宫女穿。接着讲怎么裁剪制成衣裳：从"广裁衫袖长制裙"，到"转侧看花花不定"这四句是讲制成的衣服。你就可以想像那宽袖长裙，简直漂亮极了。"昭阳舞人恩正深，春衣一对直千金"。皇帝把这赐给跳舞的宫女了。但是这么精心制作的衣裳只穿一次，弄脏了毫不爱惜。"汗沾粉污不再著，曳土蹋泥无惜心。"最后，白居易教训那些宫女："缭绫织成费功绩，莫比寻常缯与帛。丝细缫多女手疼，扎扎千声不盈尺"。对这个"扎扎千声不盈尺"，我有一个体会，就是在"文革"中下放河南农村，那里冬天妇女都织布，还是用那种相当原始的织布机，面幅很窄，不是用丝线而是自纺的棉线，织的是粗布，效率也很低，一个冬天织不了多少。我经过老乡门口，听见"卡拉塔、卡拉塔"的声音就想起白居易的"扎扎千声不盈尺"。这首诗最后结尾是："昭阳殿里歌舞人，若见织时应也惜"。

我举这首诗，因为它比较铺陈、辞藻丰富，那些对织锦的描述简直美不胜收，同时对"越溪寒女"的深刻的同情也跃然纸上。当然这种情况贯穿在很多首诗中。只能很简单地再举几个例子。

例如《红线毯》，也是宫里的加工订货，前半形容那地毯花色特别美，又厚又软，还大得不得了，卷都卷不起来，"百夫同担进宫中，线厚丝多卷不得"。想象一下：这么大一块地毯，一百个壮汉抬着它，从安徽一直走到长安，这是一个什么景象？宫里头特别喜欢，于是乎就"年年十月来宣州"，然后"宣州太守加样织，自谓为臣能竭力"。他特别的卖劲，讨好，这是"政绩"啊！最后白居易教训他了："宣州太守知不知，一丈毯，千两丝。地不知寒人要暖，少夺人衣作地衣！"这几句话掷地有声，非常尖锐。

《轻肥》，比较短小精悍，主要形容权贵们的宴席，全国各地的珍馐美食，吃得酒足饭饱。最后两句是大家都知道的名句："是岁江南旱，衢州人食人"。跟前面的吃喝对比，有极大的震撼力。

还有《卖炭翁》，这篇好像课本里头常选的，不过我还忍不住想提一句是我每每为之心酸的，就是"可怜身上衣正单，心忧炭贱愿天寒"。我们设想一下，那个老头儿，在冰天雪地里穿着单薄的衣服，还希望天冷一点，炭能够卖个好价钱。但是最后这个希望也落空，这里市场规律不起作用，他那一车炭全被有权的人抢走了，只扔给他两段绸子。比城管对小贩还厉害。

白居易的《新乐府》和《秦中吟》几乎都是这样子的，最让人感动的是他对那些奢华的东西都描述得笔底生花，对比出另一种人的悲苦，更加触目惊心。还有一个特点是他所讥刺的不是一般的达官贵人，而是直指宫廷。如《缭绫》《红线毯》是为宫里的订货，《轻肥》一开头就指出那些骄横跋扈的人，"人称是内臣"。这"内臣"不是正经八百的公卿大夫，而是皇帝"身边工作人员"，其实就是太监。可是他们还穿着文武官服，到军中去赴宴。我觉得那时的白居易确实是有点书生意气，有点胆量的。他不是一首两首，而是那么多首，从各个方面讥刺当朝，为百姓抱不平。而且他不但针对别人，自己还有反省，例如《观刈麦》，由农民的辛苦想到自己优越的生活。

有人批评白居易的诗像顺口溜，太浅了，不能登大雅之堂。本来他写的这些诗不是为在士大夫中间酬酢唱和的，就是有意让乡下老太婆都听得懂的。我这个城里老太婆也特别喜欢。我觉得一首诗不论深浅，主要是给你以美感。他的诗都非常美，像"天上取样人间织"这样的词，谁想得出来？顺便说到，我对现在许多流行歌曲不欣赏，先不说音乐，单说歌词，不是因为它浅显易懂，而是因为它不知所云，又没有文采。不论是诗还是文，为什么要晦涩难懂才算有学问，有深度，或者为什么一定要粗鄙浅薄才算通俗？

还有人说白居易虚伪，就是他那么关心民间疾苦，可是他自己的生活是比较奢侈的，他家里曾经养着歌妓，有私人的歌舞班子。本文不是对白居易的全面道德评价，只是就诗论诗，至少这些诗表达真性情。他如果没有认真观察和实际体验的话，是根本写不出来的。如果他没有和卖炭翁交谈过，他怎么会知道他"心忧炭贱愿天寒"？而且他关注很广，每一个行业的操作程序和特点，他都写得出来，如果没有深切的同情，无论如何写不出这样动人心弦的句子。而且他写这个不可能是奉命之作，或为了沽名钓誉，树立自己形象。相反，他因此得罪了不少权贵。不论如何，就诗而言，琅琅上口是优点。特别给低年级学生选诗，白居易很适合的，既有美感，又培养同情心。当然这只是个人的一得之愚。

4. 政治和爱情难以区分

中国对于古诗词的解释，常常就是爱情和政治不分的，自从屈原的《离骚》中用了香草美人的比喻以来，后世解释诗词常常把貌似讲恋情的诗作政治解释。是失恋，怀念情人，还是政治上的失意，失去了皇帝的恩宠？我曾有一篇文章说过，中国的士大夫对皇帝有一种单相思的情结，总是望着金阙之上，希望皇帝对他有所青睐，但是皇帝常常看不见。

不过有很多诗就是爱情诗，后人硬要把它说成是政治诗，比如《诗经》的《国风》，包括第一首"关关雎鸠"，朱熹就说他是讲文王后妃之德，其实人家就是谈恋爱。《诗经》里头有好多就是谈恋爱的诗，而且是那时候的大白话。可是后来的道学家要加入政治的和道德的因素。因为孔子说诗三百"思无邪"，道学先生们认为男欢女爱就不算"无邪"，总要加入点政治，有些就比较牵强。但是有的诗确实也有所寄托，说得很含蓄、模糊，让人去猜。李商隐的诗就有点这个味道。他的诗非常美，但很难确切知道他何所指，可算是古代朦胧诗。我刚才说我喜欢白居易的明朗易懂，同时我也喜欢李义山的朦胧之美，就是那么一种意境，让人无限低回，本不必求甚解。

现在我想举一个陶渊明《闲情赋》的例子。最有名的是那十行排句："愿在衣而为领，承华首之余芳；悲罗衿之宵离，怨秋夜之未央"……读起来很美，如果变成白话，就怪肉麻的：一忽儿希望做那人衣服上的领子，一忽儿做头发上的头油，还要做人家踩在脚下的鞋子……这《闲情赋》是课本里不选，师长不会教的。《昭明文选》里也没选，那位梁太子萧统看不上，还说陶渊明"白璧微瑕惟在闲情一赋"，是把它作为陶渊明的瑕疵来看的，也说明这位昭明太子还是脱不了道学气。我最初看到这篇赋是在高中时，同学里面偷偷传看的，虽然没有人说这是禁书，但根据当时的标准，这就接近"艳词"了。所以我们几个同学感到很神秘，偷着乐，那十个"愿……"常成为我们几个人说悄悄话的内容。从通篇来看，陶渊明见到了一位女士，只是远远望着，对她产生遐想，于是天天去等她，也没等着见一面，纯粹是单相思。

但是对这篇赋还有一种政治上的诠释，说是抒发他官场不得意。我怎么看怎么不像，因为陶渊明还写过一篇《感士不遇赋》，就是讲自己怀才不遇的，讲得很清楚，说当时衡量人的标准不是以才论，而是颠倒的，用现在的话来说是"逆淘汰"，所以他自己就是怀才不遇。那篇都写明白了，何必再写这么一篇用爱情来假托政治遭遇的赋呢？何况从陶渊明的志趣来看，已经摆脱了对官场的眷恋，更不会像追情人一样那样肉麻地要依附到君王身上。这是我的看法。陶渊明看到一位美人，想入非非，如此而已。只是他想象力特别丰富，别人写不出来。

5. 隐逸情怀，逃离官场

这更加避不开陶渊明，他绝对是这种情怀和这种文学的代表人物。不为五斗米折腰已经是通俗典故。无论哪个时代，大概中文课没有不读《桃花源记》和《归去来辞》的，还有《五柳先生传》。我在《读书人的出世与入世》一文中说过，中国读书人一方面对君王有一种单恋之情，但是有个性有才华的人又难以长久在官场得意，所以留下来的优秀传世之作，大多数是失意时候的作品，多表现隐逸情怀和内心藐视权贵的傲气。应该说并不是所有的人所有的时候都坚守独立的人格，都想退居林下，但是表现在文学作品里的，这方面的感情居多。那些歌功颂德之作，奉命文学以及凑趣的宫廷诗，大多被时间所淘汰。

我个人印象较深的，从孟子开始。孟子在我心目中是比较可爱的。他见梁惠王、齐宣王，把他们训得一愣一愣的。他说："说大人则邈之，勿视其巍巍然"，意思说，那些大人物是可以藐视的，别看他们那么神气活现的样子。比较突出的是魏晋六朝风骨，这方面著作已经很多。我个人接触到魏晋六朝文章时正是高中一到高二期间，是反叛的年龄，内心对他们非常向往。对《世说新语》里那些故事、特立独行的作风和充满机智的俏皮话特别入迷。跟几个要好的女同学在一起，经常谈论竹林七贤，很想仿效他们的做派，当然实际上不敢。很久以后，有了人权的明确观念后，发现并不都是那么潇洒，有些地方很残忍，不足取，例如让美人劝酒，劝不动就杀掉，而那位大人物就是不为所动，坚持不喝，说你杀你家的人与我何干。这种鲜血淋淋的故事，令人厌恶。

古人和大自然比较近，那时当然不存在污染问题。我是在大城市长大的，对古人悠游山林十分羡慕，也就对所谓"隐士"很感兴趣。从东汉、魏晋以来由于乱世，隐逸成风，但是"盛世"也有不少读书人不愿做官而隐居的。孟浩然是一个。有一个词也是我中学时候听到后，觉得妙不可言，就是"泉石膏肓，烟霞痼疾"。后来查到，唐朝有一位高士叫田游岩，做了很短时间官就躲到山里隐居起来。唐高宗亲自登门拜访，想请他出山，问他身体如何，他说"臣所谓泉石膏肓，烟霞痼疾者"。就是得了绝症，离不开山林了。还有像南宋朱敦儒的的几首《鹧鸪天》是我十分欣赏的："臣本清都山水郎，天教懒慢带疏狂，曾批给雨支风敕，屡奏留云借月章，诗万首，酒千觞，几曾着眼看侯王"。我最欣赏的是最后一句。后来发现当代一位大人物也写过"粪土当年万户侯"。但是前者看不起侯王，是懒得做官，逃离政治；而后者蔑视万户侯，是最终要消灭他们，自己称王。完全两码事。

今人不可不读古文，但也不能多读

以上是我自己的一些体会。举例也是挂一漏万，免不了片面性。我决不是提倡现在的小学生花很多时间大量学古文，更不提倡读经。我要说明的是作为中国人打一点中文基础是一种文化底蕴，一种熏陶，不是作为实用的工具。有这个熏陶和没这个熏陶，跟人的思想深度、审美品味、待人接物的教养是不一样的。然后在接纳外国文化时，在取舍之间的品味也是会不一样的。而且中国文字、文学有那么丰富美好的东西，生为中国人，如果不知道欣赏，该多可惜！

现在是知识爆炸的时代，要学的东西太多了。我的旧学根底不算深，而现在的年轻人就是要学我学过的那一点点，也没有那么多功夫。只能浅尝辄止。如同到了一个精品店里，琳琅满目，你浏览过，知道有这种非常精致、漂亮的东西，你不可能有力量把它全买过来，但是你看见过，以后想起来的时候知道还存在这样的精品。如果你只进过卖粗糙、劣等货的商店，以为那个就是好东西，那见识、品味就是另一回事。进过精品店，有了这个见识，就曾经沧海难为水了。

关于知识的古今差异，我少年时期已经感觉到了。还可以讲自己的一个故事：我们中学时候暑假是不留作业的，只要开学的时候交一两篇暑期读书心得的文章就可以了，读什么随便。有一年暑假我母亲让我读王勃的《滕王阁序》。那文章实在漂亮。王勃写的时候是十四岁，有名的神童才子，却英年早逝，活了不到三十岁。我那时刚好也是十四岁。我当时少年轻狂，忽然觉得不服气。于是作文写道（大意）：王勃当时十四岁，现在我也十四岁，他假如从三四岁开始认字，整天念的就是古书，一天到晚就学写这种文章，到十四岁写出这样的文章来也不是什么太了不起。我现在光是中国历史就要比他多念一千年。我还得学外文、外国历史地理、数理化，等等。就是说，我会的东西他不会，他会的东西我不见得学不会。我还批评他年纪轻轻就那么悲观，自叹"失路之人"，无病呻吟。这"无病呻吟"是我从那些"新文学"的评论文章中学来的词，用上了，很得意。其实王勃的"谁悲失路之人"不见得是说他自己。我的说法有一定道理，但是与王勃同时代有多少读书人，读的同样的书，也没写出《滕王阁序》这样的美文来，所以王勃还是了不起。我就交了这么一篇文章（按当时的要求，还是文言文）。老师很开明，给了"甲"。

不管怎么样，现在的小孩要学的东西实在太多了，例如那些层出不穷的新电子玩意儿，我都玩不过10岁的孩子，所以学古典文学占多大的比重是一个很大的问题。你怎么选、怎么教、怎么给学生以美感、为他们培育文化底蕴，为以后进一步登堂入室打下基础，这就在于课本的编撰和老师的教学的见解和艺术。现在一天到晚讲爱国主义，其实爱国也不是空的，有了这个熏陶，自然而然就对中国文化，对我们这个民族产生非常深厚的感情，觉得那是不可替代的，你的这个精神故乡是不可替代的。不用人家来强制你，也不管是哪个朝代谁执政，都没有关系，这是一种永久的感情。

当年西南联大有一位历史教授叫皮名举，他说过这样一句话："不读中国历史不知道中国的伟大，不读西洋历史不知道中国的落后。"就是说你一方面觉得它非常伟大，你非常热爱它，但另一方面你必须承认它在很多地方是落后了。他说这话是在抗日战争的时候，但是这个话我觉得什么时候都适用。说我们哪些地方不如人，落后了，并不等于你不爱这个国家、不爱这个民族。因为你知道它有这样的历史，它有这么美的东西，你已经欣赏了、体验了，但是同时承认它有哪些地方是那么不如人意。这就是为什么我特别维护鲁迅的地方，他的伟大和深刻也在于对我国我民深刻的认识。还有像胡适，表达的方式跟鲁迅非常不一样，而且后来政见也不一样，但是他们对国民的认识其实是相同的。包括陈独秀在内的这些人，他们中国文化的修养都很深，都热爱这个民族，但是同时他又特别深刻地感觉到它的不足之处。爱之深而虑之远，而责之切，就产生要努力改进它的动力。

（2014年）

再谈学中文

——澄清一些误解

　　鉴于有读者对"中文"的含义提出过质疑，先做一说明：这里"中文"就是指"汉文"，我上学的时候称"国文"。本文不是专门讨论民族语言的论文，我想一般"中文"的含义已约定俗成。另外，学中文的主语不言而喻是以中文为母语的中国人，并无号召世界其他国人都学中文之意。

　　最近我一篇旧文在网络再次流传，并被加以各种标题，不得不再做一些说明。

　　此文原标题是《中文修养是一种文化底蕴》（以下称《底蕴》），最初是2014年在南京"亲近母语"论坛上发表的一次讲话。后根据录音整理成文字稿。同年6月首发于《悦读》第38期（这份难得的优秀刊物随着主编褚钰泉先生的猝然亡故，也于2016年以44期戛然寿终）。随后，我在微信公号上曾全文推出。2017年湖南《书屋》杂志征得我同意，予以转载，删去了几句话。这就是此文正式发表的情况。后来，我见到一些网站有转发，被加了各种标题和插图，显然是附会转载者一己之意，却有违我的原意。我一再说过，这类强加于人的行为已构成侵权。

最使我吃惊的标题是："学不好中文还谈什么爱国！"这绝对不是我的意思。《底蕴》一文中说过，有了中国文化的熏陶，就会加深对我们这个民族的感情。但是不能倒过来得出结论：中文不好就不能谈爱国。这种论断显然没有道理。过去教育不普及，中国曾经有过文盲占人口很大比例的时代，难道他们都不爱国，或没有资格爱国？

　　另一个流传的标题是"一个人中文底子没打好，这个人思想不会深刻"。这句话在文章中有，但是在一定的语境和条件下说的，拎出来做标题，就绝对化，不妥。这是我母亲反对初中就送我上国际学校时说的一句话。那时天津的租界上有外国人办的国际学校，除了中文课外，所有课程都用英语或法语教学。中文课分量当然要比中国学校少，程度也浅得多。那里的中国孩子外语肯定流利，但是整个环境是在中国，他们的母语还是中文，出了校门，在家，在社会上，还得用中国话交流。而当时的中国中学的国文和历史地理课（包括外国史地）已达到相当程度，还有校园的文化氛围，一般中学生平时闲聊，甚至开玩笑，可以随便引经据典（也可以说是"瞎拽"），对各种问题有一定的思考，"洋学校"的学生就难以融入。而在华外国孩子英语或法语是母语，生活环境、习俗不同，完全受西方文化的熏陶，这又是中国孩子不能完全得到的。我少时交往中遇到这样的孩子总觉得与言无味，因此我母亲那句话得到我的认同。这是在特定的背景下，指的是打基础的阶段。当然也有例外，例如我的清华学长英若诚，他上的是当时北平为美国侨民子弟开设的美国学校，我在大学认识他，同是外文系，他英文高出我们一大截，而中文也好。那是因为他家学渊源，从小在家读古文，如上私塾一般，也是熏出来的。这只是特例。但是他尽管可以无障碍地悠游于两种语言之间，其母语还是中文，他的文化底蕴还是以中国文化为主，这是我与他交往中感觉到的。

我的原意是说，人是用语言来思考的，语言是文化的载体，一种成熟的语系承载着丰富的历史文化，所以一个人至少母语达到某种程度才能进行复杂的、有深度的思考。这也适用于其他语系的民族。一个英国孩子的文化底蕴当然是由英国和广义的西方文化构成（相对中国文化而言，欧美属于同一个大的文化体系，所以他们的文化底蕴不以当前国界划分）。如果一个华裔的孩子从小在西方国家成长、受教育，他（她）用来思考的第一语言就是该国语言，那构成他文化底蕴的就是西方文化，与肤色无关，甚至与国籍无关。如果他后来学中文，那是作为外语来学。欧美的学校，也有经典阅读课程，（从古希腊开始），只是选什么教材，占多大比重，各种学制很不一样，也是教育界争论不休的问题。

既然是"打底子"，就是从小循序渐进，文火炖出来。在特殊年月，需要接受基础教育时不幸失学的一代人，就失去了这种机会。后来有了条件，一批有志者脱颖而出，发奋读书，努力恶补，在各自的专业上成绩斐然。但是某些基础文史知识免不了有漏洞，往往"露怯"，念错或写错字，或错用成语，是可以理解的。学外文也一样。我遇到一些恢复高考后崭露头角的学者，外文自学成才，或后来有机会出国留学，经过努力能读不少大部头英文著作，也参加不少国际学术交流，提交外文论文，甚至成为研究某一位西方学者的专家。但是开口说英语时往往许多字重音读错，某些语法出错，听起来的感觉就跟我们念白字差不多。这就是自学与科班出身的差别。这当然与思想深刻与否无关，而且不是母语，不必苛求。

如果把这一命题绝对化、扩大化，解释为中国人的思想深度与中文程度成正比，那么中文系的师生就比其他专业的都思想深刻？显然不成立。到了大学，一般说来文化基础已经形成，主要是在不同的领域进一步深造。再者"学好中文"，"好"的程度视时代和环境而异。我的上一辈读书人当然旧学根底比我这一辈普遍要深，而当代年轻学生与我当年的标准又不一样。应该承认，汉文较之拼音文字有特殊的难学处，就是"书同文"，而"文"与"语"完全分开。方今世上不是拼音的主要语系恐怕汉语是硕果仅存了。原来受汉语影响的如日语、朝语、越南语都已完成拼音文字的转型。过去曾有文字改革者试图提倡废汉字，也转化为拼音文字，以便普及，且与世界接轨。显然这是行不通的，因为汉文字和它所承载的文化实在历史悠久，博大精深，这也正是其魅力所在。最后创造出的汉语拼音只能作为辅助工具，不过拼音对普及文化，特别是今日之电子化，还是有很大贡献。

汉语之难，还在于一字多义，一字多音，成语、谚语、典故特别多，望文生义很容易用错。有一些成语已经以讹传讹，例如"厥功其伟"，现在经常出现的是"居功至伟"，这显然是错的。"居功"是自己居功，而那个词的原义是别人客观的评价。"厥"与"其"都是虚词，至多可以演变为"厥功至伟"，还能成立。但是现在似乎已经以错为正了，我不止一次在写作中用到这一词，"厥"字被编辑改为"居"字，令我不胜烦恼。又如"差强人意"本义是正面的，"还算不错"，"还过得去"的意思，现在却常被用来表示"不令人满意"，"比较差"。好像这种用法有驱逐正确用法的趋势。所以比这两例相对生僻的"七月流火"被望文生义误解成相反的意思，就不足为怪了。至于现在网络语言故意写错别字、生造词、篡改成语，例如最常见的是把举个"例子"写成"栗子","同学"写成"童鞋",等等,恕我老朽,实在不理解为什么要这样改,因为并不简化。中国字的象形、谐声……等规律都打破了。至于为了避免"敏感"词而有意写错字,方今已经成风,这是被逼出来的,而"敏感"词越来越多,若干年后,中国语文不知被糟蹋成什么样,将如何确定正误标准,这就交给未来的语言学家去操心吧。

《底蕴》一文我是根据自己的感受,主要是从审美的角度讲,有一定主观性。我认为汉文本身,及其无比丰富的各种体裁的作品,首先提供的是美感,连同书画一起培养一种审美情趣,这是其他语文所不能代替的。至于文学作品所承载和表达的思想感情,每个人都可以作不同的解读,有不同的感受,经过时间的淘洗,留下不同的印象。我撷取的是:对家国的忧思、对征战残酷的控诉、对民间疾苦的关怀、蔑视王侯的傲骨、为逃离"帝力"保持独立人格的隐逸情怀。这在《底蕴》一文中已经详述。当然别人可以读出很多其他不同的内容。

《悦读》已经刊登的全文,在后来转载时被删了几句,所删内容颇耐人寻味,补录于此:

在"厌战,渴望和平"一节中,提到程砚秋曾排过一出戏叫《春闺梦》,取"可怜无定河边骨,犹是春闺梦里人"之诗意。在四十年代后期,被国民党禁演,因为内战中这种反战剧"影响士气",不利"剿共"。下面紧接着被删掉的话是:【到了新朝,他又想演这出戏,还是没有被批准,因为在"斗争哲学"统治下,"和平主义"自然在批判之列。从古到今,普通人受战争之苦,追求和平,与统治者的野心往往相左。】

两千年来佳作浩如烟海，编选本身也成为一门学问。在这里补充一点：我见到的各种古文选本中，《古文观止》堪称上乘。它流传最广不是没有缘由的。编者吴氏叔侄是清康熙年间屡试不第的民间教书先生。也许正因为没有入仕，有自己的独到眼光。随便举例：从早期的周秦文中脍炙人口的《曹刿论战》《邹忌刺齐王纳谏》《颜斶说齐王》，到接近书尾的明人文章《报刘一丈书》，都贯穿了傲视王侯、维护个人尊严、厌恶阿谀奉承的思想。那几篇文章中"肉食者鄙，未能远谋"，"安步以当车"，"归真反璞"等词语已进入今人信手拈来的话语中。这只是略举一二，当然书中体现这类思想的文章远不止这几篇。

既然是在"亲近母语"讲坛讲话，主题当然是强调学好母语的重要性。不过从一开始，我就警惕，不要落入方今另一种陷阱——以"弘扬传统文化"抵制所谓"西化"。所以在文稿最后专门写了一段话，说明今人在知识爆炸的时代不可能多读古文，只是不能不读。（详见本文集《底蕴》一文最后一节）。在流传的删节本中这段话常被删掉，使原意不完整。

写到这里，刚刚见微信转来《底蕴》又一个版本，插图是若干过去大学校长的书法。其影射的对象是显而易见的，无非是说明大学校长文化水平一代不如一代。这又是利用这篇文章借题发挥。应该说，写一笔好字固然令人敬佩，表现出一定的文化修养。不过正如前面提到，方今进入数字化时代，知识更新迅速，老朽如我，用电脑写作已超过20年。对今人以书法论学识高低恐怕不公平，大学校长更不能以书法论优劣。假如一位大学校长（不论其原来专业是什么）有先进的教育理念，能够倡导自由之思想，独立之人格，能有担当，保护师生的基本权利不受侵犯，维护学术独立，弘扬正气，抵制邪气，兼容并包，不拘一格延揽人才，勇于改革成规陋习……那么他有没有练好毛笔字有关系吗？不过方今假设（是假设）有这样的校长，能在位几天？这已超出本文关于学中文的主题了，就此打住。

（2018年）

周有光 《我的人生》 代序

　　周有光老先生一生的经历差不多浓缩了中国的二十世纪近代史。我们这个民族多灾多难，整个二十世纪内忧外患不断。前半是外患为主，而后半主要是内忧。一波又一波的折腾，对民族精华的摧残甚于任何一个朝代。有人比喻历次运动就像撇奶油一样，一次运动撇掉一层，最后几乎剩下清汤。周老先生是没有被撇掉的幸存者。能幸存到今天，是他的幸运，更是我们民族之幸。

　　由于医学的进步，现代人的寿命比以前长了，百岁以上的老人也越来越多。但同样是"人瑞"，不一定都有周老这样的大智慧和贡献。另一方面，中国百年来有大智慧、大作为的精英也不少，我的师长辈就可以数出来一些，但是多数都不幸备受摧残，壮志未酬而英年夭折。此时我随便举出一位来，例如叶企孙先生，他是非常了不起的物理学家，同时也是非常优秀的教育家，1949年以后一段短暂的时期曾任清华教务长，但是不久就不断挨整，直到文革中沦落街头，形同乞丐。这样悲惨的例子数不胜数。如果这一批民族精华都能在正常的环境中得到正常的发挥，他们也许活不过百岁，但是一定能各自放出不同色彩的光芒，与周老先生相辉映，相承接。而周老能有今天，也有幸运的成分，正如他自己说的，他如果没有被调到北京来做文字改革工作，继续留在复旦教经济学，绝对逃不过"反右"，那就不定被发配到哪里，受到怎样的摧残，说不定什么时候就填沟壑了。

周有光先生在中国语文现代化方面的研究成果，我是外行，没有多少发言权。周老在这方面的成就、贡献和影响当然非常了不起。不过他晚年对文化学、对人类文明的探索更显示了他的大智慧。不久前出版的《周有光文集》从第9集到15集都是与这方面相关的。这一点与他的长寿也有关系。有一些成就可以靠天赋，例如音乐、绘画、诗歌等文学艺术可以青少年就有大成就，但是对人生的彻悟，特别是不仅限于个人而是对人类发展规律的探索达到大彻大悟，非有渊博的知识和很深的阅历不可。不是单凭书本知识，在书斋里能悟出来的。所以周老说他的生命从80岁开始，这不仅是幽默，还是有一定深意的。

单是年龄和阅历也还不一定能达到这样的智慧和觉悟。这需要几个条件：

1.从少年时期的教养和熏陶形成一定的底色——对真理的追求；对知识探索的兴趣；超越一己私利的对大社会的关怀；在道德上的正义感。有了这一底色，在探索真理的过程中可以走错路，但一旦发现错了，决不自欺，不为世俗的种种所羁绊，就能够唯真理是从。

2.博大精深的知识。在高层次上各种专业知识是可以融会贯通的。周老博古通今，思接千载，放眼全球，但都是有扎实的事实为依据。他原是学经济学的，更重视数据，所以他的结论都不是空疏之论。这点很重要，事实+逻辑=常识，常识的积累逐步接近真理。如果对什么都蜻蜓点水，随便发议论，大体是大而无当的空疏之论。深钻一门或多门专业，那么条条大路都可以通向人类发展的规律。这是我体会的周老的做学问和追求真理之道。

3.更重要的是完全超越世俗的是非名利，宠辱不惊。很多人自称淡泊名利，其实不一定都能做到。也有人，不是为个人，但还是摆脱不了中国人仰望明君的惯性思维，往往会为某位权贵人物的几句话影响自己的忧喜、判断力，或升起幻想。我想周老已经彻底摆脱这一切，所以总能对自己的看法充满自信，面对种种荒谬之事，乃至涉及自己的无理和不公，都能付之一笑。人类发展的规律是他的信仰，他坚信凡脱离轨道的早晚要回到轨道上来。

作为超过百岁的老人，周老最鲜明的也是最可贵的特点是一直关注世界的最新发展，站在时代的前沿。他的名言之一是要从世界看中国，而不是从中国看世界，这同当前有些人处处强调中国特色成鲜明对比。已经进入二十一世纪，在地球村的形势下，人类需要面对的共同问题远远超过各民族狭隘的利益。强调"中国特色"往往是为一些负面现象辩护，掩盖落后。我还有一个观点和周老不谋而合，那就是反对把所谓"东方文化"同西方文化对立起来。事实上并不存在一个统一的"东方文化"。流行的以儒家为核心的"东方文化"的说法实际上是"汉族中心论"，连少数民族都代表不了。印度文化和汉文化是一回事吗？古来新疆对中原而言是西域，文化更接近中亚还是中国内地？所以自以为是"东方文化"代表，排斥所谓"西化"是站不住脚的，只能固步自封。

当前我国在思想上有两大危险，一个是狭隘的国家主义（我现在用国家主义，而不用民族主义，因为我们是多民族国家，含义容易混淆），一个是民粹主义。这两个正是当年希特勒法西斯统治的两大思想基础。纳粹一词就是德文国家社会主义的缩写。我说的在我国最近的表现就是借钓鱼岛为题的打砸抢事件。这种情绪被煽动和利用，可以起很大破坏作用，名为爱国，实际祸国殃民。所以周老提倡的地球人、世界公民、从世界看中国，不仅仅是哲理性的，在当下有很重要的现实意义。

我们的社会现在又处于转折点，在长年谎言蒙蔽下，启蒙工作还是任重道远，特别需要像周老这样的智慧之光驱赶蒙昧的黑暗。即将出版的《周有光：我的人生》从《周有光全集》15卷中精选周有光先生与人生、信仰与研究有关的故事，汇集成一本浓缩了他的人生经历的作品，读者可以从吉光片羽体察和了解作者不寻常而积极有为的一生；了解他贯穿于实际生活的各个方面的知识和智慧，理解他如何超越人生的狭隘和局限，将人类美好的目标变成每日努力的工作和生活的重要组成部分。

这本书中所选择周有光先生的作品，往往从一个个生动有趣的故事开始，但都包含着丰富的对生活细节独特的观察体悟角度，别致的人生情趣，和豁达而开阔的人生视野。在幽默机智、简洁明了、清新宜人的文字中，透露出他对生活和学术研究方面独立、严肃和认真的思考和参悟能力，这是一般人很难做到的。

我希望这本书为更多人喜爱，并不断从中得到启示和激励。

（2013年）

公益与教育

——在"为中国而教"支教论坛讲话摘录

首先向诸位志愿到贫困地区支教的同学们致敬！我很惭愧，没有行动的能力，只能和大家分享一些自己的思考。

公益与教育的关系

公益与教育有什么关系？因为公益慈善归根到底就是帮助弱势群体，在社会上总是有幸者、有不幸者，总有人需要帮助。农业社会的公益慈善都是个人行为，到了工业社会就变成有组织的，比如成立基金会，通过基金会进行有组织的、规模比较大的慈善行动，等等。实际上到了现代社会，有很多社会福利应该是政府的职责，现代公益是弥补政府和市场在这方面的缺失，同时在做的过程里，可以在不知不觉间推动社会改良。

1） 促进平等的竞争。

现代公益是在平等的观念下产生的。人生而平等这个观念并不是自古以来就有的，自古以来不管是中国还是外国都经历过等级社会。从欧洲启蒙运动开始有了天赋人权的概念，人应该是生而平等的，成为普遍接受的价值观。这个平等是指机会平等，不是结果平等，所以公益事业不是均贫富，不是消灭富人，让富人拿钱出来给穷人分一分，这绝对是错误的观念。它是机会平等，要创造平等的机会，在这个平等机会的起点上大家一起竞争。每一个人能力不管是先天的或者后天的都有差别，所以结果是不会完全平均的。

在这样一个前提下，很多公益事业都以教育为重，教育和医疗这两个领域是所有公益事业的重点领域。为什么呢？机会不平等最主要是教育机会不平等，一个受到很好的高等教育的人，跟一个没钱上学连小学都没毕业的人，不可能平等竞争，所以教育机会平等是很重要的达成社会平等的前提。医疗方面今天不讲，只说教育。

2）弥补义务教育之不足。

公益事业以教育，特别是基础教育，为主要项目，应该是在政府义务教育的政策之前。基础教育完全免费多少年，也是随着社会的发展不断提高，有的国家已经包括高等教育，这是渐进的过程。

既然有了义务教育制度，基础教育应该是政府的事情，本来不应该再需要私人的、民间的资助，但事实上并不完全这样，特别是在发展中国家或者不发达国家，贫困地区还很多，各个地方经济水平不一样，还有不利于发展教育的政绩观、风俗习惯，等等。在中国的情况下，教育的覆盖面还是不完整的。尽管我们国家也已经出台了义务教育的法律，从理论、原则上应该是到初中毕业全部由政府免费供应，这应该是地方政府的事儿，地方政府的财政里应该保证当地基础教育，但是实际上是保证不了的，所以还是需要公益组织来补缺，这是为什么公益组织要做很多教育的原因。所以就有你们现在这样的一些组织、一些项目。

我国在义务教育政策出台之前，慈善公益又重新恢复得到承认，早在1980年代的大批希望工程也是从教育开始的，后来才有了义务教育这个政策出台。

加强优质师资力量是第一位的

现在我们的教育需要什么样的帮助？我想你们比我知道的多得多，因为你们有实际的考察。我们有很多非常贫困的地区，条件非常、非常的差。其中一个是硬件，有些校舍风雨都避不了，大家都坐在石板凳上上课，硬件像校舍、器材、图书资料等这些东西都很需要。

但是更重要的最需要的是教育的主体，一个是学生，一个是老师。之前清华大学梅贻琦校长的名言，"所谓大学者，非谓有大楼之谓也，有大师之谓也"，这大家都耳熟能详。但是他还有一句话 （大意），学校的主体就是老师和学生，其他的人包括校长在内都是为老师和学生服务的。比如需要桌椅板凳，需要教室就由总务部门提供，需要发工资，校长就要去筹款等等。总之，从校长开始的所有行政人员就应该以教师和学生为中心。

大学是这样，中小学也是一样。现在我们去资助教育，首先是让学生能够来上学，这是一个；有了学生之后，谁来教他们？当然需要老师。所以现在中国最缺的就是师资，而且愿意到这种非常贫困的边远地区去教书的优秀的老师就更少了。

我们说平等，现实是贫富差距很大，教师的差距也非常、非常大。即使在北京，重点学校的师资力量和那些非重点学校的师资力量差距也非常大，甚至于同一重点学校，一个年级有好多个班，也分重点与非重点，例如有三个班是专门培养考大学的，就把所有优秀的教师力量都集中在那三个班里，另外三个班就放弃了，反正升学希望不大。所以以升学率为中心的体制下，师资力量分配也是非常不合理，人为地造成机会不平等。

所以支教最需要的是培养合格的老师，而且让这些老师愿意去到那些很贫困的地区教那些失学儿童，这点是非常重要的。因为一个小孩受到的教育无非来自两个方面，一个是家庭，一个是学校。可是现在我们很多家庭的教育也是缺失的，两个极端：一种是富裕的家庭，小孩都教成了纨绔子弟，三观不正确，趋炎附势、嫌贫爱富、娇生惯养。另一种是贫困地区的小孩，大多是留守儿童，父母都出去打工了，得不到父母的关怀，跟一些体弱的甚至是文盲的祖父母在一起，能够生存下来就不容易了，得到家庭教育是很难的。所以这两种极端的家教都是有问题的。

富裕家庭的极端不属于我们现在要讨论的范围，这个也不是你们要做的事情，这是全社会的问题。现在讲贫困的这一方，也是教育最缺失的一方面。

教育的目的

首先要想清楚教育的目的是什么？为什么那些小孩需要来学习？

（一）受教育方学习的目的是什么？

第一，不上当受骗。

这是最原始的。我很多年前接触过一位志愿者，他完全以一个人的力量到西南一个很贫困的乡村扶贫，他去的那个地方特别穷，平均寿命是45岁。因为营养不良，小孩都长不大，个子都很矮，所以他首先需要的是保证那些小孩能够吃到鸡蛋，每隔一天或者一天吃到一个鸡蛋。另外他们是没有水的，需要到很陡的山下挑。他首先给他们做了一根管子，从山下把水抽上来。那些小孩需要到很远的地方才能上小学，所以他就近建了一所简易小学。那个时候你问孩子们上学的目的是什么？他们说可以不上当受骗，因为他们要定期到集市上赶集，换一些日用品，由于是文盲，不会算账，经常受骗，吃亏。

所以第一个目标是不上当受骗，赶集的时候自己会算帐，这很重要。我认识一个农民工，原来他家里老人是文盲，在本乡遭灾受损后，政府有补助款，他爸爸就被村干部叫去给了60块钱，让他按了手印就回来了。后来他们家读过书的子女回来，知道政府给的钱比这个多得多，就去村委会提意见，说如果不给足就要去告，从此村干部就不敢骗他们了。所以家里特别体会到读过书的人就不会上当受骗。

第二，更加普遍的目的是改变命运。

这是中国几千年来的古老传统，过去读书考功名，改换门庭、光宗耀祖。现在，原来属于贫民阶层的，出了一个大学生进入白领阶层，就变成中产，这个是他们最普遍的理想。全家砸锅卖铁培养一个大学生，改变社会地位，这恐怕是现在老百姓最普遍的受教育的目标。

第三，再进一步，再高一点就是追求知识，丰富个人的修养，以便服务这个社会。过去燕京大学的校训叫做"因真理，得自由，以服务"。到学校里来追求真理，明白了很多道理之后，在精神上就自由了，最终目标是要服务这个社会。我想这个校训是很好的校训。

这是进一步的目标。

第四，再进一步，就是纯粹出于个人的兴趣，探索宇宙的奥妙或者是进行艺术创作，完全没有任何功利的目标，这个需要经济上有起码的保障，否则吃什么？当然有的人对经济保障可以要求很低、很低，他的精神追求非常高，他需要很低的保障就行了，一心一意追求他要追求的，不管自然科学研究也好，哲学、艺术也好。

我好多年前认识一个美国青年，沉迷于哲学研究。他家里很穷，他愿意研究哲学，但是又不喜欢大学里的那些哲学课，认为这都不能满足他的要求。他就去打工，专门找最省脑子的工种，纯体力劳动，能够得到最基本的生活保障，然后省下脑力，把业余时间和精力都用到钻研哲学上。这是特殊的情况，但是存在的。古代就有不少这样的哲人。所以每个人的追求是不一样的。这是愿意受教育一方的目的，我为什么要送小孩去上学？我自己为什么要读书？要受教育？

有一位著名社会学学者，他认为中国教育的问题就在于把教育作为改变命运的一种手段，是歪曲了教育的本义。比如西方发达国家教育已经非常普及，受教育是基本公民权利。读书主要不是为了谋生，不是为了改变命运，因为命运就在那，反正社会很平等，享受的东西差不多，上学就是为了追求知识。他举的是德国的例子，恐怕北欧很多也是这样子，他们的社会已经相当平等。我觉得他原则上是有道理的，但对于现在的中国现实恐怕还离得远了一点。拿这个作为优秀教育的标准在中国是行不通的，绝大部分的人刚刚脱贫，还都是为了下一代改变命运，只不过他这个命运目标是定在比较健康的还是不健康的范围，如果定一个比较健康的自食其力，达到小康生活的目标，不是追求一夜暴富或特别虚荣的生活，就无可非议。我觉得目前中国现实还是这样的情况。纯粹追求精神目标的还是少数人。

（二）施教方的目的

一个老师去教学生，他要达到什么目的？古今中外都有各种教育理论。比如杜威理论，主张放任儿童的天性，他喜欢干什么，由着兴趣发展，他自然而然就会发展成对社会有用的人，是非常自由主义的教育方式，这是一种，恐怕有点过于理想化了。韩愈《师说》讲老师是传道、授业、解惑，也就是说讲道理，这个"道"也可以理解为一种价值观；传播知识；解答问题，这个是比较传统的。

我注意到冯友兰先生的教育理论。他除了是哲学史家外，还是很重要的教育家，他有很多对教育的见解。现在我们提到教育家总想到蔡元培等，但是人们不常提到，冯友兰先生也是既有理论又有实践的教育家。他提出过一个说法，我觉得很有意思，他说政治是关注"已然"，就是已经存在的现实；教育是讲"应然"，要达到的是比现实更高的层次，追求人应该是什么样的。"已然"指的是现实，人都是逐利的，所以政治是在承认人追求利益的基础上，平衡各方诉求，达到比较公正的结果，而且制定一定规则使得追求利益的手段不至于危害社会，前提是承认利益的诉求。

但是教育不能只是这样，教育是说你这个人应该是什么样的，你现在还不是，还没达到这样的标准，我得把你提高到那样的标准。也就是尽量完善人格。这也是"利"和"义"之间的关系，政治就是讲利，教育是要讲"义"，讲道理。我写过一篇文章介绍民国元年（1912年）教育部审定的小学课本。那课本给老师的辅导材料

第一篇序言说，教育最重要的是"知书明理"。也就是教孩子读书首要目标是懂得做人的道理。所以课本第一课就是一个"人"字，然后解释人是怎么回事儿，人和周围的关系是怎么样的，比如有父母、兄弟姐妹、老师，对各种各样的人应该采取什么样的态度。

教育是育人，让他知书达理。一个受了教育的人就会讲道理，野蛮人就不会讲道理。所以总结起来，为什么要有教育？就是使人脱离野蛮达到文明的状态。教育普及了，整个社会文明程度就提高了。但是文明程度和学历不一定必然成正比，有的人学历很高，已经到博士了，但是他的行为特别野蛮，品味低俗，这是基础教育的失败，主要不是高等教育的问题，到高等教育已经晚了，他的基础已经形成。所以有的时候高等教育大普及，可是社会文明程度退化，这个现象正在我们国家发生。

（三） 当前我们的现实教育出了什么问题？

我想很多朋友也知道我对教育有很多批评的话，流传得也很多。比如我说大学"聚天下英才而摧毁之"，"如果教育现在再不改变，人种就会退化"，学历越高，文明程度越低。有一次在一个场合，许多优秀校长在一起开会。我谈到这个问题的时候，有一位校长非常的同意，并且说不是将要退化，是已经在退化了，他们都非常纠结。现在的这种教育制度，特别是像那种为了考上重点大学进行魔鬼训练的学校，绝对是摧残人，把人性完全扭曲了。这样培养出来的人，考上重点大学清华、北大，最后把学校的生态环境都给改变了。这完全与教育的本来目标背道而驰。

1）以升学率为中心对身心的摧毁。

我曾遇到大学教授跟我说，现在在重点大学的研究生里面，得抑郁症的占10%以上，自杀率也相当的高。完全以升学为目标，不择手段训练出来的学生一旦考进了理想中的大学，反而不知道目标是什么。有的是因为他原来在学校算是拔尖，到了那个地方他发现他并不是最优秀的，很失落。有的是本人智商很高，学习没有困难，但是失去目标了，他不知道将来他到底要干什么，因为他原来的学习中并没有教他做人的目标，没有服务社会的观念，只有不断努力应付考试。考上大学以后就没有目标了，这是很可怕的现象。

2）违反平等的价值观。

还有一个现象，我刚才讲过，为什么你们要到贫困地区去支教？最基本的观念应该是人生而平等，有一部分小孩没有得到平等教育的机会，我们应该去补这个缺。但是现在我们的教育内容是反的，是强化不平等的观念。比如，家长教育小孩，你要不好好学习将来就要去扫大街，那就是说扫大街是最低贱的一种职业。我知道的西方发达国家家长跟小孩不会这样说。在一般文明的话语里面，是不能公开歧视某种职业的，他如果说了这个话，环卫工人会向他抗议。而这种不平等观念现在在我们国家特别严重。

比如在过去贵族社会，天生是哪一个爵位家庭生出来的，就决定他属于那一等级。现在就看财富，拜金主义。对不同职业的等级观念特别严重。我偶然在一个咖啡馆看到一个四五岁的小女孩，很可爱。她妈妈大概去买东西了，她自己坐在那儿，桌子上有一点脏，她让服务员来擦一下，对服务员的态度完全颐指气使、居高临下，"过来，你擦一擦"，我大为惊讶，一般小孩都会说的"阿姨，请你过来一下，谢谢你"，这种都没有了。这就是家教，她觉得服务员低她一等。这么小的小孩就可以对一个服务员这样颐指气使，我印象非常深刻。这个社会这样下去会非常落后，应该说是倒退的，完全是反启蒙的。所以现在是价值观出现了问题。

3）缺乏理性思维，只讲"力"不讲"理"。

现在有一种舆论趋势是回到弱肉强食、原始丛林法则，特别涉及跟外国人打交道的时候，完全不讲法律、道理，而是只讲力量。国内同胞有不同意见的时候，只要扣一个帽子说他是汉奸，就可以用任何手段、任何语言暴力对待他，这种盲目性就导致社会戾气增加，这个风气非常可怕。

假如这些风气在学校青少年群体里发展起来，将来他们走向社会之后，我们这个社会就没有公平和正义可言，大家都信奉弱肉强食，而且可以不择手段。所以我感到现在的教育有两个问题，一个是趋炎附势的拜金主义，一个是崇尚暴力，非常可怕。

在我国支教、普及教育，不仅仅是说把小孩弄到学校里学习就完成任务了，我们拿什么思想、什么东西去教给他们，他学习之后变成什么样的人，这个是非常、非常重要的。我们中国人不缺智商，智商高的有的是，考试成绩常常名列前茅。最近又听说江苏、浙江、上海、广州几个地方的中学生在国际考试中名列前茅，这是我们最擅长的，但是对于人格健全却忽略不计。

4）学历与学识并不成正比。

方今的教育制度，即使单纯论智力也行之不远，考试可以考得非常好，为什么创新发明总是很少？这也是一个很大的问题。这跟基础教育都有关系，因为一个人的底色在初中毕业时应该差不多就形成了。我碰到很多后来的大家，有的只念过初中，有的甚至小学都没念完，包括我们的老革命，那些长征干部有什么机会上学？可是有一些人读书读得很多。举一个我们最熟悉的例子——胡耀邦，他读书读得很多，诗写得很好，他都没上过什么学校。读书不一定非在学校里读。再比如大出版家范用，知识渊博，对书的眼光独到，他正式学历只有小学毕业，不过那时的小学教育非常好，他写过不少怀念他的小学的作品。

所以说，培养一个孩子，在初中之前培养出来的是什么样的底盘，这是非常重要的，所谓文化底蕴就是这么来的。

理想教育的内容——德、智、体、群、美

1）德育：就是我刚才讲的由野蛮到文明，不管中国还是西方的基本道理都差不多，不会有很大的差异。例如说谎，哪个家庭都不会提倡。我小时候在家里家长最强调不让说谎，犯了错误，坦白从宽，说谎绝对从严，这是重要的基础教育。可是现在小孩从小就当两面派，心口不一，这也是很糟糕的事情。

还有家长和学校的角力：有的家教比较好，但是到学校教得扭曲了；有的学校很好，但是家长虚荣心特别重，干扰学校正常教育，所以这两方面都有问题。甚至有些家长需要贿赂学校，贿赂老师，成为"潜规则"。中国过去相当长的一段时期学校没有这种现象，老师也不会有这种想法。我上学的时候，1940年代末期通货膨胀很严重，老师生活非常困苦，也没有从学生接受额外报酬的情况。可是现在到了这样的地步，一个是家长要贿赂学校本身，本来原则上义务教育应该免费，但事实上家长要交好多额外的钱，另外还要贿赂校长、老师，等等。

到了这种地步，师道尊严就没有了，你让学生崇敬老师就很难

了。当然，德育和社会风气有关系，学校只是其中一部分。

2）智育：多数小孩都很聪明，在需要记忆方面是占优势的。但是现在需要的是培养好奇心，不是为了考试，不是为了升学，而是为了真的对这个事儿特别好奇，想知道，想探索。否则即便考试成绩很好，学生却越到上面就越没有探索的精神了。求知欲、兴趣特别重要。

还有思辨能力、逻辑推理和科学思维。我们缺乏逻辑教育，看到在微信上的留言，有很多话完全不合逻辑，大前提、小前提全部错位，只会以势压人，"就是好，就是好！"跟人辩论时都不会讲道理，只会骂大街，这很可怕。不会辩论，既不讲事实，也不讲道理，只会骂人，这样培养出来的学生有什么智力可言？

所以我觉得我们最缺乏的第一个是好奇心、探索精神，还有一个就是逻辑思维。清华经济管理学院原院长钱颖一教授，对教育有很多想法。他说人工智能发展起来以后，将要使中国教育失去最后一点优势。我觉得很有道理，因为中国教育的优势是善于死记硬背，比如有一些小孩是算数天才，他的心算目前还能跟电脑、跟算盘有一拼，但是现在所有这些都能被机器人代替了。人工智能不能代替的东西是你的探索精神、好奇心和情感方面的东西，这些机器是没有的，至少到目前为止机器还不能代替人。所以你无论多聪明，包括你心算多厉害，电脑一点就出来了。人所拥有的机器没有的优势，是不断探索的精神，或者胡思乱想或者幻想，或者艺术的创造等等，这些是人的优势，中国教育中就缺乏这个。所以我觉得钱教授说得很对。

3）体育：体育当然很重要，就是身体要好。体育不是竞技，为了得金牌。有数据称中国青少年健康状况下降，这是值得忧虑的。县以下的中小学有多少实际上取消了体育课，我没有调查。据说现在为了安全起见或者为了保险，好多学校课间10分钟休息时都不许小孩上操场，就把孩子关在教室里，这也是现在的一种畸形现象。现在家长对孩子特别娇养，学校又怕担责任，导致孩子缺乏科学的体能锻炼，再加上沉重的家庭作业，对孩子的身心健康都不利。另一方面政府不惜工本培养职业运动员，就是为了得金牌，与全民健康无关。

4）群育：人是合群的动物，你要到社会上工作，要跟很多人打交道。私塾和新式学堂有一个差别，就是新式学堂有同学，大家在一起做很多事情，课外还有社团、读书会等。"群育"是很重要的，就是培养情商，你怎么跟人正常地打交道，而不是成为非常自恋或者自我中心或者很孤僻的人，要能够在平等的基础上，建立人与人的健康的关系。

现在的学校内有的风气不健康，互相攀比家庭，结果经济条件不同家庭的同学来往就有很多问题，你开一个生日Party，同学送多少礼，我送不起，结果就无形中分了圈子。据我了解这个问题好像现在还挺严重。如果从学生时代开始就以家庭背景分等级，只讲利益，不讲情谊，只能竞赛，不能合作，到社会上会是怎样呢？

美国强调个人主义，但是同时也提倡团队精神。不少大学的入学申请表中有一项就是你跟人的合作关系怎么样，包括做过多少志愿者工作，有多少为社会服务的经历。合作精神对于申请大学也是很重要的一项。从前我上学的时候，学习比较好的就会跟有困难的同学一起做功课，互助。现在同学间竞争太激烈，强调排名次，互相帮助的风气比较少。

5）美育：一说到美育，大家会想到音乐、美术、画画等等，当然这些都能陶冶兴情，所以每个学校都应该有音乐课、美术课，但是这并不完全。还有广义的对于审美的熏陶，审美的熏陶贯穿在生活的每一个方面，除了音乐、美术外，语文课的语言美也是很重要的，中文的长处是有很多很多美学在里面，特别美、特别精致，很多成语都有非常丰富的内容。这个跟老师自己的欣赏能力也是有关系的。

还有最重要的是行为美，一举一动符合不符合美的标准。审美的情趣提高之后，那些戾气就会排出去。比如过去学校绝对不允许骂脏话，脏话一出口要受罚，在学校里绝对禁止，这就是语言美的问题，而且是对待别人尊重不尊重的问题。有些我们常常看到的行为，大家觉得很不好，比如说谄上骄下，这种表现既不犯法，也不算道德问题，它就是个审美问题，一个审美品味比较高的人就看不惯，不会这样做。比如我们说这个人真恶心，所谓恶心就是你觉得他作风很不美，很丑，但是你又不能够说这个人真坏，他也没有作恶，我们常常说这个人什么什么嘴脸，这个"嘴脸"就是审美的问题。

明目张胆的说谎也是审美的问题，内心品味比较高的人很难瞪着大眼说瞎话不脸红。所以美育是贯穿在各个方面的，我们国家过去很重视传统的教育，尽管我们的传统有很多落后的地方，或者是过于束缚人的个性，但是在行为美这一方面，道德教养这方面，对长辈、对老师、对同辈应该怎么样等等，都贯穿着一种修养。蔡元培曾经说过，很多国家是靠宗教来规范人的行为，但是中国没有统一的宗教，他建议用美育来代替宗教，规范人的精神生活。有了美的追求，精神就能够提升，等于是一种信仰，一种熏陶。

我记得有一位已故长者说我们现在的教育是倒过来的，小孩上小学的时候告诉他"热爱祖国、胸怀天下"，待他到了工作岗位才开始学基本的礼貌和待人接物的基本规矩，说"谢谢、对不起"，这是倒过来的教育。实际上这种"谢谢、对不起"应该从最小的时候，从幼儿园就开始教。我看到过外国的家长，如果小孩该说对不起时不肯说，绝不放过他，他不说今天就过不去。这是非常重要的养成教育，你做错了事侵犯了别人，你不道歉，你今天就过不去，他们非常认真，一般的家教都有这个内容。

"文革"刚结束时，公交车上都贴着"不夹、不摔、不打骂顾客"。那是"拨乱反正"的一部分，足见"文革"对人的行为规范破坏到什么地步。所以从最基本的审美做起，这是非常重要的，德育和美育应该是融合在一起的。

我知道有很多事情你们也无能为力，但是既然是去支教，就有教什么的问题。首先重点应该是培养老师，怎样做好老师的工作？然后老师去教学生。特别在基层，很多家庭是祖父母带孩子，文化水平不高，老师的威信就比较高，老师的话和行为学生会比较重视，所以老师特别重要。

实际上，如果义务教育阶段真正履行任务，一个初中毕业生即使不升高中也应该可以服务于社会，只要经过短期职业培训学习某一项技能就可以。我们需要大量的有一点基础技能的服务生，比如说现在大量的快递小哥，他如果是初中毕业生，完全是可以胜任的，但是他必须有初中毕业这个阶段得到的各种正常的、健康的教育，基本文化知识和做人的道理。比如他要负责任，不能随便把人家东西扔掉，要诚实、要有敬业的精神，要有吃苦耐劳的精神，然后知道怎么做。当然，这个职业必须年轻，年纪大了就做不了，他还可以进一步学习其他技能，义务教育应该培养继续学习的能力和意愿。所以需要大量的专科学校。教育工作者应该多一点对教育目标的清醒认识，了解要帮助的对象最需要什么，

谁都知道我国教育问题很严重，跟全社会，跟体制、跟主导思想、跟各方面都有很大的关系，不是我们这些志愿者或者公益组织能够解决的。而且我也知道，现在非政府组织遇到的困难、压力越来越大，我只是借这个机会与大家分享一些看法，我们心中有一个理想总是比没有要好一点。有一个清醒的标准，目前达不到，但是至少有一个方向，在有限的条件下尽可能地向培养目标接近，多为社会培养身心健康的人，从而逐步提高全社会的文明程度。

再次对大家克服困难，坚持实干的努力表示敬意。谢谢！

(2014年)

历届留学生与"报效祖国"*

从19世纪后半到20世纪上半叶

首批幼童赴美留学

1872年在容闳的建议下，清政府派一批小留学生赴美。但这批学童没有学完就被召回（1881）。此时清朝的上层士大夫还抵制留学，认为是苦差事，出去的贫寒子弟较多，有的官宦人家子弟上了派送名单还找替身。我的一个亲戚的父亲就是当替身出去留学的。他原是一家高官的门房的儿子，这家被指派送一名子弟留学，就让门房的孩子顶替去了。他回国后在外交部任职。这些人职位大多不高。尽管如此，还是带回来一些新的观念和现代科技知识。詹天佑这样的杰出人才就属于此列。这个时期还有福建船政学堂留欧，培养造船业的工程人员和海军军官，严复就是留英学海军的。

甲午战争之后的留学高潮

晚清派遣留学日本较多，有官费有自费。不过当时清朝已经是末路了，官费送出去的留日学生大多数在那里进行反清革命运动，极小部分学科学技术，回国从事技术工作或行医。（日本医学比较发达，在中国西医中有欧美学派和日本学派。）还有一部分学军

---

* 本文不包括早期留苏的人员，那应属于共运史的范畴，不在本文题下。

事。欧美留学生大多倾向科学、教育救国，日本则起了西方文化二传手的作用。

庚款留学生是特殊群体，影响最大

《辛丑条约》赔款共4.50亿两白银，分39年还清，年息4厘，本息共9亿8223万两，美国分得3293.9055万两，合2444.077881万美元，占7.3%。

美国退款共1196.112176万美元，从1909年1月开始实行，到1940年止，逐月退还。

1911年成立清华留美预备学校。在此之前，从1909年起已经派过三期，共180人。到1928年，国民政府提出教育中国化，凡是外国人在华办的学校都由中国人管理，清华由留美预备学校成为正式的国立大学。抗日战争中，美国于1943年宣布废除不平等条约，放弃庚子赔款，由庚款建立的"中华文化教育基金会"全由中国人管，继续资助留学生。庚款资助的留美学生大约三四千人。在各种动荡中，包括抗日战争，办学经费源源不断。

庚款留学规模大，时间长。在美国带头之下，同时经过中国政府的交涉，英国、日本、法国都相继退款办学。所以庚款留学不止是留美，当然留美人数最多。这批留学生对中国现代化贡献最大，影响深远，有以下几个特点：

1）派遣留学生不是盲目的，确实是在全国招生，经过考试，选拔优秀生。例如第一期报名603人，只取了63人。有了清华学堂之后，更加先有正规的基础学习，然后出国，一般都可直接插班到大学二三年级，接着读研究生。成才的效率比较高。

2）培养的目的比较明确：**"吸取外人菁华，以灌输文明于祖国"，"截他国之长，以补己国之短"**。学习科目以理、工、农、医、商为主，文、史、哲、政法次之，大约2:1。

3）绝大多数学成回国，在各个领域起骨干作用。无论哪个领域的开拓者都有留学生的身影：自然科学、工程、实业、金融、新闻、文化、教育以及政府官员，特别是外交方面的官员，等等。最多、影响最大的是教育。无论是学什么科的，分布在教育界的比例最高，对办学制度、学科建设做出开创性的贡献。教育的特点是可以培养一代一代的学生，所以其深远影响难以估量。

（这部分有关数字大多引自《近代中美文化交流研究》，梁碧莹著，中山大学出版社，2009年）

一般认为1927年至1937年，是中国现代化建设的黄金十年。对此，这批留学生功不可没，可以说是人文荟萃，群星灿烂。我们现在可以举出来的各个领域大师级学者绝大多数都是这批留学生：胡适、梅贻琦、马寅初、叶企孙、蒋梦麟、潘光旦……按比例，成才率最高。

动机和效果

美国方面的动机：培养对美友好的知识精英，影响中国民众对美国的态度（这是受到1905年中国反美浪潮的刺激）。所以美国坚持退款一定用于办学，不得他用。

中国方面也需要培养建国人才。此时的清政府已经有所觉悟，痛感自己落后，所以才有**"截他国之长，以补己国之短"**的想法。当时的驻美公使梁诚是一个很有眼光的外交官，他自己就是幼童留美的学生，所以对留学的好处有切身体会。他向美国交涉，力争退款，并且赞成办学。所以这是两厢情愿。从客观效果看，对中国更加有利。

教育界绝大多数是留美的，留英次之。留日的在这个阶段人数较少，因为日本总想对资助留学事附加条件，对事情加以控制。留法的在文学、艺术领域比较多。留日的回国后多数从医、办实业，从政的也不少。

抗战胜利以后的留学生实际上是前一阶段的继续。用庚款成立的中华教育基金还没有用完，另外还有一些其他的来源，家庭经济宽裕的，自费留学也开始增加。1945年以后出去的学生大部分都是准备回来的，但是由于内战以及国内形势的突变，就产生了因政治取向而选择去留的问题。

1949年以前"海归"的作用（除了庚款之外，还包括其他方面资助的，例如教会、基金会）

1）外交：知道如何与外国打交道，出了一批早期的杰出外交官，如伍廷芳、王宠惠、顾维钧等。

2）中国现代化建设：这个特别重要，遍布理、工、农、医、实业、金融、新闻、人文、社会科学、教育各个领域。

3）自然科学与社会科学各学科的建设从无到有，效率高，很快出成果、出人才。

4）作为西学东渐的载体，站在中西文化交汇点的高处，为新文化奠基，引进各种思潮，形成一个百家争鸣的局面，引进的精华结晶为科学和民主。

5）这批人在抗日战争中成为最艰苦条件下的精神力量。

取得这样成绩的主客观条件

1）主观条件：这些人在出国前都有很深的中国文化修养，同时对近代中国之各种弊病刻骨铭心。无论哪一行都是抱着改造中国、振兴中华的目的。由于自身的文化修养较高，对外来文化比较懂得取其精华。

无论从中国士大夫的传统还是西方自由主义的角度，都保留了一定的人格独立，就主体而言没有被权势所收买。即使进入政府的，贪官也比较少，也仍然保留了独立的见解，如胡适、傅斯年、罗家伦等人。

庚款留学的条件是学成必须回国，实际上也很少人想留在国外。一方面，在文化上"化不了"，难以融入西方社会。同时，他们本来就有报国之志，回国后也主要在国内机构服务，极少数在外国公司工作，从社会地位来讲，"洋行职员"在那个时期收入较高却不属于社会精英。到1940年代末，有些人滞留不归是政治原因，但这些人心理比较矛盾，过得并不舒畅。

2）客观条件：直到二战后，欧美国家仍存在一定的歧视，华人得到高级职务的机会少。这批留学生大多出身中上层家庭，有很强的民族自尊，而回国则物以稀为贵，物质待遇上不亚于国外可以得到的，社会地位则更加优越。

无论是晚清、北洋和国民政府都需要用人，一般风气对文化人比较尊重。"海归"大都受到重用。私人领域办学、办实业也比较自由，自主创业机会较多，所以发挥的余地比较大。他们回国大多能一展所长。

另外，没有定于一尊的意识形态。当然还有许多旧礼教、旧习惯思想的阻碍，而这批留学生恰好是新思想的载体。他们做的正是"吸取外人菁华，以灌输文明于祖国"，所以被称为"偷天火的人"。他们引进各种思潮，当时有百家争鸣的空间。不利条件是政局动荡，政府财政拮据，办不了大事。

1949年以后的前三十年

过去留学生主要是学成回国的，很少作移民想，这点与底层劳动者不一样。大批滞留海外是1949年以后。

1.那一批人滞留海外大多是不得已的，心情矛盾。他们对国民党失望，而且在台湾狭小的空间也难以立足；对共产党不能认同，实际上也难以见容。在国外谋职糊口可能不成问题，但是总感到流落他乡。即使经济上有一定的保障，或取得一定学术地位，例如在大学任教等，但总有一种孤臣孽子的心理，因为他们还是有中国士大夫的传统。有一位已经进入名牌大学相当受尊重的老教授写的诗中有"忍教小儿学胡语"句，很能代表这种心情。

2.1950年代初，受到国内新气象的感召，有的留学生开始回国，想一展所长，实现建设新中国的抱负，随即为一连串的政治运动吓退，已经回来的除少数外都未能逃避厄运（"两弹一星"的专家是极少数特例）。

3.当局并不一定欢迎大批西方国家的留学生回国。早年的"海归"以及未留学而仅在国内受过"洋教育"的，都不受信任，需要经过彻底改造，对国外回来者更有戒心。大体上对两种人有选择地争取回国，一是有国际名望的，可起宣传作用；一是急需的科技工程人才，特别是军工方面的。所以军工方面反而对出身条件放宽。对人文和社会科学基本上是排斥的。当然，无论何种人到"文革"都难逃一劫。

4.另外一些是政府派到苏联东欧国家的新留学生，政治上筛选比较严格，主要是学习科技方面的知识，以及有关国家的语言，回国后在科技和工业建设方面有所贡献。中苏交恶以后即停止派送，其中一部分人也不同程度地受到牵连。

1980年代出国潮和移民潮

经过长期闭关锁国，一旦开放，出现了阻挡不住的出国潮。

滞留不归的比例空前高

1980年代出去的主要是到美欧发达国家，而且以美国居多。外部世界和国内一贯的宣传反差太大，留学生们一旦接触现实有上当受骗之感。同时国内外生活条件情况的差距也很大。他们普遍对外面的感觉，用一名学生的话概括是 richer and freer（更富、更自由）。不少人是长期受迫害，或者父母受迫害，感到寒心而逃离。另外，国外教育资源丰富，容易拿到奖学金，学习环境与国内不可同日而语。

主客观条件与战前大不一样

客观上，欧美国家排外和种族歧视已大大减少，而且鼓励中国改革开放，对中国留学生给予种种优惠待遇。主观上，经过历次政治运动，特别是"文革"之后，这一代人那种传统士大夫的家国情怀和优越自尊已经十分淡薄，能够较快适应和融入西方社会。

一部分人还是选择回国，对改革做出贡献

在这点上，与早期的留学生有相通之处，期望在改革的东风中能够一展所学。实际起过作用的主要在经济专业，引进现代经济学和市场经济的观念。一部分进入政府，企图影响政策，励精图治；另一部分发展民营企业，相当成功。在教育学术界也有一些影响，不过不断遇到意识形态的冲突，困难较多。

1989年是一个转折点。本来准备回国的，大批滞留不归，已经回国的又被迫外流的也不在少数。在全球化大背景下，人才自由流动是大势所趋。当代民族国家界线不那么鲜明，个人的出路是决定性的，世界公民的观念开始普及，这无可厚非。如果中国本身不能吸引人才，而且浪费人才，这只能归咎于体制、政策环境。除了大敌当前的战争时期，没有理由要求国民做出牺牲。但是大批精英流向国外，对国家民族来说的确是重大损失。

1990年代以后的变化

留学生成分有所变化

1980年代的留学生大多在国内读过本科，而且多是其中佼佼者，学习能力和意愿都较强，在国外也刻苦学习，生活比较艰苦，或靠公费，或由外资资助，还要勤工俭学。而1990年代以后的新现象是留学生成分复杂，日益低龄化，主要是一批新贵和新富，把子弟送出去镀金。有的就是在国内高考落榜而出去。学习目的也不明确，国外学校良莠不齐，并非都有严格要求。有的国家某些学校以中国留学生为赚钱的来源。早期的留学生中也不是没有纨绔子弟，但是极少数。现在这样大批的低素质、高消费的中国留学生是前所

未有的。

另一部分并非纨绔子弟，而是由于国内的教育体制日益扭曲，学校风气日益不利青少年成长，父母希望子女在比较健康、正常的环境中成长，也尽量争取条件把子女送出去。

进入21世纪，中国经济增长迅速，而发达国家在一段时期内经济增长缓慢，就业机会减少，"海归"似乎又多起来。不过并非如媒体炒作那样已经形成"回流潮"。真正回国就业的还是少数。一部分海归实际上是在跨国公司工作，因为有语言和对国情了解的优势，被派驻中国。一部分在高校和研究机构，受到客座教授的特殊待遇。但是他们多数已经入了外籍，或有长期居留证，随时都可以离去。

当前整个体制和社会环境与20世纪前半叶大不相同，所以尽管"与国际接轨"成为主流的口号，但是国人已经没有那种学习国外先进经验的渴求，当政者甚至有种种疑虑和排斥，"海归"极少有可能像庚款留学生那样真的"截他国之长，以补己国之短"，即使有心也无能为力。

一点感想

每一个人都有权利选择自己想做哪国人，选择自己认为最好的发展前途，可以用脚投票。即便为了呼吸新鲜空气而移民，也可以理解。到了国外，不论是取得绿卡还是入了外国籍，对故国还有感情，念念不忘，想做出一点贡献，也是人之常情。完全成为住在国国民，不再关心中国事，只顾自己安稳度日，也无可厚非，大多数老百姓都是如此。只有两种情况不可取：一种是在中外之间以吹牛蒙骗抬高自己身价，两边通吃；另一种更恶劣的是有意与国内的权贵、贪腐势力同流合污，为阻碍中国汇入人类进步文明制造舆论。自己享受着西方的民主自由，可以恣意批评住在国，却力劝中国不要走民主道路，为专制唱赞歌。自己在外国择地卜居，享受着青山绿水新鲜空气，竟然著书吹捧中国的环保现状。中国现在处于转型关键期，问题很多，阻力很大。留在这片土地上的仁人志士冒着风险，顶着压力，做着艰苦的努力，希望挽救民族的沉沦和堕落。各个时代的海归正在从各个角度继承先贤"吸取外人菁华，以灌输文明于祖国"的遗志。那些在海外享受了优质教育资源，有了谋生或创业能力和机会的人，可以不参与，可以保持中立；如果觉得在海外不如意，想回国来发展，当然也是自己的自由，但是即使不能以所学对推动社会进步做出积极贡献，也请不要拉后腿，帮倒忙。

（2015年）

生祭《炎黄春秋》

【题解】文天祥第一次被捕时，未即死，因有所待，以为事有可为。他的学生王炎午对他有误解，以为他贪生，因此作《生祭文丞相》文，促其殉节，后来知道是误解，在文天祥殉难后又作祭文痛悼之。这个典故并不完全贴切，只是取其将死未死之时的"生祭"。

"还原真相，开启民智，唤醒良知，推动革新"。

这是《炎黄春秋》二十周年纪念之际我的贺词，自以为概括得还准确，也是我的期许。

2013年新春联谊会，多数与会者对新的开始充满乐观的期待，绝大多数人的发言都围绕"宪政"的主题，后来产生一篇联名上书，提出全面的建议，完全是建设性的，可谓充满了"正能量"。我却婉拒了签名，一则因为我原则上不喜欢联署之类的事，特别是上书言事，从来不是我的取向；更重要的是我并不分享那种乐观情绪。所以我在会上的发言没有谈及时政，也没谈宪政，而只讲大历史观。这一思想在我的多篇文章中有所阐述。后来证明，乐观是过早了，那个体现一片赤诚之心的文件竟被列入了应予封杀的"噪音"，再不得见天日。那个关键词本身也被"敏感"了。

2014春节联谊会，我讲过这样一段话：

现在朝野有没有共识？我想至少有一个共识，就是大家都不希望发生动乱，都希望能够和平地进行深化改革，渡过社会转型。但是通过什么途径，用什么手段达到这个目的，分歧好像很大。很多事令人想起明朝顾宪成与王锡爵的对话，顾在野，王在朝。顾说："外论所是，内阁必以为非；外论所非，内阁必以为是。何也？"就是在很多是非问题上，"朝"与"野"的看法完全相反。

我们经常遇到这样的情况：一本好书，很受读者欢迎，或者一篇文章，大家都说好，争相传阅，忽然就听说"挨批"了，被禁了。这是怎么回事呢？又比如，现在领导下决心反腐，很得人心，但是民间以各种行动表示拥护，热心支持、要为此做出贡献，却忽然获罪。有记者揭发贪官，事后证明完全准确，贪官已落网，而记者却被勒令解雇。有人被请去"喝茶"了，有人给"上手段"了，甚至有人给抓进去判刑了。那么依靠谁反腐？是孤家寡人，还是依靠全社会的正义和健康的力量？我一直认为腐败已经这样病入膏肓，不依靠真正的法治、不依靠民众的强大力量，是难以乐观的。（按：关于反腐的这段话，后来被作为我的"错误言论"向我提出指责。我左思右想觉得没有错，所以还坚持。我真不明白，真话、真相就那么可怕吗？）

现在有两种"高危职业"，一是律师，一是媒体。我们要建设法治，但是律师动辄得咎，不但不能依法履行维护公民权利的职责，本身安全还得不到法律的保护；还有为民喉舌的媒体经常因言获罪，遭到各种封杀和打击。刚才听说本杂志在多数报刊下滑的情况下，订数大幅增加，这固然令人鼓舞；但是另一方面，多数报刊不景气的现象并不是正常现象，不少曾经拥有许多读者，辉煌一时的报刊，一再遭受风霜雨打，逐步凋零，这种情况令人担忧。我宁愿《炎黄春秋》不是一枝独秀，而是百花齐放中的一株（现在证明，一枝独秀是难以持久的）。

中国最需要的是培养理性的、有现代意识的公民，而不是愚民、顺民。坦率地说，实际上，愚民、顺民并不能保证社会安定，没有明确的公民意识，没有法治观念，在某种契机下，顺民很容易变成暴民。建立公民社会是当务之急。我始终不能理解为什么"公民"如此犯忌，提倡公民教育会获罪。如果把最讲理、有良知、有正义感、主张温和渐变、培养公民社会的人都打压下去，一旦有事，顺民无告，变成暴民，那才会无序大乱，是十分危险的（可虑的是，现在"暴民"真的有日益增加之势，社会戾气上升）。

关于历史定位问题。老百姓可能不在乎，而居高位的政治人物，也包括部分社会精英，都在乎身后名，也就是流芳百世还是遗臭万年。用现代的话说就是站在历史的哪一边。中国百年多来无数仁人志士前仆后继追求中国现代化，有的牺牲生命成为烈士，许多人受到过不同的迫害和牢狱之灾。在历史的长河里他们是公认的英雄人物，至少是正面人物，而镇压他们的是反面人物。例如满清之于戊戌六君子，还有民国时期坐牢的"七君子"，黄炎培先生去向蒋介石要求放人，当面对他说，他们是"君子"，你把他们关起来就是"小人"。一百多年过去了，现在仍然有人为同样原因而坐牢，用不着过百年再回顾，谁站在历史正确的一边、正义的一边，是非立判，当代就有公论。

2015年新春，聚会被禁，本拟与会者只有"拟发言"，后来刊登出来。我的"拟发言"部分内容：

我要再次阐明的是，在"致君尧舜"和"开启民智"之间，我们的终极关怀不应是前者而是后者。而且我认为前者是无用功，后者才是希望所在。

在杂志20周年纪念刊上我的贺词是："还原真相，开启民智，唤醒良知，推动革新"，其中关键是开启民智。从谎言中还原真相，告诉谁？当然是民众，而不是故意蒙蔽真相的人。唤醒谁的良知？当然是民众的良知。革新的推动力归根结蒂还是在于全社会的良知觉醒之时。一百年前严复说过"民智之不开，何以共和为"，梁启超的《新民说》都是说的这个道理。而开启民智首先是知道真相，同时养成理性的思维方式和依法维权的观念。统治者往往以愚民保持顺民为得计，须知愚民在一定条件下变成暴民并无不可逾越的障碍。中国循环往复的历史还不够证明这一点吗？

在许多革命老前辈面前我不敢言老，但是我已是耄耋之年。生于斯、长于斯，而且一定终老于斯，不会再用脚投票远走他乡。我对这国土无比热爱，也见证过我们的民族历经苦难，人为的饿殍遍野、精英备受摧残，再也不希望看到社会动荡，民族再蒙灾难。正因为如此，开启民智才是当务之急，这也是我所寄希望于这本杂志的。

2016年新春聚会又遭禁，杜老气得血压高达200，以死相拼，临时凑成了一次聚餐。一次节日的聚餐需要以性命相博，这也够得上世界级奇闻。

实际上，这份杂志从来就是在夹缝中求生存，年年风霜雨剑严相逼，每年新春聚会都有一种悲壮的气氛。近两年风急雨骤更加升级。其实两年以前就有准备"玉碎"之说，另一种倾向是"留得青山在"，以妥协换取生存，但是妥协以不损害原则为底线，有人戏称"青山派"和"玉碎派"。坦率地说，我属于玉碎派，覆巢之下安有完卵？我一向悲观，杜老承诺的这个"不碰"，那个"不碰"，已经逼到墙角了，这"底线"在哪里？守得住吗？改革开放以来，曾有过报刊蜂起，众声喧哗的短暂的繁荣，但是此起彼伏，前赴后继，各领风骚几年，有的甚至几个月，或灭亡，或名存实亡（底线崩溃，完全转向）。一本刊物延续25年已不寻常，其原因众所周知，端赖老人的支撑，前期还有更高位、更老的人作后盾。现在他们多已作古。我们戏称"丹书铁券"的大人物题字"办得不错"，年年挂出来也不管用。杜老的党龄长于方今能仗势对他颐指气使的任何在位者的年龄，也许还赖组织内论资排辈的传统，或者还有一丝丝残存的敬老的伦理，才勉强被容忍，得以不绝如缕，而并非是他一片救党救国之心感动天庭。我理解老人在晚年有所觉悟之后的一片赤诚，就凭他能对他在位时执行错误政策曾经伤害过的人一家一家走访道歉，就令人敬佩，而这份杂志正是他觉悟后的见证。当然不止他一人，还有一批从耄耋到期颐之年的老人，都同此心。他们为国家富强、民族解放（当然包括思想解放）的初心不变，所变者，是对途径选择的认识。其志可敬，其情可悯。

但是，这终究不是正常现象。我曾设想，刊物可能在某个契机主动"安乐死"，可以避免在温水煮青蛙中苟延残喘，一辱再辱的痛苦，最后连"玉碎"都不可得——杜老以90高龄与名望，这几年所受屈辱，非外人所得尽知。他忍辱负重，苦苦支撑，如果不是为了事业和良心，是难以承受的。我尽管是杂志的忠实读者，兼作者，还挂名编委，但终究不是内里人，也许旁观者清，但决不是冷眼旁观，只是揣情度势，做出自己的判断。

　　然而我尽管悲观，还是对现实的残酷性估计不足。最近几天鲁迅的一句话经常在脑际出现："我向来不惮以最坏的恶意来推测中国人的，然而我还不料，也不信竟会下劣凶残到这地步。"（《纪念刘和珍君》，毋庸赘言，这里"中国人"只是特定的人，而不是全部，相信鲁迅也是这个意思，例如刘和珍当然不属于这类中国人）。这样的明目张胆肆无忌惮，这样的公然撕破协议，无法无天，以城管对小贩的暴力手段，或者以打土豪分田地的手段对待一份合法注册的刊物，这样对待一位因丧妻之痛生病住院的老人，乘人之危，急不能待地打家劫舍，鹊巢鸠占，还瞄准财务、出纳（恐怕那笔不大的资产也是重点目标），天理何在？人道何在？至于没有执法凭证意图强行搜包、搜身（尽管未能完全得逞），无理阻挠一个机构履行依法纳税义务，则已经明确触犯了法律。这种种暴行出自一个以"文化"、"艺术"为名的机构，最后一点文明的外衣已经撕去，礼义廉耻荡然无存，"我是流氓，我怕谁？"呜呼，我欲无言，我能何言！

　　现在，受害方还在用文明、法律的手段，根据白字黑字的协议维权、申诉，给法治尊严、公信力、人道、廉耻最后一次机会。还有谁珍惜这个机会吗？

（2016）

　　补记：此文刚写完"吟罢低眉无写处"，却听说基层法院已经拒绝立案，果然，给机会不要。

知识分子感言

——写在杨绛先生仙逝之际

　　杨绛先生仙逝。作为曾有幸在杨先生和钱先生课堂亲受教诲的学生，自然心有所悼。我不但上过钱先生"西洋文学史"的课，而且钱先生还是我毕业论文的导师（全班唯我一人，不知此前或此后他还有没有指导过他人的毕业论文）。不过他归道山后，我什么纪念文字也没有写，因为他名气已经太大，死后哀荣，记念与研究文字不断，我毕业后的工作远离外国文学，这方面不再有长进，愧对师长，不想套近乎。我上过杨先生一年英国十七、十八世纪小说史的课，后来也差不多都还给了先生，不敢再提。毕业三十年后，我到社科院工作，才又续上了联系，不过登门求教是极少几次。随着他们名声日噪，门庭若市，不敢再打扰，只是逢年节电话拜贺而已。近两年杨先生重听，我连电话也不打了。现在她驾鹤西去，写家蜂起，连同钱先生一起又成为热门话题。对他们二位的褒贬，一时间沸沸扬扬。我忽然想起鲁迅的几句话："文人的遭殃，不在生前的被攻击和被冷落，一瞑之后，言行两亡，于是无聊之徒，谬托知己，是非蜂起……这倒是值得悲哀的。"两位先生生前不喜热闹，身后任人如此评说，如果真如杨先生相信的灵魂不灭，不知作何感想。

对二位师长的悼念之情不在于一朝一夕，纪念文字留待以后再考虑。不过这次引发的种种议论涉及中国知识分子与公共事务的关系，对于这个话题，二十年前我写过《平戎策与种树书——读书人的出世与入世》，之后陆续发表过一些看法。2010年我八十岁时，发表了《中国知识分子对道统的承载与失落》一文，从两千年的传统到本朝，试图将清在中国特有的环境中"士"的处境及其复杂而曲折的心路。特别是该文最后关于当代部分，实际上融入了本人的切身体验，也算是一个总结，自以为尽其所能对这个问题剖析清楚了。但是自那以后，又见到和听到许多对人对事的议论，或出于对国情和历史的无知，或者就是为自炫而不惜损人，促使我感到言犹未尽，借此机会对这个话题再略抒己见。

正常的现代公民社会不需要"公共知识分子"为民请命

在正常的现代公民社会，人人有表达意见的权利，各类人群都有自己的组织和维权渠道，在权益受损，遭受不平时，从公开呐喊到诉诸法庭，到上街请愿……不需要所谓"公共知识分子"为民请命。服务于媒体的"知识分子"的天职就是揭露真相，对社会弊病行批判之责。至于各专业领域的知识分子，则术业有专攻，做好本职工作就是对社会的贡献，如果对政策有发言权，一般只涉及与本行业有关的，例如水利专家对一项水利工程的取舍提出建议，等等，本不必人人都关心国家大政方针。"凯撒的归凯撒，上帝的归上帝"，正如康德对德国皇帝说，你做你的皇帝，我做我的哲学家，咱们互不干涉。这应该是正常的情况。一个民主国家，群体议政的地方在各级议会，参加者各色人等都有，代表各种利益诉求，当然不限于知识分子。占据了议会的位置而不为民请命，就是失职。只是在言路不畅、法治不彰、社会严重不公而百姓常常处于无告状态时，才有先知先觉的社会精英仗义执言，形成所谓"公共知识分子"，以别于一般只埋头于本专业的知识分子。

从历史上看，每当社会转型期，知识分子起先驱作用，出现杰出的思想家。例如欧洲走出中世纪，从文艺复兴到启蒙运动到科学革命，文人、思想家群体功不可没。作为个案，知识分子对与己无关的冤案进行抗争，担负起为弱者鸣不平的批判角色，最出名的是法国作家左拉为德雷弗斯案的著名辩护书《我控诉》，起了划时代的作用。那时法国虽已是大革命之后，民主还不完备，特别是犹太人还受歧视，左拉此举是要冒风险，做出牺牲的，所以是勇气和主持正义的榜样。后来在俄国出现"intelligentsia"一词，特指以国事民瘼为己任，专门关心社会改良，直至发动革命的社会精英。他们怀有超越自身利害的理想，并有为理想而献身的精神和行动。其中有许多就是作家。文学本身就是表现人和人心的，优秀的作家都应该是真情流露，最有赤子之心，对现实有直觉的敏感。所以在很多国家，不论是浪漫派还是现实派，虚构还是非虚构，散文还是韵文，作家（包括诗人）往往站在社会批判的前沿，因而也常遭受横逆和迫害，其本身的遭遇就有许多故事。十月革命之后，在前苏联以及东欧国家，在高压下的作家和广义的文人仍然有令人瞩目的表现。

中国古代的"士"肩负着为生民立命的责任

揆诸中国，古代的"士"大体相当。孟子主张"有恒产而后有恒心"，这是对一般老百姓而言，但又说"无恒产而有恒心者，惟士为能"，也就是只有"士"能够超越自己的切身利害，为某个宏大目标锲而不舍地奋斗。在教育不普及的时代，少数有机会多读了一些书，而且善于深入思考的人，就有责任为生民立命。即使在春秋时代，也不是所有的"士"都能如此，所以孔子告诫弟子："汝为君子儒，毋为小人儒"。以后在漫长的专制皇朝岁月中，"士"与"仕"不可分，因为读书人唯一的出路就是为朝廷效力，也就是做官。基本上没有独立的知识分子。但是即便入仕为人臣，也还有君子、小人，直臣、佞臣之分，有豁出性命也要"致君尧舜"的，有为私利而"逢君之恶"的。有以天下苍生为念的，也有只顾自家荣华富贵，不顾"一路哭"的。皇朝循环，治乱兴替，读书人就有一个"出处（读上声）"的问题。孔夫子给出了一条原则："邦有道则智，邦无道则愚"，遇到无道昏君，就可以装傻，消极抵制，至少可以避免助纣为虐。这就是千百年来中国知识分子洁身自好，保持一点人格独立的出路，于是出现一类人，称为"隐士"。关于这个问题，我在《读书人的出世与入世》一文中已有详述，此处不赘。

近代读书人作为思想载体站在"救国"的最前沿

进入近代，中国遇到"三千年未遇之大变局"，内忧外患不断，始终处于不断变革、社会转型之中。外来的与本土的各种思潮在神州大地此消彼长，作为思想载体的读书人站在"救国"的最前沿，作用最为突出。在朝有郭嵩焘、李鸿章、张之洞等一批名臣，还有辛亥革命志士及民国时期的某些正直的政治人物；在野有公车上书、六君子、七君子，以及新文化运动大批健将。面对日寇侵略，大批知识青年或响应国民政府号召"十万青年十万军"投笔从戎；或到当时共产党领导的根据地，参加抗日，出现许多可歌可泣的爱国志士。整个十九世纪下半到二十世纪上半叶的百年中，中国知识分子一方面在专业领域内成绩斐然，为现代化打下基础，另一方面遵循各自的信仰理念，为救国救民不惜抛头颅、洒热血。现在常常提到的"脊梁骨"，应该说从总体而言，那段历史时期，读书人的脊梁骨是没有断的，堪称"民族脊梁"者绝不止鲁迅一人。当然还可以举出种种相反的人和事例，卖身，乃至卖国求荣者，这是任何时代免不了的。但统而言之，那一百年的中国知识分子视之其他国家在类似背景下的表现毫不逊色。

想起几年前看到过一篇文章，大意谓：中国知识分子在过去一百年尤其是过去七十年里面对的政治与社会环境之恶劣，几乎是无与伦比的。中国知识分子为了真理和正义而伤亡的比例，甚至超过了上个世纪里各国士兵的阵亡率……古今中外，哪一个民族的知识分子，为了履行知识分子的责任和义务而遭受如此大的磨难，还依然前赴后继？中国的知识分子阶层绝对是对得起民族与民众的……我基本同意这一看法。至于二十世纪后半叶，中国知识分子的遭遇和蜕变，已有许多研究著述，我在《知识分子的道统》一文中也已经充分论述，不再重复。

改革开放前连保持沉默的权利也没有

近六、七十年以八十年代改革开放为分界线，在前三十年，知识分子是没有任何独立的空间的。人们现在常提到的美国波士顿犹太人纪念碑的碑文："……起初他们追杀共产主义者，我保持沉默——因为我不是共产主义者；接着他们追杀犹太人，我保持沉默——因为我不是犹太人……最后他们奔我而来，却再也没有人站出来为我说话了。"殊不知，那个时期的中国，连保持沉默的权利也没有。你不问政治，政治要来找你。每次政治运动中，人人都被迫"表态"，批自己、批别人。每个人都是"单位人"，到哪里去做"隐士"？现在披露出当时见诸报刊的许多知名大儒自虐之词和批判别人的言论，令人震惊，不忍卒读，他们如在世，也会自惭。这些是名人，所以言论被公开发表（发表与否也由不得他们本人），还有无数知书识字的大大小小"知识分子"，写过无数此类检讨、批判以及"学习心得"，无人能跳出那张大网。记得改革开放之初，领导许诺不再搞运动，虽然许多人仍心有余悸，不敢放言，但是大家都松一口气——真话不能全说，至少可以不被迫说假话了！但是说真话的权利，包括保持沉默的权利的重新拥有，并不是那么顺利的，变相的运动也还是不断。上世纪八十年代末九十年代初，又有一轮被迫"学习"和"表态"，不过那时形势、人心已经不同，齐刷刷按一个调门说假话的现象已经少多了。那时有一批短期出国进修的青年学子因此滞留不归。我1991年在美国见到一名熟悉的青年，在那里生活比较困难，而她在国内家庭条件还是比较优越的。我问她为什么不回去，在这里有什么好？她说"可以不表态"！还有，她好读书，这里图书馆太方便了，她读到了许多前所未闻的书，眼界大开，也是一大享受。精神上回不去了，物质生活苦一些，没什么。我能够理解，作为一个本质诚实善良的人，摆脱说假话表态的痛苦，享有保持沉默的自由，有多可贵。

记者和律师仍是高危职业从"文革"浩劫中脱颖而出的一批青年才俊曾经意气风发，特别表现在媒体和学术界，有一番新气象。涌现出一批报刊，此起彼落，前仆后继，在繁荣学术、开启民智、打开眼界方面起了相当积极的作用。特别是有一批媒体人，关心民瘼，追求真相，主持正义和公平，成绩确实可圈可点。世纪之交，我曾到广州，袁伟时老师介绍我与一批媒体人聚谈，他当时非常乐观，说南方这个"蛮荒"之地，可能会出现三十年代上海的局面。

事实证明，袁老师过于乐观了，不久，形势就有所变化，后来的情况尽人皆知，不说也罢。

另一个知识群体是法学界，包括律师和从事教学的专家。他们的贡献切实而显著，蒙受的打击也令人唏嘘。在过去"反右"运动中，除新闻界首当其冲外，为数不多的法学专家和教授几乎全军覆没，其中有人一言不发，也未能幸免。因为法律本身被认为是资产阶级的。没有想到，在弘扬法治的今天，法律专家和媒体仍是"高危职业"，说明知识分子要以独立的人格，凭自己的良知服务于社会，道阻且长。

史学界在新时期的贡献不应被埋没

还有一个从自己的专业对开启民智做出贡献的领域是史学界，包括古代史和近代史研究，特别是近现代史。有一批学人，孜孜以求，在人类发展规律的大前提中得出自己的判断，随着档案的开放，拨开迷雾，回归真相，不但传播了知识，还表现出史德和史识。我本人对历史只是有兴趣，知识有限，这些新的成果惠我良多，对启发我反思也起了一定的作用。因此，说中国治史的优良传统在当代史学界得到继承和发扬是不为过的，他们的贡献不应被埋没。尽管是在故纸堆里耙梳，秉笔直书还是免不了触犯忌讳。我曾在一篇文章中说到中国古代有"殉史"的，是中国一大特色。今之学人虽然不至于因写史而牺牲性命，但是遭到各种封杀和不同程度的打压，甚至被扣政治帽子，却常有发生。

至于上述本该站在社会批判前沿的作家群体，在媒体上只见各种评奖、颁奖，颇为风光热闹，却很少听见为公共事务发言的声音，似乎不被认为是"公共知识分子"，这与其他国家，包括前苏联和东欧，情况大不相同。

轻薄地讽刺、贬斥前辈知识分子是缺乏起码的自省力

我无意对各类知识分子在新时期的表现一一评论，也不具备足够的资料依据。只是有时见到有些人以居高临下的姿态对前辈的一些酷评，很不以为然。特别是现在，尽管言网时紧时松，道路曲折，但是比起前三十年，还是有一定的空间。另外，由于开放，人们见识大不相同，打破了以前因无知和闭塞而造成的"真诚"的信服。说真话、主持正义的风险要小得多。但是当前，对于中国大陆知识分子之软弱、之"犬儒"，已不是新鲜的酷评，而做出这种评论的，大半也是知识分子而不是草根百姓。有些人，同样受过高等教育，对民间疾苦和社会不平，以及各种悖谬、祸国殃民之事没有任何关注和义愤，相反，只见他们小心翼翼维护着自己已经享有的优越的生活和名誉地位，与各种"潜规则"妥协，甚至加以利用。如钱理群老师所说的"精致的利己主义者"，有足够的知识和技能，为求荣华富贵而不惜损人利己甚至为虎作伥，却对当年处于"鼎镬在前，斧钺在后"的境地的前辈轻薄地讽刺、贬斥。这不仅是不厚道，而且是缺乏起码的自省力。我绝不是说自己做不到的不能批评别人，例如不会写小说就不能做文学批评；但涉及到良知和担当，每个人都应该时时扪心自问。今天年富力强的新生代所缺乏的恰好就是前辈知识分子的忧国忧民、责任感、骨气，甚至起码的正义感，而前辈所承受的高压和身家性命的威胁，是当代中青年难以想象的。

钱杨二先生是不可复制也无法效颦的特例

由钱杨二位先生引发的关于知识分子的担当论述，在我有限的阅读中，见到比较严肃说理的有张千帆、徐贲和张鸣先生的文章，徐、张二位还有一番争论。但是我发现这几位先生的意见我都同意。这不是滑头、和稀泥（这从来不是我的作风），而是他们所表达的价值取向实际上是一致的，只是角度不同，涉及的时空语境不同。由于《围城》拍摄成电视剧，钱锺书先生进一步在知识圈外的公众中声名鹊起，几乎家喻户晓。于是人们对他们夫妇以"公共知识分子"相期许，责其没有更多关心社会现实，利用自己的影响发出呼声。另一些人则大力赞扬其独善其身的"隐士"情怀，借以为自己的自私、自恋、冷漠找借口。

对钱杨二位师长本人做出评价不是本文的主题，只想指出，他们绝对是特例，不可复制，也无法效颦。在二十世纪下半叶，**他们能够不但"苟全性命"，而且"苟全羽毛"于乱世**，有其独特的主客观因素。从主观上讲，当然是清高自守，鲜有争名逐利的欲望，也有足够的明智和清醒，没有事事盲目紧跟（做到这点就不容易）。而客观上更重要的是能被允许与政治保持距离，这是同代知识分子难以企及的。上世纪五十年代初，恰巧钱先生被征调到《毛选》翻译组，在那里是不搞政治运动的，于是躲过了大专院校教授大规模"思想改造"，人人过关的一劫。如果当时他还在清华，如何能避免"表态"？还因为，钱杨二位先生回国不久，在当时的教授中属于年轻一辈，尚未有著作构成与官方意识形态不相容的体系，他们本人的名望还没有达到被重点关注，必须"彻底清算"的地步。如雷海宗、冯友兰、金岳霖、潘光旦等一批名教授是逃不过的。有一则流传甚广的"佳话"：艾思奇三进清华园，专门与金岳霖辩论，直至金"投降"，服膺辩证唯物主义哲学。姑不论金岳霖是降于势还是服于理，至少钱锺书不会是被挑出来"辩论"的对象。杨绛先生先到了"学部"（社科院前身），比他受的冲击就大一些。他们二位有"右派思想"而能忍住"无右派言论"，此后明哲保身，杨先生封笔，不创作，只翻译；钱先生致力于注六经式的学问——《宋诗选注》《管锥篇》。做到这点也是要有识时务的智慧和定力的。关于杨先生的《干校六记》，钱先生说过应该还有第七记，"记愧"，说明他对于这种沉默并非心安理得。

改革开放初，七十年代末，"学部"从科学院独立出来，成立"社会科学院"，胡乔木不知几顾茅庐，敦请钱先生出任副院长，钱力辞。最后达成协议：不管事、不开会、不上班、不要办公室、不要秘书，纯粹挂名。以后多少年，果然做到，得以在不受打扰的情况下埋头做自己的学问，未卷入社科院任何是非。这绝对是特殊中之特殊：首先是钱本人的学识渊博到有足够的震慑力，使胡乔木这样的"党内第一支笔"由衷仰慕，而且他本人真心不想出仕，并非待价而沽；另一方面，他遇到的是胡乔木这样的学官，胡本人复杂的多面表现此处不论，至少他还算是读书人，对学问有所敬畏，知所进退（他曾说在钱先生面前不敢多说话，怕露怯），知道即使纯粹挂名，钱锺书这个名字也能为社科院争光。更重要的是当时的大环境，正是万物复苏，拨乱反正，"臭老九"翻身，上面大力提倡尊重知识、尊重人才之时。此三者缺一，钱锺书先生不可能保持那样的身段。不过，在关键时刻，例如八十年代末，钱杨二位并不是没有是非，没有态度，完全泠漠的，只是知之者少，而且不宜张扬。九十年代之后这二十年，钱先生开始迁延病榻，继以爱女早逝，杨先生心力交瘁。在遭受人生至痛的情况下，期颐之年，以读书写作为精神寄托，达到超脱的境界，又何忍再予苛求？至少，他们还有起码的傲骨，没有攀附和媚俗之举。

作为个人，只要不犯法，不害人，完全有不问世事，躲进小楼成一统的权利。若有足够的学养，专心注六经，对文化也可以有所贡献。文人相轻，中外皆然，互不服气，互相妒忌，都不足怪。但是有一条底线。在很多国家，不论平时个人之间有什么矛盾，如果一位同行受到不公平的打压，一般人都会物伤其类，视为危及本群体的权益，以各种方式打抱不平，而不是冷眼旁观，甚至幸灾乐祸，说不定为少一个竞争者而暗中落井下石，这就是底线的区别。如果有幸掌握最多精神资源的群体心灵长了老茧，失去是非善恶之判断，甚至公开宣称不相信公平正义，为自己的冷漠自私心安理得，对他人的真诚冷嘲热讽，这种倾向若成为主流，就是全民精神的堕落。无论如何，今天的时代与我的师长辈所经历的已大不相同，人类总是要向前进的，中国也不能自外于人类。方今朝野各行各业中，正当盛年、可以称得上知识分子的诸君，进退出处如何选择，只有各自凭良心了。只是个人不论如何选择，不必拿先贤说事。

（2016年）

从文化制度看当代中国的启蒙

关于这个题目过去已发表过多篇文章，今应杭州通衡讲坛之邀再就此话题与听众交流。与以前文章重复的内容从略。以下为新的内容及互动的综合摘要：

现在为何需要重提启蒙？

我们经历过的非常蒙昧的时代离现在不远，几亿人靠一个大脑思考。改革开放后，"真理标准"的讨论，两个"凡是"的破除，是最近的启蒙，逐步回归到用自己的思考来判断，实践是检验真理的标准。但是如今在弘扬传统文化的口号下，沉渣泛起，一些被扬弃的糟粕又出来了，说明滑向愚昧容易，而启蒙的道路很长。

2012年我去浙江上虞市，想参观春晖学校，那是一个当年传播现代文化的地方，有一批很值得尊敬的人，如夏丏尊、李叔同、丰子恺等。当地接待我们的领导，先带我们看曹娥碑，在以曹娥为名的纪念馆里，展示了"二十四孝"，讲解员是个90后，头头是道地宣传"割骨疗亲"、"郭巨埋儿"等。当地政府说是"以孝治市"。宣扬"二十四孝"的不止一处。北京有一家养老公寓还专门雕刻这些故事作为装饰。作家宗璞曾为文批评。另一次参观杭州龙井，据说有18棵龙井茶树是乾隆皇帝所植，树上的茶叶只有某主席来时泡过喝，旁边的椅子是某主席坐过的，据说有的游人，会专门去坐一坐以得"仙气"，有的比较"谦虚自觉"，不敢去坐。我问接待者，茶叶是不是很好喝，你喝过没有？他赶快摆手说："我可不敢喝。"诸如此类……

因此，我觉得启蒙的任务远远没有完成。启蒙的方向是理性、科学，独立的人格、自由的思想，尊重事实，且有自信和是非观，还有"人是生而平等的"观念。每个人无论贫富、官民，人格应该是平等的。既然是公共的椅子，应该人人都可以坐。21世纪的今天还有这种观念，且在最发达开放的地区，实在令人悲哀，说明人生而平等的观念以及人道主义还远远没有深入人心。

启蒙是文化问题还是制度问题？

很多朋友问到这个问题。从启蒙本身讲，是文化问题。是你的大脑是怎么想的，或者集体中的大多数人的观念的问题。但是集体的观念的形成又与长期的制度有关。我曾写一篇"文化和制度，是先有鸡还是先有蛋"的文章，说明二者交替发展，难分先后。何者更重要，要看当时的背景。同是主张自由民主、认同启蒙的知识圈里，对此问题有两种不同的意见。我可能是折中的。我同意假如大多数人的思维方式和行事的习惯，根深蒂固，即使制度改了，整个国家的问题依旧存在，因为制度是要由人来实行的。另一方面，一个民族的集体记忆和习惯的思维方式是长期制度培养出来的，从知识分子到草根百姓，思维习惯都有一种向度，朝着某一种方向，制度的力量不可小看。

比如我们经历过登峰造极的造神运动，一个人受到万民的膜拜，这是制度问题。在集权的制度下，没有人敢发表不同的意见。但假如没有人拜，这个神就不存在了。事实是，仍有很多人习惯于崇拜皇权，认为掌权者即是皇帝，总会做出英明的决断，坏事都是底下人干的，天皇永远圣明，这就是一种文化，一种思维方式。

一种制度会鼓励一种文化。我常说如果一个社会多数情况下好人有好报，那么这个社会好人就多；如果做坏事的代价小或得不到惩罚，那么做坏事的人会越来越多。一个科学、理性、独立思考的人，在提出创新见解时，如得到鼓励，就会激励更多愿意独立思考的人。相反，如果受到压制甚至惩罚，就会鼓励大家随波逐流，甚至上交思想，久而久之，整个民族就丧失创新的能力。

从近代中华民族启蒙的历史，可以看出文化和制度的关系。从晚清开始，被外国的炮舰打醒了，有一批仁人志士睁眼看世界：魏源、徐继畬、林则徐、王韬、严复、郭嵩焘、黄遵宪，等等。严复翻译了很多著作，有意识地、自觉地进行启蒙。他说"民智之未开，何以共和为"，假如大家都很愚昧，建立一个共和国，是没用的，所以开启民智很重要。沈钧儒科举中进士，在他的科考文章里引用了亚当斯密的话，我想他是看了严复的译作。后来他被政府派到日本学法政，回来主张立宪。这都说明在辛亥革命之前已经开始启蒙。

启蒙思想集大成者是梁启超，他的"新民说"起了非常重要的作用。他说：如果一个国家的人民习惯了当奴隶，经常受压，当有外国来侵略，叫他挺起腰板捍卫国家是不可能的。他还说，要使我国与别国在国际社会有平等的权利，需要先使我国国民在本国享有平等的权利，而且别国国民在他们的国家享有什么样的权利，我国国民在我国也应享有同样的权利。也就是如果英国人在英国有言论自由，那么中国人在中国也应有言论自由。这样在本国受侵略时，才能鼓励本国人捍卫国家抵抗侵略。我觉得"新民说"太了不起了，讲得很透彻。

关于中国文化优越性的问题

一般人很喜欢说中国经历几次异族侵略，而文化一直没断过，不像埃及、印度等文明古国，亡国当了殖民地，说明中国文化有它的特殊优越性。首先，这种说法指的是汉族，不能说中国没有亡过。"五胡乱华"时期，北方民族曾一度强于南方汉族，后来，我们历史书上称这段时期为"中华民族大融合"，掩盖了当时的民族争斗。以汉民族为主的中国完全亡国有两次：一次元朝，一次清朝。如果不算亡国，那么岳飞、文天祥、史可法，也就算不上民族英雄了。但是为什么侵略者都被同化了呢？因为中国是农耕文明久远的国家，两千年来形成了一套政治制度，也包括文化的传承，确实很精致。每当改朝换代，开国之君都会总结前朝经验教训并做些调整，希望可以千秋万代。所以作为代表农耕文明的政治制度，确实相当精致。而征服中原的这些民族，实际上都没进入农耕文明，基本是狩猎的，属于马上民族，文化发达程度和统治术不如汉族。要想立住脚，需要团结上层精英，必须学习汉族的文化包括典章制度，这些拿来统治是最有效的。在这个过程中汉族文化也融进了许多外来文化。

文化有一个洼地效应，总是从高向低处流。假设（当然只是假设），鸦片战争之后，英国像满族一样整个占领了中国，会不会被中国的文化同化呢？我相信是不会的，因为那时英国的工业文明远远超过了中国的农业文明，晚清的人已经发现英国的制度比中国先进。日本占领过大半个中国，却没有被同化，尽管日本文化原来是从中国来的，但当时已经比中国先进，也比中国的西化程度要高。从过去一些城市的租界上的情况看，究竟谁"化"谁，就说明问题了。实际上，从工业化到数字化的当代，整个世界、整个文明都在进步，我们在不断接受外来的文化，绝不只是器物方面，这是必须要承认的。单是今天从小学到大学的教育制度，全部都是外来的。中国的四大发明是最值得自豪的，它们改变人类整个的生活方式和生产方式，对人类文明起了里程碑作用。不过最后一个活字印刷术的发明已经是一千多年以前的事了，以后中国就再没有出现对人类文明带有里程碑性质的发明，我们也必须承认。

关于中国传统文化，我认为有优秀的地方，也有很大的缺陷，最值得骄傲的是春秋百家争鸣的时候，出了很多学说和哲学家的思想。不过武汉的邓晓芒先生对此也评价不高，称之为"百家争宠"，意思是说所有的思想家，当时都是为君主出谋划策的，希望君主采纳自己的意见（庄子是例外）。也就是说中国的文化里，没有独立的、脱离现实政治的思考的习惯。我还没有完全否定百家争鸣，但邓先生的说法有一定道理，中国文化传统太偏重政治文化，导致非常功利主义，缺少超脱于人际关系和政治关系的哲学和科学。关于这一点，我写过一篇文章"方孝孺和布鲁诺"，这两个人都是为坚持自己的主张而英勇牺牲的烈士，但二人的坚守很不一样，前者为了朱家谁当皇帝，后者为了日心说。这也说明了中国文化基因的缺陷：大家眼睛总是上向看，猜想统治者的心思，或为统治者出谋划策。

现在又出现了"智库热"。学习美国，建立了好多"智库"。

我认为，过分实用主义本来就是美国学术中的缺点，但是美国的智库形形色色，独立性较强，并非都与政府政策有关。研究的课题大多是自己感兴趣的，结论可能是批判现行政策的，也可能与现行政策一致的，也有很多跟政治无关的社会调查等等。如果执政者认为有参考价值，当然也可以采用。但是我们热衷于做"智库"，总是眼睛向上，以执政者的青睐衡量成绩，甚至以得到"批示"为衡量论文的学术标准，又陷入了为领导思想做注解。纯粹独立的、民间的"智库"很难立足，但很多学界人士乐此不疲，证实了邓正来先生所说的"争宠"的文化基因，老想得到帝王赏识，而对完全超脱人际关系的科学研究兴趣较少，或不受鼓励。中国学术对外开放首先接触到的是美国，美国的创新精神、独立思想等等没有学来，却拿来了实用主义，而且变本加厉加以发挥。

关于科举制度

（有人提出科举制度对中国文化的负面影响。）

我完全同意科举制度的负面效应，也曾提到，唐太宗说"天下英才尽入吾彀中矣"，就是说把人的思想全统治起来，把所有的知识分子都引向了同一个道路——为皇权服务。在魏晋南北朝是贵族文化，那时人的思想比较自由，也相对独立。像谢安，既可以归隐山林，也可以出世做官。有了科举，一方面是机会平等了，布衣也可以考科举了，这对普及教育，加强社会的流动，有积极作用。但是问题在于考试的内容是什么？所有人读同样的书，每三年都从这里出题，就会把人的思想固化。如同现在的应试教育，有标准答案，不能随便发挥，束缚了学生的思想。

有人替清朝总结经验，认为1905年废除科举是极大的失策，使得中国知识分子做官无望，只好去革命。当然好与不好要看站在谁的立场来说。而且不废科举，那个皇朝就能继续下去？总之近三十年跟过去不同的是，除了考公务员之外，可以有别的出路，有一些空间留给不想进入体制的人，可以自由选择做一些事情，这是一大进步。但在就业中特别看重学历，又回到应试教育上去了，跳不出这个循环。

关于"实践是检验真理的唯一标准"

（有人认为这一提法有问题，不科学）

在当时的历史背景下，是一个解放，至少从两个"凡是"里解放出来了。那时争论的是，以领袖说过的话为标准，还是以实践为标准，所以打破"两个凡是"是一大进步。但我也同意，从哲学上讲不能说实践是"唯一"的标准，因为有的时候，特别是社会科学的实践要经过好几代、好几种实验才能行，并不能马上看到成功或者失败，而且有些不言自明的真理无法用实践来证实。这个提法有一定的缺陷。但是总比说某人的一句话是检验真理的标准好。现在也还适用，比如有人说不许批判"文革"，"文革"值得肯定，那就应该用"文革"的实践来检验，有多少人家破人亡，对文化起了多少破坏的作用？这些实践和事实俱在，可以用来评判，总比一个人一句话的好恶标准接近真理。

启蒙与救国以及"打倒孔家店"

（有人提出五四运动打倒孔家店造成传统文化的断裂）

"打倒孔家店"口号被夸大了。原来不是"打倒",而是"只手打孔家店",并不是要掀起反对儒学的思潮。而且像陈独秀、李大钊、胡适、钱玄同、鲁迅等人,他们的旧学修养都很深。有了中国文化的修养,再接触到西学,吸收其中的精华部分,提出了民主和科学,是当时中国所缺乏的。因此把传统文化的断裂归咎于五四新文化运动是不对的。问题在于这跟西化、跟民主、自由、平等有没有冲突?基于我自己价值观形成的经验,我认为并不冲突。事实上,中西方的道德标准,或伦理观念,基本上是差不多的。现在强调的不同,实际是发展阶段不同,政治制度不同。

有人说救国压倒启蒙,我觉得救国跟启蒙是可以相结合的,经历了启蒙的人,能够对国家起非常重要的作用。西南联大的一批人,是新文化运动中的知识分子,曾经生活很优越,但抗战时也能够做到贫贱不移,坚持民族大义,坚持做学问,出了很多人才和成果。这是经过启蒙,对救国的贡献。

关于现在的知识分子不敢说真话的问题

不仅是知识分子不敢说真话。现在假设在一个县城里,一堆人中如县委书记在场,就没有人敢跟他意见不同。甚至只听他一人说话。这已经形成一种风气,更不用说更高级别的官了。过去,即使在皇帝面前说了"错话"要杀头,士大夫也比现在敢言。我认为一个原因是把独立思考的权利和能力都上交了。过去皇帝有生杀予夺之权,但不是思想家。每一个读书人学习和信奉的是孔孟之道,而非宋太祖的"理论",或明太祖的教导。过去士林的共识是有些行为"为士林所不齿",而现在只要升官发财,就算"成功人士"。还有一个原因是缺乏责任感,领导错、对,与我无关。过去我们也曾经历过"上交思想"的情况，所以我认为真理标准的讨论对解放思想起很大作用，即可以决定自己认为的真理是什么。

关于教育问题

（一位校长提了许多方今教育的问题）

我对老师们非常同情，现在当老师难，当校长更难。首先，我并不赞成现在废除考试。目前不管应试制度有多大的问题，一旦没有了考试，最起码的公平也就没有了。我觉得重要不是废掉考试，而是改革考试的内容和标准。

现在中小学生负担很重，我们不能脱离实际，不理考试。但人格的培养是第一位的。功利心太强，是摧残孩子天真的心灵很重要的因素。每一位有理念的老师，应该在现有的空间里培养学生"人人平等"的观念，无论你的爸爸是谁，所有的孩子都是平等的。至于教科书的内容，特别是语文老师，假如有一点机动权，也可以自主选一些读本，培养学生的人文情怀、人格或思想。

还有，我不赞成所谓名校纷纷开设"国际班"、"重点班"等，这是对教育平等起破坏作用的。可以有一、两个重点学校，然后大量的普通学校都能够得到最起码的优质教育。现在教学质量和条件两极分化太厉害，这是一种很不好的现象。中小学生作为一个普通人，应该培养健康、阳光的人格。可以有某一方面的天赋，也可以有不擅长的方面，不能要求一刀切。每一个学生都各有长处，在成长过程中成熟的年龄也不一样，这跟青少年的成长和心理都有一定的关系。我知道现在在升学率和教育评估下，确实很无奈，所以最重要的是取消教育当局的这种权力，现有的体制弊病已经非常明显。过去的教育，官府没有那么大权力，现在应该稍微放开一点，现在有很多成功的企业家愿意投资于教育，应该鼓励私人办学。过去就是这样，像黄炎培，创业成功后，创办职业教育，当时起了很大的作用，使学生在各界找到自己的位置。教育和启蒙是连在一起的，主要还是教育制度的问题。

（2018年）

坎坷又幸运的创业

——读《风疾偏爱逆风行》有感

承蒙李景端兄赠我这本自述，捧读之下，感慨万千。

我与老李是同代人，而且是清华老校友，我是1951届毕业，原以为自己是清华最后一届文科毕业生，他提醒我说他1952年还在清华，那才是文科最后一年。开始相识是上个世纪80年代后期，我在社科院美国研究所时，事因是我们要出版国际会议论文集，介绍人是我们所的研究员，也是清华老校友施咸荣。施君是外文系的，比我低一班，原来在外国文学出版社工作，所以与出版界熟悉。我对李景端第一印象是较少书生气，是非常干练的行动者。那时像我们这种没有经济效益的书很少出版社愿意承接，何况我们还要出英文版。他初次见面，毫不客套地直言有困难。后来不知施咸荣如何说服他，终于给出版了。这肯定是勉为其难。后来译林名声日隆。就老李在译林出版社以及译林杂志所表现的对外国文学的知识和判断力，我一直以为他也是外文专业出身的，后来才知他是经济系的，完全是奉命改行，而竟然在这一行做出如许的成绩来。

在各自退休以前，我和他来往并不多，最早特别令我印象深刻的是他主持翻译出版尤利西斯之事。这么一部难啃的天书，他居然下决心组织翻译出版，而且说动了当时已年逾古稀的萧乾和夫人文洁若承担，而且能做到让他们如期交稿，而且居然首印八万册！这些都是不可思议之事。要知道，那个时期学术著作出版十分困难，首印三千册以上就不错。记得不少学者翻译了经典学术著作不但得不到稿酬，还要自己包销几百册，实际上就是自己掏钱买回来，放在家里慢慢送人。尤利西斯虽为文学作品，其晦涩难读绝不亚于哲学著作，又不能像那种钦定必读书，各单位都必须购买。如何能做到这样畅销？这营销术至今对我是个谜。当时我私下与陈乐民议论，说这个人"神"了。尽管我相信真正全部啃完的人还是不多，但是经过这样大张旗鼓地作为一件出版盛事来宣传，这本名著以及乔伊斯其人从此在中国读书界名声显扬了，就这一点，在学术交流史上就是功劳一桩。从这一件事足见李景端办事的魄力和眼力。

作为出版人，而且是以引进外版书为主的出版社和杂志的负责人，老李在诸多方面都有开创之功，有许多"第一个"。今天看来的寻常事，在当时却是闯禁区，例如出西方爱情小说、侦探小说，都需要敢为天下先的勇气。于是就在这一次次闯关中，把不寻常之事变成了寻常事，开辟出了一方天地。从《逆风》全书的叙述来看，作者在职时致全力于出好书，选书独具只眼，并且认定了一个目标，总有办法把事情办成。这不但需要勇气，还需要锲而不舍的韧性，和一定的谋略。在市场化的改革之后，出版社必须盈利，老李不愧为经济系出身，在他治下，译林出版社确实在盈利方面也一度名列前茅。但他又不唯利是图，在需要时，能赔钱出好书。二者兼顾，说来容易，做来难。即使我这旁观者也是深知个中艰辛的。

退休之后，我和老李接触多起来，凡他来京或我访宁，都要聚一聚。他仍然精力充沛，体脑皆健，与他年龄不相称。而且总是忙忙碌碌。如果说在职时所有作为都与本业和本单位的发展有关，退休以后就几乎完全是"管闲事"了。这种"闲事"基本上围绕着他执着关注的两件事：提高翻译质量和维护知识产权，特别是译者的权益。近年来发表的大量文章都与此有关。难得的是他不仅动笔，而且身体力行，奔走呼号。有些事与他个人以及单位毫无关系，但是他常常路见不平，拔刀相助。

最令我惊叹而敬佩的是世纪之交，由于一套《诺贝尔文学奖文集》侵权，代译者打官司之事。他不是律师，这套书也与他无关，他却慨然出头承揽为译者维权的诉讼案，而且代理的不止一位，是包括冰心、季羡林在内的一批知名译者，每一位情况都不尽相同，因而使他自己卷入意想不到的无穷麻烦，书中简单叙述的情节都足以令我望而生畏。而他以特有的执着和韧性，与请来的专业律师一道，最后打赢了官司，还译者以公道。这一来，名声在外，一发不可收拾。一位出版家退休后竟成了打抱不平的侠客义士！不过他主要打抱不平的对象还是翻译工作者，那是因为他在长期工作中对高质量翻译之难求和译者报酬之与付出不相称深有体会；另一方面出版界愈演愈烈的种种侵权、鄙陋之事也是他为之痛心疾首的。维护和发展译介事业，净化出版领域，已成为他的职业本能，加以急公好义的本性，就造就这样一位永不知疲倦的好管闲事的老人。

"创业"一词现在已经成为时髦的口号。本书的一个个故事串在一起，实际上就是一个特定的时期中，出版界一个侧面的创业史。我理解的创业，就是在某一领域内见人之所未见，为人之所不为，或不能为，比别人先走一步。迈出这第一步总是有诸多困难和阻力，需要眼光、胆识和某种信念。等到成功后，开辟出一片新天地，原来不寻常之事就变成了常态，整个事业于焉前进一步。所以《逆风》一书也可以看作是改革开放初期翻译出版事业的创业史的一部分，哪怕只是一小部分。

　　这本书名为《逆风》。就每一件具体的事来说，确是逆风，因为每一次创新，没有逆风而行的精神是办不成的。但是平心而论，李景端得以成功的大背景与当时的改革开放分不开，从这个意义上讲，也可以说是"顺风"，顺改革开放之风，顺世界潮流之风。就以书中开头叙述的《尼罗河上的惨案》这桩公案为例。《译林》创刊号登了这篇小说，引起冯至先生写长信告状，所告不仅此一篇，还包括其他出版社翻译出版《飘》等一大批外国小说，提到"主义"问题，还说是"五四以来，我国出版界还从来没有像现在这么堕落过"，罪名不可谓不大。而且信直接写给当时分管意识形态的政治局委员胡乔木。胡批给出版局所在的省委"研究处理"。这些都是泰山压顶的来头。但是值得称道的是，当时的省委和省出版局真的是认真"研究"，而不是为保险起见下一道禁令，甚至处分当事人以交责。更难得的是，江苏省出版局党组，出于保护新生的《译林》的态度，支持编辑部据实按理向上申辩。在全国作协召开的期刊工作会议上，本来要把《译林》当作批判的靶子，但许多与会人，都不赞同冯至认为当前文艺界现状出现"倒退"的判断。会上允许各抒己见，李景端也有机会坦率发表自己的看法，事后还应新华社记者的要求，写了一篇直达高层的《内参》，进一步陈述对这场争议的意见，提出要把方向性和学术性区别开来；提倡讨论、争鸣；对文艺现象，不宜用行政手段任意干预，更不能轻率否定，等等。会上这种气氛，显然减轻了对老李的压力。更意外的是，当时的中宣部长在总结时特意讲了《译林》之事。表态是：此事到此为止，说冯至先生的信中有些话可能过于尖锐一些，但出发点是好意。这样，一桩公案就此结束。不同意见的双方都没有受到伤害。

而客观结果是，从此一大批外国文学作品得以放行。门就是这样一点一点打开的。

今天不了解当时情况的年轻人可能对此事有两种反应：一种是：连侦探小说也不让出，这位老先生实在太保守了，还向中央告状，这是要置人于死地啊，多缺德啊！另一种是，有人举报，扣那么大帽子，还不直接给禁了，当事人不撤职也得受处分啊，还允许申辩？美的你！这姓李的运气真够好的！

曾几何时，那个时代似乎已经离我们很远了。殊不知，当时人们刚从思想极端禁锢，动辄得咎的"文革"梦魇中醒来，有一个常用词是"心有余悸"。冯至先生还没有摆脱思想的枷锁，循习惯思维看待新事物，这是可以理解的。以后冯先生也随时代进步，认识有所变化。至少他是堂堂正正，光明磊落，实名写信，详述自己的理由。事后他也感到不妥，向李景端道歉，两人坦率沟通，没有因此结怨。李也一直保持对冯作为老学者的尊重，这是君子之交。至于第二种反应，那种大家讲道理的过程确实值得向往。任何时候，任何领域，都可能有不同的观点，只要允许讲道理，摆到桌面上，各抒己见，以理服人，而不是以势压人，出发点都是为了某个领域的健康发展，最后分歧的解决总是可以将事业向前推进一步。

李景端创业之初虽然筚路蓝缕，有许多艰辛，但是所处的时代方向是朝着改革开放，这是共识，在此共识下，大家都可以摆事实、讲道理。这种氛围也培养光明正大、襟怀坦白的人和作风。所以我说他虽面对"逆风"，但实际是"顺风"前行，他的创业，可谓既坎坷又幸运，因为他赶上了对外开放的大环境。机遇造就成功。这不仅限于老李和译林，实际上这是一个时期的开端，如果人们不健忘，在这以后曾有一段时期，出现过期刊和出版业百花齐放，欣欣向荣的盛况，与那种风气的大背景是有关的。

（2017年）

改革开放初期中美学术交流中的轶事

今年各界纷纷纪念改革开放40周年纪念。本人因工作关系，对"开放"这一面直接体验较多，从对时代、世界的看法带根本性的宏观理论，到具体的对外政策的转变，都有深刻的体会。现在回顾，感慨良多。但时格势禁，难以深入探讨，这里只拣一两个我所接触到的学术研究和学术交流活动的例子，作为掌故，以见一斑。

1980年代中期，在长期封闭之后，学术交流是新鲜事物（包括国内国际交流）。即便国内各学术单位之间自主、自由的交流，以前也是几乎没有的。因此"开放"也包括对内开放。一经开始就不可收拾，各方面都很积极。只是受制于经费，国内交流需要精打细算，国际交流则主要都是对方出经费。当时美国是热门，研究单位寥寥无几，与后来遍地开花不可同日而语。与美国研究有关的学术机构，除了我任职的社科院美国研究所之外，当时接触较多的有两间大学的"中心"，都与两位以开明著称的大学校长有关。

复旦大学美国研究中心

这个中心成立于1985年，创办人是当时复旦大学谢晞德校长。谢校长是著名物理学家，美国麻省理工大学博士，1950年回国，执教于复旦大学，在物理学方面卓有成就，获多个国家的名誉博士，中国科学院院士……这些学术上的成就和头衔此处不赘。单说她在1980年代改革开放初期出任复旦大学校长，因缘际会，利用当时的时机，和她的特殊地位（她不但是名科学家、名教授，还是中共十二大当选的中央委员），不遗余力地推动学术开放、学术交流。她认为中国人对美国了解欠缺，需要加强研究，决心在复旦大学创办美国研究中心。当时国家财政拮据，经费困难，她多次访美，凭借自己在美国的威望和人脉，募得充裕经费，不但建成了"美国研究中心"（包括一幢设备现代化的建筑和初期的图书资料），还建立了复旦文科图书馆。谢校长自己亲任 "中心"第一届主任。顺便说一句，那时积极争取外国资助我国学术活动与争取外资投资一样，是改革开放的题中之义。现在争取外国资本家投资来我国赚钱的政策仍然不变，而外国资助，或合资举办学术活动却阻力重重，不知出于何种逻辑。当然也听到一些说法，但始终未能使我信服。复旦大学的文科图书馆、美研中心仍然屹立在那里，多年来嘉惠多少师生，产生了多少研究成果，有什么问题吗？

我最早与复旦的"中心"建立关系是1985年参加第一届中美关系史研讨会，是复旦大学和社科院近代史所合作，在上海复旦大学举行的。这是我到社科院后参加的第一场重要的学术会议。当时我还属于新手，老一代是李慎之和近代史所的丁明楠两位老先生，他们受到特殊照顾，住处和我们不在一起。

这里应该提到另一位老先生，已故王熙教授。他也是留美"老海归"，跨经济与历史两界，著述甚丰。他在复旦大学主持多个研究项目，指导大批博士生，其中一项就是中美关系研究。在那次会议前，他有一项开创性的贡献，就是提出对美国的"门户开放"政策以及历史上美国对华政策的重新估价，引起中国近代史界的争论。

关于门户开放政策

汪熙先生于1979年发表的一篇长篇论文，题为《略论中美关系史的几个问题》，提出"考察国际关系的历史，只有在比较中才能鉴别，在鉴别中才能得出较为客观的评价"。并指出，"在从鸦片战争到新中国建立的109年中，在几个主要的帝国主义国家中，美国是唯一没有占据中国领土的国家。"关于美国于1899年提出的"门户开放政策"，包括两个主要内容：一方面承认帝国主义列强在华势力范围，并在此前提下要求美国贸易机会均等；另一方面尊重中国的主权领土完整。王熙先生指出这两方面常常不可能兼顾，并列举事实说明美国根据自身的利益在各种事态中摇摆不定，往往对列强妥协而牺牲中国的利益。不过由于这一政策包含美国对其他列强抗衡的一面，在几次中国面临危急时刻，"在客观上对抑制或延缓帝国主义对我国的侵略也起过一定的作用"。

实际上这篇文章对美国的批评甚多，只是最后这句"客观上……"引起轩然大波。在当时就是这样一个试探性的提法也是离经叛道。一向以"帝国主义侵华史"代替一切中国近代史的正统史学界对此大加挞伐。批判文章中比较有分量的一篇正好是史学界老前辈、这次会议的主办人之一丁铭南先生。这篇文章同时得到不少学者，特别是青年学者的认同。无形中，起了在这一界进一步解放思想的带头作用。这是在1979年，借真理标准讨论之春风，才能开始有这样的探索。

1985年的研讨会就是在这样的背景下召开的，应该算是这个领域一项带有开创性的活动，摆脱纯粹以"帝国主义侵华史"来概括近代中外关系史的套路，以新的、客观的、全方位的视角探讨中美关系史的一次盛会。当时中美建交才五年，两国之间已经问题层出不穷，中美关系及其历史的研究成为热点，有来自全国各地七十余名学者到会，从年近古稀的资深学者到尚未毕业的硕士生，济济一堂。气氛空前活跃。其意义在于不同观点可以在平等的基础上展开讨论，而持不同观点的与会者都能保持学者风度，互相尊重。会上竟然有年轻学生与老教授为一个观点争得面红耳赤，这是极少有的现象，足见当时的自由气氛。

在短短几天会议中，有一个问题不断凸显出来，就是档案资料问题。毋庸赘言，凡治史者，都离不开档案。而我国近代史的档案查阅困难重重。由此引出我受大家委托写报告请求开放档案事。此事另文介绍。现在先讲另一个也是改革开放的产物南京"中心"。

南京大学 - 约翰·霍普金斯中美文化中心

这个名字较长，就简称为"南京中心"。我与这个"中心"关系比与复旦的"中心"更加密切。它的建立也有赖于一位开明的大学校长匡亚明。匡亚明校长与谢晞德校长不同，是1926年就入党的老革命，他参加革命前上过江苏师范和上海大学，革命经历与学识都比较丰富。1963年他任南京大学党委书记兼校长，几年后被"打倒"，备受迫害，1978年复出。他是改革开放和思想解放的积极倡导者，"真理标准"的讨论刚一出来，他就在校内大力推广。在尊重知识、尊重人才、提高教师待遇和地位等多方面有许多创举，留下不少佳话。推动对外学术交流他也站在前沿。

早在1978-1979年间，匡校长就有建立研究中美文化的机构的想法。后经热心的海外华人积极撮合，美方也比较积极，于1986年完成各种程序，与美国约翰·霍普金斯大学的国际关系高等研究院（SAIS）合作，正式成立了"中美文化研究中心"。美方出资建立了一所别具特色的建筑，包括教学、办公、食宿以及会议、活动场所，设施完备。之所以设在南京，当然与匡校长和江苏省领导的积极性分不开，还由于改革开放初期，此类尝试在北京可能需要克服的困难更大。这个"中心"的运作是一种新的模式，中心的主任中美各设一名，办公室主任也是中美各一名。教学也采用了全新的模式。在中美两国招收本科毕业以后的学生，互相学习双方的文化知识。由中国教授用中文教美国学生，美国教师用英语教中国学生。中美教授的薪酬双方各付各的。更为创新的是，一反通常外国留学生单独食宿的惯例，这里宿舍规定一个中国学生与一个美国学生同住一间屋，中外师生都在一个食堂用餐。还有一项优势是图书馆，除了中方采购部分外，SAIS图书馆每年购进的图书也给选送一部分，而且都已编目，可以直接上架。所以有关国际学科的图书及时而齐全。此外，中心还最先实现电脑化，在这里上网国际畅通。

　　这个中心一开始就与社科院美国所建立了良好的关系。每年新生入学伊始，有一项到各地走访有关学术单位的项目，美国所是他们必来的。连续几年都由我来向他们介绍情况，解答问题。我被聘为客座教授，但是基本是挂名的，只是每年去做一两次讲座。直到退休后，才于1994年与陈乐民同时在那里执教一学期。比较遗憾的是，那几年正是中美文化交流的低潮，美国学生学中文的兴趣减退，与现在更不可同日而语。根据"中心"的制度，中国教授必须用中文给美国学生上课，要招到中文程度足以听课、看参考书的美国学生，当时比较困难，何况还有其他科目也要合格。再者，规定的程度是本科毕业，到这里相当于上硕士班，但是由于中美两国未能达成协议，"中心"尚无资格授予硕士学位。这样就更没有吸引力了。（几年以后，经过双方的努力争取，这个问题已经解决，现在能授予硕士学位了）。原则上，中美学生的数量应该对等，一般中国学生多一些，也不能超过太多，为迁就数量有时不得不降格以求。所以我遇到的那一届的美国学生普遍中文程度不太高。负责教学的中心副主任事先告诉我，参考书不能整本地指定，需要摘出章节，而且量不能太大。这大大增加了我的工作量。我上课用很慢的中文讲，有时看到下面茫然的眼光，不得不用英文解释一遍。学生应该至少一学期交两篇论文，用中文写。说是论文，实际上就是很短的作文，而且题目自定。好在有电脑，无需用手写。结果总能勉强通过。后来情况大有变化，来这里学习的美国学生中文程度已经比那时高了。

我们在"中心"时遇到一件大事：约翰·霍普金斯大学授予万里名誉博士。霍大与南大各自给两国一位适当的人选授予名誉博士是1980年代早已定好的。原来万里应该在1989年访美之后，来南京完成此事，由于形势突变，拖了下来，到1994年才实现，我们躬逢其盛。霍大校长亲自带了一个代表团来，举行了隆重的仪式。我印象最深的是金陵饭店那顿宴会，我们叨陪末座，没有任何任务，就埋头品尝美味佳肴。宴席并不特别丰盛，而搭配得当，每一道菜都精致无比。江南美食是我的喜爱，但是这样匠心独具、精细的烹调，令我惊叹，时时让我想起《红楼梦》里刘姥姥吃的那盘制作程序复杂无比的茄子。看来是特殊的宾客得到特殊的服务。后来我还有机会被邀请到同一饭店就餐，就再遇不到这样精美的菜肴了。

作为对等，南大当然要授予一名美国人名誉博士。由于两国关系的起伏，此事在中国"走程序"并不顺利，又拖了几年，直到1998年，终于能够付诸实施。对象是美国前总统（老）乔治·布什。此事本来与我无关，没想到根据规定，南大需要一名校外专家写推荐书，他们就找到了我。这当然只是一种形式上的程序，一切都已经决定。这推荐书显然不是学术性的，而是政治性的。我只好搜索枯肠，主要写他对推进中美关系起过积极作用的言论和事迹。我自己都没有留底稿，内容现在已经完全忘记。因是之故，我也赴南京参加了授予老布什学位的盛会。那次活动给我留下较深印象的是在"中心"报告厅举行的布什与学生的对话：

有一名学生问，为什么美国在海湾战争之时没有乘胜占领巴格达，一举推翻暴君萨达姆，以至现在留下后患，成为美国的麻烦？布什回答的几条理由，当时我没有特别在意。直到2002年，他的儿子发动攻打伊拉克战争，推翻并处死萨达姆，引起美国内外乃至全世界的争议，我才想起当初老布什回答那位学生的话，解释他决定美国及时撤兵，不以推翻萨达姆为目的的几条理由，每一条都正好说中了小布什四年后攻打伊拉克所引起的后患，似乎句句都是对他儿子的警示。我感到是莫大的讽刺，曾专门为文谈到此事，此处不赘。

我曾偶然提到，这样优越的图书资料条件，只为"中心"的教学服务，不能充分发挥作用，太可惜了，何不成立一个有特色的研究所，接受一定数量的访问学者来这里研究，时间几个月到一年均可。"中心"负责人和同事都有同感。2000年，此议果然实现，"中心"成立了国际问题研究所，有一个学术委员会，中美双方成员各若干人，并各有一名主任。有一天我忽然接到当时"中心"的陈主任电话，说聘我任学术委员会中方主任，美方主任是霍大SAIS教授，知名中国问题专家兰普顿。我那时已经70岁，力辞。但他们说人选必须中美双方通过，他们提了几个人美方均不认可，不得已要我暂时过渡一下。这一过渡就是5年。任务是每年开一次会，一次在中国，一次在美国，审阅访问学者的申请项目和人选。送到我们手里的申请已是经过筛选的，所以工作量不大。美方学术委员中有现在颇为知名的研究中国的专家如李成和易明（Elizabeth Economy），中方有吴敬琏等。每年开一次会，在美国和中国轮流举行，我卸任以后，这个研究所又持续了几年，后来听说停办了。

这样一种模式的交流机构至今绝无仅有。开创之时还是改革开放初期，主持者可以算是第一个吃螃蟹的人，遇到的阻力和需要的勇气可以想见，几十年来随着国内局势和中美关系的曲折起伏，中心的运作也并非一帆风顺，质疑和压力不断。中方主要是担心"和平演变"，美方主要是担心教学不自由，受控制。但总的说来，一直坚持至今。在两国范围内，可谓桃李满天下。有人告诉我，到美国与中国打交道的机构办事，一不小心就会碰到一位南京这个"中心"的"校友"，自然就容易沟通得多。这种效应是难以用数字衡量的。

(2018年)

为时代立言，为民族精华立传

——庆贺宗璞九十大寿及《野葫芦引》终卷出版双喜

宗璞今年九十整了！惊回首，我与她相识、相交已整整七十年。九月九日，参加了她的祝寿庆典，这是一次形式上别开生面，实质上意义非凡的寿宴。

这次活动由宗璞好友名作家张抗抗主持。共有五桌，以"界"分：1桌，作家和文学；2桌，同学同事；3桌、音乐（宗璞已故夫君蔡仲德任教于中央音乐学院）4、5桌，家人、亲戚。我被排在"同学桌"，紧挨着宗璞。这一桌主要是她西南联大附中和清华的同学，还有原社科院外文所英美文学专家朱红。可以想见，在座者都是白发苍苍，垂垂老矣，连互相交谈都要大声嚷嚷，除宗璞外，还有一人也坐轮椅。另外几桌却是老中青都有，还包括几个幼儿园的小朋友，气氛比较活跃。

除了与会者踊跃发言外，还有余兴。蔡仲德专攻音乐美学，生前深得师生爱戴，学院的领导和几代学生都来祝贺。开头由已届耄耋之年的音乐学院原党委书记，曾是蔡仲德"患难之交"的陈自明老先生演奏小提琴《圣母颂》与《送别》，然后蔡老师的"徒子徒孙"们陆续为师母演奏乐器和唱歌。最后是程乾女士带着宗璞的外孙亮亮小朋友一同唱黄自的《本事》："记得当时年纪小，我爱谈天你爱笑……"这是宗璞点的她最爱的歌，也是当年我们在清华时女同学之间最爱唱的歌之一，在这场合听到，唤起了多少美好的记忆……

可以想见，作为寿星，收到不少鲜花和有意义的礼物。但是我认为最重头，意义最重大的，是她送给自己的大礼，就是终于完成了《北归记》，圆满结束了煌煌四卷的《野葫芦引》。我有幸先睹完整的全书，包括末卷《接引葫芦》，这几天胸中感触汹涌澎湃，就是带着这种心情赴会，这些感触就成为我的祝寿词。

已经多少年没有看书落泪了，看《北归记》末卷却看得涕泗滂沱。第一个感觉是震撼，没有想到宗璞多年来疾病缠身，以衰病之躯断断续续写了十年，竟然有这样集中爆发的力度，有这样充沛的感情。一路读来，感受到作者心中的热血，与年龄和体力不相称。书中众多鲜活的人物已伴随着四卷走过悠长的人生，经历了时代的跌宕起伏。宗璞向来主张作家应该写自己熟悉的事物，这些人物、情景正是她最熟悉，体验最深刻的。作者笔底春秋，自有自己的褒贬，前几集中有通常意义上的"反面人物"，已经交代过。这一集留下的大多数人物劫后余生，更有共患难之谊。看得出作者对他们怀有深厚的感情，有景仰，有柔情，有欣赏，还对幼小者的宠爱。但是却毫不留情，没有给他们以比现实应有的、更好的遭遇和下场。是很残酷，但很真实。作为时代的亲历者，我读时感觉这些人和事都那么熟悉，对他们的哀乐感同身受。小说当然是非纪实的，最忌以真人对号入座。而各种类型的人物都可以从现实中找到。宗璞说她像一只工蜂，在众多的人物身上采蜜，然后揉在一起。这也正符合文学理论中的"典型（type）"，是典型情景中的典型人物。

这部书共四《记》：《南渡》《东藏》《西征》《北归》。背景是抗战八年从开始到结束，北京各大学迁校、复校的历史。这段历史波澜壮阔、惊心动魄。其中人物的经历艰苦卓绝，宗璞写作过程也备尝艰辛。第一部《南渡记》初版于1988年；《东藏记》初版于2001年，隔了12年，期间经历了丧父之痛。此书获第六届茅盾文学奖。在四卷中，只有《西征记》所要写的复杂、艰苦卓绝的战争是宗璞自己没有直接经历过的，尽管她已收集了大量的素材。但是为获得感性的体验，她还是不辞劳苦，深入当年滇西战场的路线，采访幸存者、知情者，尽量还原历史情景。这就是一名严肃的作家的写作态度，尽管已名满天下，尽管已属于"老弱病残"，但对深入生活这一信条和文字的讲究同样一丝不苟，是对读者，也是对自己负责。

2009年出版《西征记》，期间又经历丧夫之痛。比宗璞小九岁而且原来体格健壮的蔡仲德君走得这么早，是完全出人意料的，对宗璞打击特别大。宗璞为《西征记》体验生活，仲德还曾陪同她到云南沿当年远征军经过的道路一行，可惜他没有见到书的出版。

此后，本来体弱多病的宗璞健康日益下降，而且目力减退。她发表"听书记"一文，从此与乃父冯友兰先生晚年一样，靠听读，写作也只能口授。各种身体不适日益加剧，使得一天能够打起精神与人交流的时间日益缩短，更不用说集中用脑工作了。加之近年来每年还要住几次医院。在这种情况下，终于把第四卷写完了，离前一卷出版又是12年。从第一卷问世算起，历时30载——从60岁写到90岁，"十年磨一剑"云云，是小巫见大巫了。当然，在此期间，她也还有其他短文见诸报刊。

坦率地说，我一直担心她有生之年完不成这部巨著。她自己精力时间已经有限，但是还总是要分心冯老先生的事。生前无微不至的生活照顾，以及种种交往、琐事的操心、代劳；冯先生身后还陆续有遗著出版的事务，还要为一些议论而生气、烦恼。我曾说她是京城第一大孝女，经常劝她，来日无多，最重要的是要完成这部巨著，以各种主客观条件论，在文学界写此题材，还在世的，不作第二人想，"悠悠万事，唯此为大"。仲德生前也同意我的意见，一起劝她。不论如何，现在终于功德圆满，连我都松了一口气。

整个四卷（加末卷）涵盖的年代从20世纪30年代下半叶到80年代上半叶，在我们这个苦难深重的民族历经内忧外患的大背景下，两代乃至三代读书人的事业、生活、亲情、友情、爱情，悲欢离合，喜怒哀乐。贯穿始终的是对这片土地的刻骨铭心的大爱，主动或被动地与国家民族同甘苦。老中青几代读书人身上折射出传统的"士"与现代精神相融合，其中包括了深厚的人道主义和本能的是非感、正义感。人物是虚拟的，大背景的时代却是真实的，不容虚拟。因此，无论对某个人物多么崇敬或深爱，作者也没有为他安排脱离现实的美好命运，也没有按读者的企盼有一个大团圆的结局。无论多么向往光明，也不能无视黑暗，或者指鹿为马地把黑暗解释为另一种光明。这种对现实的忠实，与马克思曾评论巴尔扎克为伟大作家的伟大之处不谋而合。不过宗璞不是悲观主义者。她曾说：我们奋斗多年，走了一大圈，似乎又回到了原点，但是毕竟不是在原地，是上升了一步，可以说是螺旋式上升。本书还是有一个光明的尾巴，书中幸存的人看到了希望。

在当代作家中，宗璞的文字修养是一大特色。她曾对我说，第四卷不够精彩，因为目力不济，是口授而成的，终归不如自己一字一字写下来。我也有此思想准备。但是捧读之下，发现文字还是有宗璞特色的精致、优美，并没有想象中可能出现的粗放。这十几年来，她的健康每况愈下，体力衰退，近年来住医院的时间越来越多，我总担心她写不完第四卷。现在喜见其完成，更加惊喜的是还有如此的力度和一丝不苟的精到。有的人正当盛年，身强力壮，却精神空虚，而宗璞正相反，在衰弱的躯体中有无比顽强的精神和丰富的感情。肉体与灵魂的反差如此之大，令人惊叹。

这部大作波澜壮阔，为时代立言，为民族精华立传。首先跳入我脑海的是"史诗"。我曾再三斟酌，称之为史诗是否因个人感情而有过誉之嫌，最终还是认为客观地说，确实称得上史诗，并非溢美之词。一个作家，有这样一部巨作传世，可以无憾了。

当然，宗璞也有幸运之处，从生活到工作得到许多照顾和帮助。这里特别应该提到的是这套书的责编杨柳女士，从第一卷《南渡记》的再版开始，近三十年来一直跟踪到终卷。作者写得辛苦，可以想见编辑有多辛苦。可以说，杨柳从青年到中年，把青春年华的一部分献给了这部书。在方今人事变动频繁、人心浮动的时代，编辑与作者建立这样的关系，对写作跨度如此长的一套书不离不弃，精心配合，也算奇事一桩。杨柳当然出席了庆寿盛会，并讲了话。我相信她对这套书一定不仅仅是出于职责所在，而是也倾注了自己的感情。有这样一位编辑，是作者之幸，而有这样的传世之作为工作的成果，也是编辑之幸。这应该是出版界的一段佳话。

这次盛会是宗璞的女儿小钰（大名冯珏）精心策划操办的。小钰是IT业界少有的女性精英，操持这样一场活动，忙前忙后，也显示出组织能力。尽管她跳出了冯家的文史界，完全属于另一个圈子，忙于自己的工作、生活，但是继承了冯家的家族观念，以及"孝"的传统，宗璞晚年有靠，生活可以无虞。

最后多余的话：没有《野葫芦引》，宗璞也早已无愧于当代名作家之声望；有了这部长篇著作，分量又不一样了。我渴望早日与广大读者分享读到完整全书的幸运。

（2018年）

斯文何以扫地

——中国知识分子思想改造的特种炼狱

这一百年间,谁最爱这个国家?谁最关心这个国家?谁最能替老百姓说话?谁比较最能不计自己一时的利害得失而为国家的命运着想?我想了想,还是知识分子。

中国知识分子在过去一百年尤其是过去70年里面对的政治与社会环境之恶劣,几乎是无与伦比的。

中国知识分子为了真理和正义而伤亡的比例,甚至超过了上个世纪里各国士兵的阵亡率……

请问,古今中外,还有哪一个民族的知识分子,在如此短的时间里,为了履行知识分子的责任和义务而遭受如此大的磨难,可他们依然前赴后继?如果真有一个叫"知识分子"的阶层,那么中国的知识分子阶层绝对是对得起民族与民众的。

（以上引自网络,作者佚名）

从"梁效"说起

今人提起"梁效",予以贬斥是无争议的。对于曾与之有关联的几位教授,那是不可磨灭的劣迹,甚至于被认为是中国知识分子"软骨头"的证明,其中名望最重的背负的骂名也最重。然而,认真追问一下，为什么单单是"梁效"？不必查多少资料，只要翻阅从上世纪50年代初以来的《人民日报》《光明日报》，在历次"思想改造"、"反胡风"、"反右"、"大跃进"……一系列政治运动中大批知名知识分子（包括自然科学家）的文章，其批判别人和自我批判，以及各种"表态"，言词之激烈和自虐的程度远超过"梁效"的文章者大有人在（后者主要是"批孔"，最后少量"批邓"，即告寿终正寝）。那么为什么后人单单拎出"梁效"来，甚至有人指责参加者为"失节"？其逻辑大约是把它算在"四人帮"头上，于是与之有关的人算是"依附四人帮"，而以前的历次政治运动则是服膺于正统的领袖和组织。这可能是长期宣传的效果，事实上哪一次运动不是最高领袖发动的？"批林批孔"当然不例外，那些被招进"梁效"的大小笔杆子难道当时会认为这不是听命于最高领袖？再者，他们有选择参加或不参加的权利吗？

思想改造是伟大领袖独特的发明：
一方的恩威并施与另一方的自愿与被迫

接受方的心态：

1）爱国：**苟利国家生死以, 岂因祸福避趋之**

2）去留的选择：

怕做"白华"（按：俄国十月革命后逃亡到国外的俄国人在中国被称为"白俄"，与"赤色"俄国相对）。

3）经世致用：渴望见用。

4）真心拥护，对"新时代"、"新中国"抱希望。

每一个新朝都有一番新气象。最初的三年恢复期，从满目疮痍的战乱中安定下来，如脱缰之马的恶性通货膨胀得到控制，生活秩序恢复正常，成绩显著。当时提出的口号是：独立、统一、民主、富强、和平，这是国人向往已久的，当然衷心拥护。进入大城市后的"三斧头"：平抑物价、扫荡毒品、改造妓女，使人感到历届政府做不到的事，新政府能做到。

5）战后整个国际思潮是左倾，除了美国之外，不同程度的左倾思潮在欧洲大部分高级知识分子中占主流地位。像约里奥-居里这样的诺奖科学家、毕加索这样的顶级艺术家都是共产党员，就可见一斑。由于反法西斯战争之故，苏联的威信还相当高。这一国际背景不可忽视。

6）1950年美国政界发生"谁失去了中国"的争论，国务院为自己辩护，公布了一批政策文件，题为《美中关系白皮书（着重于1944-1949）》，时任国务卿艾奇逊在呈总统函中有一句话说，（美国）寄希望于"中国人的民主个人主义再抬头"，中文翻译成"民主个人主义拥护者再显身手"，这样，把有民主个人主义思想的人与投靠帝国主义等同起来，毛泽东亲自为文痛批。使大批知识分子心怀恐惧，更加努力接受"思想改造"。

主导方的做法

恩威并施达于极致

1952年以后运动不断，到"文革"的十几年间的政治运动是**波浪型的，有张有弛，"恩威并施"，每次都宣布打击百分之五的"一小撮"，**其余百分之九十五都是"以教育为主"，这促使人人都争当那百分之九十五，以免于落入百分之五。另外还有**"给出路"**的说法，前期遭打击的对象，根据个人认罪表现，以观后效，运动后期还有"落实政策"的希望。在这些运动中大批稍有名气的知识分子、文化人都被卷入，必须公开表态、"站队"。

1956年忽然出现小阳春，周恩来做"知识分子问题报告"，一批高级知识分子被发展入党，科学、教育界被要求制定十年发展规划，提出"向科学进军"。给人的印象是政治运动已经过去，知识分子经过改造已被接受，可以"放下包袱，轻装前进"（这是当时常用的词），全心全意投入业务工作。接着就是"双百方针"的提出，传达关于"人民内部矛盾"的报告（凡是当时听过传达的都发现后来正式发表的版本与最初听到的有所不同），其中明确肯定"疾风骤雨的阶级斗争已经过去"。在一个较短的时期内，还放映1949年以前的某些旧电影，周璇的歌在青年人中流行传唱。甚至还提倡妇女穿"花衣服"，打破千篇一律的蓝制服。北京王府井百货大楼破天荒地举行了"布拉吉"（俄语连衣裙）展览，各单位组织女员工去参观提意见。小商贩和私营小店被允许存在，一些著名的传统风味餐馆不但继续营业，还往往得到高级领导人的光顾。在这种形势下，全国举行"大鸣大放"，要求各界"帮助党整风"，明确保证"言者无罪"。特别是团中央专门布置各级团支部组织团内外青年学习"娜斯佳精神"*，动员青年大胆给领导提意见，反对官僚主义。如此这般，大小老少知识分子怎能不欢欣鼓舞，举双手拥抱"新中国的春天"？无论是从"明君"纳谏的角度，还是从开放言论实行民主的角度，都符合中国知识分子的一贯向往。除了极少数政治阅历丰富，城府特别深的人有所保留外，大多毫不设防，尽入彀中。

"反右"应该是一个节点，以后一浪高过一浪。如果说在以前

---

*. 娜斯佳是苏联"解冻文学"中一部小说《拖拉机站站长与总农艺师》中的人物，一个敢于不顾压力与领导的官僚主义作斗争的女青年。

对知识分子还留有余地、有所区别的话，到"文革"就一网打尽，全部斯文扫地，实现了在一切领域专政，包括最私密的生活，包括做梦（笔者亲自听到"文革"中进驻本单位的军代表训话称：做梦也有阶级性）。

几个典型事例

对理工科比文科略好。第一不能容忍的是法律专业。法律作为学科，是首当其冲必须彻底改造甚至消灭的。在院系调整中，法律系、政治学系都被取消，法学专家教授在"反右"中一律落马，几乎无一幸免，不论是否有言论。例如功勋卓著的国际法专家梅汝璈，曾参加审判战犯的国际远东法庭，维护正义，争取依法惩办日本战犯，为中国人民争取公道做出杰出贡献，初期也曾受到一定的待遇，"反右"中照样在劫难逃。他最后自叹如一块旧抹布，用过就被扔掉了。对于文科知识分子也还有区别对待。今略举几个典型例子：

施恩：

领导人的礼贤下士姿态做足，岂止三顾茅庐！例如：

张元济以年老为由，不愿到北平参加政协会议，新任上海市长陈毅出面敦请还不够，陈云以原来商务老同事之谊登门游说，终于说服其北上；

黄炎培起初不愿就任副总理，毛泽东亲自邀见多次，恳求"帮帮我"；陈毅到上海就任市长，第一个提出要见的就是书法家沈尹默；

陈毅到杭州还去拜访**马一浮**，据说当时马正在睡午觉，陈令人不要打搅他，竟在楼外等了一小时（时间究竟多长，姑从传说），堪与程门立雪媲美；

熊十力在北方住不惯，要到上海定居，提出住房的种种条件，当局尽力予以满足。

以下略为详述几位人物：

陈寅恪

"士之读书治学，盖将以脱心志于俗谛之桎梏"。"俗谛"在当时即指三民主义而言。

我决不反对现在政权，在宣统三年时就在瑞士读过资本论原文。但是，我认为不能先存马列主义的见解，再研究学术。我要请的人，要带的徒弟都要有自由思想，独立精神。不是这样，即不是我的学生。

这是陈本人的明志。现在盛传他表示不接受马列主义，与原话有出入。他只是表示研究学术不应有先入之见。但就是这样客观的态度，也需要当局的容忍。笔者在改革开放以后到中山大学访问陈的故居，是幽静的小院内一所平房，陪同者专门指出屋门口一条通向大门的显眼的白色水泥路，说是当年主政广东的陶铸指示为照顾陈先生目力不佳，特意为他铺这样一条便于辨认的路。足见在开始需要"争取"时，可以做到这样周到。

但是如果不受到特殊的优容，覆巢之下安有完卵？他人能效尤吗？他的特殊性何在？据说斯大林曾向毛问起陈寅恪，使毛对他另眼相看。也许由于陈会突厥文，研究突厥史，引起俄国人的注意。毛是否是从斯大林才知道陈寅恪，没有考证。不过笔者直接从一位清华同班同学中听到过的故事应该属实：这位同学在1948年时已参加地下党，她奉组织之命，特意与陈寅恪的女儿住同一宿舍（她是外文系，陈是历史系，一般分宿舍是按系分配的，所以需要特意安排），任务是努力与她建立感情，争取她认同，以便通过她影响其"国宝级"的父亲留在大陆。那位同学说，第一次听到人有被称为"国宝"的，感到很新奇。足见在北平易帜前，陈寅恪已经在需要争取的特殊人物的名单上。至于我那位同学对他女儿的争取工作是否有效，陈以后决定留下，是否有他女儿的影响，不得而知。比较可靠的说法是对说服陈留在大陆起决定作用的是当时的岭南大学校长陈序经。1948年底陈在犹豫不决中离清华南下，又从南京到上海，见到陈序经，接受陈的劝说留下，即应聘到广东岭南大学任教，1952年院系调整后，陈序经转到中山大学任副校长，陈寅恪也到中山大学任教，陈副校长对他呵护有加。陈序经争取陈寅恪事得到周恩来嘉许，告诉陶铸。陶铸本人也比较有文化，对读书人有所尊重，所以直到"文革"前，陈还能安然度过历次运动，埋头自己的著述。这是他的幸运。到"文革"他就失去庇护，惨遭折磨，于1969年去世。

我个人认为还有一层缘由，与陈寅恪的专业有关。他的学问冷僻而高深莫测，懂的人很少。其著作与现实政治意识形态似乎关系不大，他也极少发表与现实有关的意见，因而最高领导能放过他。他明智地选择留在广东，实际上虽受优待却并不在中枢的视野之内，少一些干扰和麻烦。

其他专业就有所不同，无法逃避。法律作为学科，是首当其冲必须彻底改造甚至消灭的。在院系调整中，法律系、政治学系都被取消，法学专家教授在"反右"中一律落马，几乎无一幸免，不论是否有言论。例如功勋卓著的国际法专家梅汝璈，曾参加审判战犯的国际远东法庭，维护正义，争取依法惩办日本战犯，为中国人民争取公道做出杰出贡献，初期也曾受到一定的待遇，"反右"中照样在劫难逃。他最后自叹如一块旧抹布，用过就被扔掉了。至于历史、哲学，已经自成一家有宏观体系的，如雷海宗、冯友兰、金岳霖等等，必须彻底批判、否定，因为这种"通古今之变"之学，都被认为有"阶级性"，只有最高领袖、导师有资格做，只能有一个权威，容不得探讨。其他"学术权威"当然在被打倒之列。

梁漱溟：

与毛泽东公开争论的事迹流传甚广，梁在人们心目中是刚正的典型。他对中国文化有自己的一套理论，始终不变。

事实上，这些人物的命运都在领袖掌心之中，座上客或是阶下囚，只凭一句话。梁的学说在50年代初期受过一些批判，以后除了"文革"中无例外地被红卫兵抄家、抢劫外，基本上未有大起大落。反右中他幸免于难。他与毛争论是1953年在中央人民政府委员会的会议上，他是政府委员。另外，从第一届起，他连任六届全国政协委员，其中两届是常委。梁与中共的关系不一般，其"诤友"地位是历史造成的。在二战后马歇尔调停、国共谈判中他的故事众所周知，此处不赘。新政权成立后，毛与周一再敦请，他才从重庆到北京来参政，毛还多次以老友相见，亲切晤谈、共餐。所以到1953年那次争论时，他还以这一层渊源，敢于当面直言。从另一个角度看，毛之对他当面痛骂，几至失态，也还算是相对"平等"的，他人无此"荣幸"。以后其他人再无此种面折庭争的机会。不必"钦点"，下面领会精神，直接打成"右派"或在其他运动中安个罪名，是平常事。公众也就习以为常了。以上是讲客观条件。从主观方面来讲，梁漱溟为人耿直坦荡是一贯的。他对毛的崇敬也始终如一。晚年提起那场争吵，还曾表示自己态度也欠妥，没有顾及领袖面子。另外，他尊孔观点始终不变，在"批林批孔"中表示同意批林不同意批孔，当局也似未逼迫他。他至死对毛钦佩，也从不讳言。

雷海宗：

论学问，为史学一代宗师；论爱国，在1940年代抗战最艰苦时，有机会赴美讲学（是中国政府与美方达成的学术交流项目，参加者不止他一人），却以国家和清华当时需要他为由，力辞不就，连梅校长和胡适等劝导也不为所动。须知当时教授们已经到了无米下炊的地步，这个项目也正是有改善这批最宝贵的人才的生活的作用。这一点就可以看出他的人品。他的确有强烈的爱国心，乃至曾倡导"国家至上"。在中共这边，他一直被列入"反动"。一则因为他参加过国民党，而且够一定级别。更重要是他有一套历史观，自己建立一套宏大格局，与"历史唯物主义"格格不入，因此在学术思想上不能见容，甚至被认为有法西斯倾向。他也是蒋介石要抢运的特殊人才，但还是选择留下。

他不仅是思想改造的对象，还是"肃反"运动对象。1950年被登记为"反动党团分子"，受"管制"一年。他当然努力改造，两次参加"土改"。朝鲜战争开始后，在报刊写文章批判罗马天主教廷和美帝国主义。1951年解除管制，作为"内控"使用，解除清华历史系主任职务，还保留教职。在思想改造运动中当然是重点之一，他被自称受毒害的学生当众指着鼻子痛斥。1952年院系调整，他被分配到天津南开大学。这种做法略相当于过去的贬出京城，被贬出京的不止他一人，据说是为削弱这些政治思想有问题的人物的学术影响力。南开大学反而因此受益，后来在一个时期内成为历史学重镇。当然还有其他教授，不过雷海宗奠基之功不可没。日后他的学生或曾与他共事的青年教师提起来都敬佩有加。

尽管有此经历，他仍然不减书生气，在"鸣放"中侃侃而谈，发表自己对社会科学应赶上世界新发展的看法，被捕蛇者抓个正着。虽然已经出京，其言论却报到北京，成了中央点名的"右派"。自此以后，他健康状况急转直下。1961年被摘除右派帽子，获准重上讲台。他抱病坚持了一年，到1962年以60岁盛年去世。

这样，他没有活到"文革"，也逃过了以后几年的折腾。当然更无须对"批孔"表态。

冯友兰：

名气最大、经历最曲折、最坎坷，争议也随之。

作为哲学家和哲学史家，冯是中国学术史绕不过去的人物。同时他也是教育家。其早期关于教育的著作有许多真知灼见，基本上与蔡元培、梅贻琦、张伯苓等教育家的思想一致（详见《冯友兰论教育》一书）。总之他主张教育独立、思想自由，他撰写的《西南联大碑文》称"（联大）内树学术自由之规模，外获民主堡垒之称号"；他撰写的对清华历史的回顾，称其成立是"国人要求学术独立的反应，是融合中西新旧的成功"，这两句正是他所追求的教育的目标。

另外他并非完全埋首书斋，还担任行政领导，几次受命于危难之中。例如1930年罗家伦辞去清华校长之职后，在空档中代校长维持一年。他在抗战前后担任清华文学院院长达13年，继基本上以研究旧学为主的国学研究所之后，建立起学科多样、不拘一格的名师云集的文学院，贯彻其"融合中西新旧"的宗旨，培养出众多人才，这方面成绩不可谓不显著。抗战胜利后，曾带头抗议军政当局侵害学生反内战的集会自由，在清华也曾掩护过在黑名单上遭追捕的左派学生。1948年底梅贻琦校长临走前指定他负责维持清华。这是几乎不可完成的任务。他在最艰难的城内外隔绝、政权真空时期竭尽全力维持了近一个月，直到移交给解放军军管会。这一个月不但有炮弹之险，还断了财政来源，左支右绌，勉强发粮饷，应付师生员工的各种不满。军管会进驻后即被撤换，改为由周培源、叶企孙、吴晗组成的教务委员会负责。

他1948年原在美国讲学，在北平易帜前夕特意中断访问赶回，这是他自己的决定，并未受"争取"。以他的学术威望，当然是新政权的统战对象，但是他一开始就没有获得陈寅恪那样的优遇。与梁漱溟相比，显然亲疏地位不同。在"左、中、右"排队中，他被列为"右"。蔡仲德编的《冯友兰年谱》和陈徒手根据档案资料的力作《故国人民有所思》关于冯友兰一章，都生动地说明他在每一场风波中被抛上抛下的尴尬处境，正是"恩威并施"手法最典型的承受者。以下所述有些是本人见闻，有些取材于这两本书。

1949年军管会接管清华，任命新的领导班子，冯即主动辞去包括文学院长在内的一切行政职务，并且提出离开清华，不再教学，到研究机关工作。当时的"高教委"批示是："冯友兰、雷海宗准仍以教授名义任职，应好好反省自己的反动言行。"据此，一开始就已定性为"反动"。从此他总是处于惶惶不安之中，不断自我检讨，而同时遇事还得"表态"。1949年10月，新中国建立伊始，他给毛泽东写一封信，做一个总"表态"，要改正过去的错误观点，学习马克思主义，用五年时间重新写一部中国哲学史。毛的回信语气居高临下，要他慢慢来，最后一句："总以采取老实态度为宜"，显然是不信任他，说明不是一次总表态就可以过关。从此冯进入漫长的自我否定的过程。1951年教授思想改造运动是第一次高潮，冯是重点之一，大会小会检讨多次难以过关，一次比一次给自己上纲高。先生在台上检讨，师母在下面抹泪。1952年"三反五反"重点是工商界，但是大教授们也得检讨，冯还是一次次难以过关，曾与金岳霖抱头痛哭。

另一方面，他又似乎受到"重用"和优待，除教学任务外还有许多社会活动。不少场面上的活动有他的身影，曝光率相当高。院系调整后，他被聘为一级教授，月薪加研究津贴达445元（在当时绝对是高薪），1951年即参加文化代表团访问印度，并接受新德里大学名誉博士学位（这当然事先需要中方批准的），后来还多次出国参加学术会议。作为河南籍人士，曾任第一届河南人民代表大会代表，并为主席团成员。后任过四届全国政协委员。

1957年3月，已是"鸣放"末期，冯参加政协会议期间，在某次会议与毛泽东分在一个组，散会时，毛拉着他的手说："好好鸣吧，百家争鸣，你就是一家么，你写的东西我都看"。于是他在政协会上发言批评对"双百方针"的怀疑论，此讲话刊于《人民日报》。4月，毛请吃饭，在座者有冯友兰、金岳霖、贺麟、胡绳等人。此时那些老教授们对于即将来到的突变还蒙在鼓里，冯又写《新风气和新努力》，发表在《人民日报》。5月，风向陡变，"反右"开始，"百家"之说收回，变为"只有两家"。冯当然代表资产阶级那一家。

他匆匆表态后，刚好有早已决定的出国任务，到波兰和苏联逗留一个多月，也许因此他"鸣放"言论不多，侥幸未打成"右派"。哲学系老教授云集，而戴右派帽子的只有张岱年一人。后来陆平接任校长还据此批评前校长江隆基严重右倾，在鸣放中"引蛇出洞"不力，留下"隐患"。高层也不满，说"冯友兰他们从斗争中学到了经验，看形势办事，斗一斗，就缩一缩，因而不易抓到他们右派的证据"。不过冯在这期间还是忍不住提出了他的"抽象继承论"，以后这一论点一直是批判的靶子。对他的大小规模的批判从未间断，而冯对自己这一创造似乎比较珍惜，与多数情况下逆来顺受的态度不同，常常为之辩解。

青年学生对他很不尊重，往往颐指气使。

到"大跃进"导致大饥荒之时，高层忙于解困，顾不上思想批判，需要安定民心，已达极左的钟摆略有回摆，对知识分子做些安抚工作，又要听他们的意见了。这期间冯稍稍大胆吐露一些心曲。在一次会上表示自我感觉是动辄得咎，不知所措，对学生不敢管，不敢有要求，感到"现在的教师相当于过去皇帝的侍读"。有这种感觉的绝不止他一人。这还是在1961年，相对宽松的年份。到1972年"复课闹革命"，大学教师与工农兵学员的关系比"侍读"有过之无不及。

"文革"风暴起，挨斗、抄家、交代、检讨、关牛棚……这是共同的。冯的特殊性还在于其在恩威并施中过山车式的起伏。两次生病境遇的鲜明对比是绝好的例证。1967年冯患前列腺疾病需做手术，因"牛鬼蛇神"身份拖延了住院，酿成尿毒症，先在医院急救插了导尿管，随即挂着瓶子登台接受大会批斗；后来因病情加剧好容易被批准做第二次手术后，伤口未愈，又被赶出医院。不久工宣队进驻，被隔离审查，关进集体牛棚，席地睡稻草，继续接受批斗，同时不断写交代，并遵命写各种人的材料。此时他已年逾古稀，若不是形势忽然变化，生死难料。到1973年又一次生病住院，境遇与前次大不相同。不但顺利住进医院，还有谢静宜来探望，转达江青的问候，并立即要他写信致谢。于是他写了一封信表示感谢党中央、毛主席对老年知识分子的关怀，由校党委转江青，这就是后来流传他写"效忠信"的由来。伤口未愈挂着导尿瓶挨斗，在牛棚中九死一生，与住在舒适的病房接受最高领袖的眷顾、问候（可以想见，在那种情况下，医院一定不敢怠慢），对身受者何啻天壤之别，何况当时还是在那样的个人崇拜的气氛中。

发生这一变化的契机是，高校运动中不断有教师迫害致死，包括1968年底翦伯赞自杀，于是领袖又发话要对资产阶级学者"给出路"，冯及其他一些人遂被放回家，稍稍过正常人生活。随即为准备尼克松访华，包括谢冰心、费孝通等一批知名知识分子被"解放"，因为尼克松访华需要撑门面；记者要采访；中美解冻后，不少隔绝多年的旅美人物首次回国探亲，需要见故旧；洋人也会慕名求见。冯的境遇从而显著改善，被占领的住房返还了一半，周恩来迎送尼克松的国宴都应邀参加，还参加一些其他的外事活动。隔绝多年的大儿子也初次回国。这期间他心情愉快，又感到沐浴阳光了，写下不少歌颂的诗。他将其中一首送毛泽东，毛收到后派谢静宜来致问候。冯又赋诗一首，最后一句，"朽株也要绿成荫"，大约是当时的真实心情，认为自己枯木逢春，学问又可以见用了。

不久，批林批孔开始，第一批宣传小册子中，冯又被点名列入尊孔的**反动**学者，再一次陷入了"戴罪立功"的境地。于是他又一面批判自己，一面开始写批孔文章。他的两篇批孔文章先刊于北大学报，立即受到毛泽东的关注，亲自审批，几家党报同时刊载。在此之前，北大清华两校成立大批判组，把冯及其他几位教授列为"顾问"。这就是与"梁效"发生关系的由来。直到1976年8月，唐山地震后毛去世前，江青忽然于晚上10点钟高调到北大探望冯友兰，在地震棚中已经入睡的老人被唤醒起来仓促"迎驾"。同时北大高音喇叭广播，外面群众高呼"毛主席万岁"。事后，校党委又要冯写"感想"。冯写诗感谢"主席关怀"。毛泽东去世当晚，《人民日报》即来催稿，要求写悼念文章，必须于次日4时前交稿，说毛"对先生关心"云云，北大党委也帮着催，于是冯赶出一文刊于隔日《人民日报》。

"四人帮"打倒后，举国欢呼雀跃，对多数知识分子来说，至少在相当一段时间内结束了无休止的自我批判的折磨。但是由于以上种种，冯又成为批判对象，除"梁效"外，地震棚中与江青合影是一大罪状，被要求"说清楚"与"四人帮"关系；停发了为他抄稿的助手的工资（他目力已经衰退，靠口述写作），国外邀请他参加学术会议，校方要他婉拒；学术刊物和北大校园大字报批他为"江青的马前卒"等等……帽子不一而足。他又陷入一遍一遍地写检查，"提高认识"的境地。值得一提的是，他此时的检查还是着重说自己没有意识到毛主席对江青等人的批评，总认为他们代表毛——把四人与一人区分开，是当时的口径，也可能是他真实的想法。实际上这个口径至今在主流宣传中没有变。

大约1980年左右，也就是85岁以后，冯友兰终于结束检讨生涯，过上安定的生活，有了较好的工作条件，得以在95岁去世之前，完成他的煌煌七卷本《中国哲学史新编》。具有讽刺意味的是，他终于摆脱了定于一尊的思想，在《新编》的最后一卷中对毛泽东思想做了剖析，有所批判，却因此第七卷的出版遇到重重阻力。

《故国》关于冯友兰的一章最后说："细细回想一遍，能煎熬着扛过那样几十年的暗淡岁月，大师确实不易。"

我还想起曾读到过一篇回忆侯仁之的文章，其中提到"批林批孔"中撰写了大量批孔著作而一度走红的教授杨荣国。侯一向与杨观点不同，对他不以为然。但是当文章作者在对杨有所贬抑时，侯对他说，杨在"文革"初期曾被造反派套上黑头套暴打，几乎丢掉性命。对于有过这样经历的人不应过多指责（手头没有那张报纸，可能记忆不准确，但大意如此）。这表现了同代人的理解和侯老的宽厚。有些人早早地被"迫害致死"了，也许是一种解脱。而忍辱活下去如太史公，也是一种选择。冯先生最终还有机会完成他的巨作，了却心愿，还算是善终的。

冯友兰的经历有一定的共性，前面已经讲到。也有他的特殊性。从客观处境来讲，由于他已经有的声望和地位，一直是在漩涡中心，"恩"与"威"都不会放过他。也许他后期最好消极一些，有些诗文不必写。这就是他后来自己反思所说的，未能"修辞立其诚"，有哗众取宠之意。但是总的说来，旁人也许可以消极隐退，淡出视野，他是不可能被容许的。正如《故国》一书所说："在政治风暴眼中，冯友兰是无处遁藏，无一是处"。从主观上说，窃以为每个人的个性不同，有柔、有刚，与梁漱溟之刚直相比，冯柔的一面居多。我不研究"冯学"，不敢妄评，但凭粗浅的印象，感到冯在学术上也是妥协性较多，他一生追求的是要打通古今中西，建立中国走进现代的大文化，一直在新旧之间设法融合、妥协。提出"新儒学"、"旧邦新命"、"抽象继承"，都代表这一努力。后来又力图把马克思的理论揉进自己原来的思想体系。最后的《新编》序言中说此书是完全恢复独立思考之作，而同时还表示是用马克思主义的立场方法。另外，与陈寅恪相比，可能他经世致用的倾向强一些，总是希望"朽株也要绿成荫"。当然这是我个人的揣测，不一定准确。

这个政权的特殊处是基本上政教合一，一位以哲学思想安身立命的学者，既然选择了认同这个政权，那么不论是被逼，还是自愿，总要设法与这个"教"妥协，这也许足以解释很多文史类知识分子的言行。

蔡仲德在《年谱》后记中概括冯友兰的一生三段是"实现自我—失落自我—回归自我"，十分精辟，我曾多次引用，认为不止冯一人，而是普遍适用于多数一代或两代的中国知识分子。只不过"失落"时间有长短，"回归"有先后。说也可怜，那时的老先生们尽管学富五车，而且还有出国开会的机会，但是对现实的了解还不如寻常百姓。到"文革"后期，已经小道消息满天飞，我辈小人物常常窃窃私语交换各种后来证明是事实的"反动谣言"，而老先生们不论处于座上客还是阶下囚，是接触不到的，他们还只能靠官方的"传达"。所以他们在"迷失"中觉悟也较晚。还有些人始终没有完全觉悟。

今日如何?

关于当前可以称为知识分子的中青年，笔者在2010年发表的

《道统》一文最后部分以及《杨绛先生仙逝感言》中有较详细的论述，现在基本没有改变看法。总的说来，现在的客观环境与那时已大不相同。不论还有多少禁锢、压制，包括文字狱，但还是有一定的生存和言论空间，有自主选择的余地。单就获取信息而言，互联网时代与那时的闭塞不可同日而语。加之经过三十多年的解放思想（尽管远不彻底），那个时代的迷信，现在应该早已打破。官媒虽然仍是定于一尊，民间的众声喧哗是删不尽、压不住的，谁再想召回那种万马齐喑的局面，恐怕难以做到。本文不厌其烦地讲述前辈的处境与遭遇，只是想多披露一些真实的历史细节，帮助后世了解那一代人的苦难和所受的煎熬。相比之下，做到"修辞立其诚"，现在的风险要小得多。至少保持沉默，不"逢君之恶"、"助纣为虐"是可以做到的。可以说有一点有限的消极自由。

不过对于这点消极自由，很多人并不珍惜。就以两年前百位作家抄《讲话》之举为例。发起者出于什么考虑，姑存不论，居然有这么多名噪一时的作家顺从。我不由得想起"梁效"。二者的源头是同一权威、同一思路。在本质上，《讲话》对中国文化和文化人的残害规模要比"梁效"大得多。前者是头，后者是尾。如果没有与改革开放同时的思想解放，连带打破那个《讲话》的枷锁，何来这几十年涌现出的优秀作品和作家？是否必须"抄"？也许存在某种无形的压力，但是个别作家拒绝了，也未见有何后果。这在"梁效"时代是不可想象的。应该说维持一定程度的独立人格（哪怕是"一定程度"），今天要比那个时代需要付出的代价小得多。也许对抄《讲话》一事还可有不同的说辞，那些无可辩驳、更加不堪的言行，就不必说了。

一代人有一代人的追求和哀乐，笔者不想对当代知识分子（广义的）提出什么要求。只是在臧否前辈时，可否先设身处地扪心自问。至少他们在抗战最艰苦的年月，对民族文脉的存续是做出贡献的。当然在全球化的今天，可以用脚投票，再无所谓"白华"之说，也不必像前辈那样以家国为怀，虽九死其犹未悔。但是十几亿人的大多数只能留在本土。凡事不进则退，就是那点有限的消极自由也来之不易，如不努力推进，随时有失去的危险。维护已有的，争取更好的，努力阻止向"梁效"那个时代倒退的潮流，使不绝如缕的文脉免遭沉沦，只能取决于正当盛年的当代读书人。

（2019年）

时代与青年

——在传一沙龙的讲话

"时代与青年"这个题目确实挺大的，而且我也不知道当代青年应该怎么样。很多人就他们的困惑问过我，我也无甚高见。今天同大家交换一下我对这个时代的看法，以及我感觉到当前存在的一些问题。我是很不喜欢心灵鸡汤类型的话语的，这些都不解决人的处境及困惑。

有人提出一个很大的问题：现在的时代是大时代还是小时代。我们现在确实是进入一个大转折的时期，恰好躬逢其盛。其实人类的发展，从文明社会来讲，非常长的一个时代是农业文明时代，而且这个农业文明，是中国最长，发达到最成熟，最精致。第二是工业文明时代，这个时代中国是落后的。中国现代化的道路是从晚清开始的，或者说近代史是从鸦片战争开始的，这100-200年来，我们就是从农业文明进入到工业文明。中间有很多的曲折。现在进入后工业时代，大约从上世纪八九十年代开始，进入了互联网时代。之后发展就非常快，有很多不同的特点。农业社会的特点是以家族为主的，中国人总说我们爱家、重孝、敬老爱幼、重个人信誉人情等，整个的政治制度是专制的。工业文明时代，已经太复杂，分工各方面很细，过去的家庭、个人信誉、人情等都不足以解决问题，所以进入契约社会，必须有法律，是法治社会。光是一个家庭或者君主专制制度已经解决不了问题了。需要限制权力，民主的精神实际就是限制掌权者的权力。民主并不等于普选、一人一票。这是过于简单化的理解。总的来说民主是不能让权力过分集中，掌控一切。这就不多讲了。

现在进入互联网时代，或者叫数字经济时代，颠覆了以前的很多规律，例如原来就业率高了，经济就比较繁荣，人民收入就比较高。但现在从美国的情况来看，并不见得是这样。好多经济规律被打破，应该说全世界都在洗牌。因此我们现在看到的外部世界，如欧美这些成熟的民主社会，好像一片乱象。美国也很乱，两党政治已经走到了社会分裂的地步。英国脱欧，拖了两届政府还没完成。这个最成熟的议会政治的国家，它的政治玩得最圆熟，怎么现在玩砸了，为什么会是这样？我觉得现在进入一个新的后工业时代，大家都没有准备，它发展得特别快，在位的掌权者，还是以老的思维方式或是老大帝国的方式来解决现在互联网时代的问题，所以就解决不了。但是各国当政者的知识资源和经验只有这些。我国的政治精英更习惯于往后看，说过去多么辉煌，从传统文化中找资源，还没有找到适合于现在突飞猛进的互联网时代的手段。所以我们看到的各种各样的乱像就是这么来的，而且还得乱一阵子。

但是发达的工业社会与中国所碰到的问题，不在一个层次上。从2008年经济危机开始，中国人自以为风景这边独好，觉得我们没有经济危机，实际上是我们还没有资格进入那种成熟市场的经济危机。一个成熟的市场经济，跟受到权力控制的经济，根本不在一个层次，遇到的情况是不一样的。暂时可能看不出来，但里面的隐患要很长以后才能发现。很可能我们的隐患现在正在一点点的显示出来。因而我们也会觉得困惑越来越多。

大的形势是这样，我们一般平民只能观察。我们只能寄希望于比较先进的国家，拿得出比较先进的手段来治理自己的问题。因为他们的问题能够以有效的办法来治理，对于整个世界都是有好处的。中国的问题，跟他们不太一样。中国是一个相当畸形的文明，跨农业社会、工业社会、后工业社会。脑袋在农业社会、身子在工业社会、而脚跨进了互联网社会，相当先进的互联网技术我们都有了，但相当落后的农业社会的思维方式和治理手段我们也都有。就是一个畸形的巨人，体量很大，这是一种很特殊的情况。中国很大的一个问题是现代化进程有180年，都没有解决对传统继承什么批判什么，对外来的东西吸收什么扬弃什么的问题。还有对于精神和物质的关系也没解决。正因为如此，就有忽而非常自大，忽而非常自卑的心理状态。从老百姓到执政者都有这样很矛盾的心理。我觉得很多问题都是由这种特点而来的，也不完全都是执政者的问题。从现在的新媒体或社交平台上看，很多人的发言和思维方式都是这么乱的，都是从最落后的农业社会到最先进的互联网社会因素都有，甚至体现在一个人身上或一篇文章里逻辑都是混乱的。这个问题留到最后讲一讲。

关于公益事业

我们都是从事公益的，朱传一先生是位先驱。今天的场地三一基金会的创办人也是一位公益领域的有识之士。（有关情况可参看本书《倡导公益慈善行动，莫以小人之心度人——在传一爱德基金成立会上的发言》一文，此处不赘）老一辈人的创业打下了基础，而现在真正做这些事的是一些年轻人。他们第一包袱比较少，第二精力充沛。我研究美国人创业，他们有一个特点是赔得起、失败得起。一项新的实验要经历多次失败，试验半天觉得这不行，就会想另外的办法。自然科学如此，社会实践也一样。年轻人应该有这样一种可以失败得起的精神，这个不行，可以做那个，则前途无量。凡是能够成功的，一定是经历过很多失败，所以说失败是成功之母。

对于创办这样有利于社会的事业有什么阻力呢？我认为有两大阻力，一个是人性的贪婪和逐利，本来想做好事，到一定时候，做着做着就忍不住要见利忘义了，尤其是碰到困难和要做出选择的时候，比如牺牲一定的利益的时候，就比较难了。这就是人性，每一个国家都有，这是比较难的。二是国家之间的争夺，所以像军火生意杀人武器的发展，尽管被认为是不负责任的投资，现在还看不到可以逆转的势头，人类好多精力与聪明智慧都用在研究如何改善杀人武器上了。只要国家间的争夺存在，只要国际上还没有一个真正有权威的能够执行国际法的机构，这还是很难改变的。联合国实际上是一个软性的机构，不能说它的存在完全没必要，它能够在道义上起一点作用，也有儿童基金会、维和行动等，但它制止不了战争，也制止不了我称之为"国际社会达尔文主义"，也就是强权政治。对于公益人士倡导的"负责任的企业"，或称"负责任的投资"这也是一个很大的障碍。

中国有一个特点，就是官商勾结。成功的企业想做一些好事，往往地方政府要干涉，不让你捐这个，要你捐那个，做一些它需要的政绩工程。这种逼捐的事情在中国是经常发生的。企业本身也愿意给政府一些好处，以便交换一些利益。类似这种情况，是中国特有的。这些都是健康公益事业发展的障碍。

此外，还有道德风险。比如不义之财的捐赠要不要。我在《财富的责任》里也有写到一个例子，一个资本家给普林斯顿大学的政治学院一项长期资助，为非洲新独立国家培养人才。院长说他每年要去向这位先生募集当年的经费，但这企业家是开赌场发家的，实际上院长是看不上他的，但这笔钱很有用，使他很纠结。还有一个例子：有一年哈佛大学发生一件事，有一个经常发表歧视犹太人的言论的资本家，给哈佛捐了一大笔钱，以他的名字设一个讲座。到底是要还是不要，因为这完全违背大学的道德理念。最后他们要了钱，但坦率告诉他，他的名字不能出现，他也同意了。在募捐的过程中什么钱能要，什么钱不能要，大学要有一定的准则，但也不能太干净了，水至清则无鱼，不能要求捐钱的人非常完美，那就几乎没有了。也就是说在从事公益事业的过程中，与人交往到什么样的程度有一条线，尤其要避免洗钱行为。这些都是需要注意的。

总之现在已经进入一个新的阶段，大家可以发挥各种想象力，怎么样能够使得我们做的事情是对社会有好处的，有助于社会进步，能够真正帮助到需要帮助的人，同时又是可持续的，也就是自己能够造血。年轻人在这方面是大有可为的。

当代青年怎么办？

我说不出现在的年轻人应该怎么样，我觉得我没有资格指手画脚。我也很警惕，不能够站着说话不腰疼。因为我已经退休好多年了，没有那种工作压力，没有对付非常复杂的人际关系的需要。我听说不少现在职场的事情，总是想，幸亏我现在不在任了，这些事太难对付了。在生活上虽然退休金有限，但没有各种各样的负担和压力。所以我不能要求别人如何如何，不能唱高调，应该怎么样，不应该怎么样。要求不能太高。我不喜欢说无私奉献，但至少要有几个底线。我碰到很多有情怀有想法的年轻人，他们愿意做好事，很有是非观念，对于很多不好的事情都有自己的看法。但也有一些年轻人，非常犬儒主义。我曾与一名年轻人聊天，他根本不相信正义公平这一套东西。我说到法治、公平正义等，他觉得非常迂腐，认为现在没有人再相信这些。他相信丛林法则，相信有钱有权有势就什么都能做到。他自己是一个小老板，属于不太困难，也不太富有的阶层，我问他如果当地政府凭借权力没收了你的产业，你怎么看？他说大鱼吃小鱼天经地义，他有这本事，我没这本事就算了。根据这一逻辑，假如他有这个本事，他也可以这样对待别人。他真的这样相信。他也不是个坏人，持这样观点的人，从网络上看还不是个别的。这是一种可怕的现象。意思是：放眼望去，哪一个坚持公平正义的人有好果子吃？人就应该唯利是图。我认为这是不对的，无论如何，应该相信有公平有正义，并应该为这个而奋斗，不然这个社会就真的变成黑社会了。对事情要有基本的是非判断，这个是非判断基本上全人类都是相同的，而且古今也是差不多的。比如勇敢是公认的美德，对立面是怯懦；诚信是美德，到处骗人坑人总是不好的，这些大家应该都有基本的共识。还有人说你这都是外国人那一套，我们从来不讲法律，你看哪个打官司的是因为法律而赢的，好像根本没有。我没有研究过我国法律界情况，我想总应该有根据法律论输赢的案子，不然我们这个社会就会解体了。当然我们的权力干预太多，但我们总要争取向另外一个方向发展。

所以我想，起码应该相信社会是应该走向正义和公平的，要有这样的底线。另一方面，做人还有上线，可以有比较高的理想，或者特别希望为推动社会进步做出贡献。有很多人正在做，比如最近北大郭建梅老师的研究所被封了。我是很佩服她的，虽然我只在公众的场合见过她一两次，也没有互相认识，但我一直关注这件事情。也有人会说，你看他们的研究所不是也都被封了吗？但她在被封之前已经做了很多事情，有一些失败了，也有一些成功了。更重要的是她坚持了这样的观念，能够为维护妇女的权利而努力，反对家暴，引起社会的关注。当然这不是她一个人的功劳。像这样，要做成一件事情，一定要克服很多困难，努力的过程中就对社会做出了贡献。

另外在我的熟人里，我还很钦佩茅于轼老师。他也是受到很多打压，但他的思想永远在前沿，如当初中国还没有出现义利兼顾的小额贷款的时候，他就已经想到了，而且就去做了。那时候他已经70多岁了，跑到一个贫困农村做试点。开始做的时候差点被打成"非法集资"，但他非常守规矩，查不出任何毛病，而且决不谋私利。不管遇到怎样的阻力，他一直坚持他的理念，同时设法为弱势群体做好事。我很惭愧我没有做到。有一些楷模和榜样，不能要求每一个人都做到他们那样，各人处境不同，但要有底线。假如你接近权势，至少不要助纣为虐；假如你接近财富，一定要保持清白；如果你生活拮据，要做到贫贱不能移是比较困难，但总要保持起码的底线。

另外，对社会，至少对自己的工作有一定的责任感。比如我出书，经常和编辑打交道。有的编辑很负责任，有的非常不负责任，看都不看，错字连篇，也能拿出手。就这一件工作，就很不一样。从前李慎之先生曾说过，他一个女儿是做校对的，他评价她"胸无大志，国家栋梁"。就是她做校对，从来不出错。这是非常值得称赞的。各行各业的人都这样敬业，国家自然会好。有一句话说"不想当将军的士兵不是好士兵"，我觉得这句话很害人。不是人人都有将军的才能，大量工作是需要士兵的。老想当将军而不去做士兵应该做的事情，这个社会无法前进。所以我想，假如真正能把自己的本职工作做好，敬业非常重要。我小时候受的教育里，有一条是这样的，不是非要考第一，但要做到尽了努力，问心无愧。长辈的要求是认认真真做事，清清白白做人。这都是一些传统的道德，而且古今中外都一样。同样学历的人，在这方面的表现会非常不一样。为自己做的事情的结果负责，我想这个应该可以做到。

不以恶小而为之，不以善小而不为。这个用不着解释。

契约精神，这一点对中国人尤其重要。说好了就要守信用，按照合同办事。很多思想自由的人身上也没有契约精神。改革开放初期，我很尊重的一位学者，他跟别人签署协议，18个月完成一本书的翻译。结果他迟迟不交稿。我提醒他合同上签署的是18个月，他说，嗨，中国还不就这样。我很奇怪，西化程度这么高的一个人，怎么就能不遵守契约。我相信他现在已经改变观念了。在很多中国人的观念里，契约似乎是不一定要遵守的。这是很不好的习惯。当然不遵守不一定都会引起打官司，但也不能觉得不遵守就没关系。

现在有一个很坏的风气，人越来越没教养。比如以爱国的名义，大骂脏话，像最近澳大利亚的中国留学生，对不同观点的人不会讲道理，只会集体破口大骂，骂文明人说不出口的下流脏话。后来我也在微信上看到，某知名大学附中学生对于别人的批评，也大骂粗口。至少在文革以前这种事情是不大会出现的，现在怎么到了这个程度？中华文明无论如何不应该倒退到这个地步。不能以爱国或其他高调的目的，这样粗鄙地骂人。许多高学历的人缺乏起码的教养。人类从野蛮进化到文明，不能再退回到野蛮。

这在美国也有一个转折，在1960年代激进的群众运动、学生运动，也是故意把一些礼节去掉，骂人的话也很多。那时候反越战，反核武器、要求黑人平权等，都是很好的目标，但也是从那以后风气变得很粗野，影响很多年轻人，个人生活放荡，满嘴粗话。后来慢慢回归，稍好一点。不能说我为了高尚的目标，就可以促使文明教养退化。

另外我还用一点时间说一下我认为不合逻辑的现象。我认同的思维方式，一是合乎事实，一是合乎逻辑。可现在有一些流行的有代表性的说法，是很不合乎逻辑的。

首先"左""右"这个含义就被混淆了。现在我国常说的"右派"是指主张民主、法治、宪政的；反而主张维持现状、专政、控制言论的被称为"左派"。其实原来对社会不满，要求进一步改革，反对专制、要求平等，为弱势群体着想，这个叫左派；我没有考证过，好像是起源于法国大革命时，在议会坐在左边的都是激进派，坐在右边的人是保守派，主张维护贵族的特权，维持现状，反对左派的激进运动。但现在关于左右的说法好像是相反的。因此最好不要说谁是左谁是右。有事说事，事情应该是怎么样，就是怎么样的。《马恩全集》的第一篇文章就是反对书报检查，主张言论自由。马克思是真左派。现在左派成保守派了。

另一种观点，有人认为美国是万恶之源，美国最坏。但每当我们社会里有不好的现象，他们就立刻举出美国也有这种事。好像既然美国人都可以做的坏事，我们也就不算什么。在这样的逻辑下，大前提应该是以美国为最高楷模。既然你觉得美国最坏，那为什么还以它为标准呢？这就是一种逻辑混乱。

还有一种说法：假如有人批评，说现在的一些做法是侵犯人权的，我看到相当著名的某位学者反驳说，你们不要搞乱我们的国家，你看看萨达姆被推翻后伊拉克多乱，难道要把我们变成卡扎菲以后的利比亚吗？这是非常荒谬的逻辑。主张权力不能这么任性，要求讲求法治，反对侵犯人权，少一点冤狱，怎么就变成伊拉克？我认为我们的国家比萨达姆统治下的伊拉克总要好得多吧，我不知道这种逻辑是怎么来的。除非他认为卡扎菲治理下的利比亚人民很幸福，美国人把卡扎菲搞掉了，然后利比亚就乱了。按此逻辑，中国现在就像卡扎菲领导下的利比亚一样？这是一个非常奇怪的逻辑，把中国与最坏、最野蛮、最专制的国家相提并论，而且认为那些暴君们就不应该被打倒，被打倒是帝国主义干的坏事。这种说法我看到不止一次，好像我们如果有了民主自由，就会成为没了卡扎菲之后的利比亚。这是对我们国家多大的污蔑？

还有，在国际关系里，本来国与国之间就是讲利益的。假如有一个政府，在外交上不维护自己国家的利益，那它就是失职，这是不言而喻的常识。其实改革开放以来，与日本和美国交往，我们获得了很大的好处。美国的市场向我们开放，对中国的发达和财富积累到现在的程度，起了很大的作用。日本给了中国第一批贷款和无偿援助。更重要的是进入WTO以后，跟各国的贸易，对我们有很大的好处。于是有人会说，他们还不都是为了各自的利益！这个观点很奇怪，当然各方都要维护自己的利益，难道要指望各个国家能够"无私地"援助中国？这根本不可能。只能说我们在交往中是互利的，而且我们得到了不少好处。持这种说法的人一方面说这些国家都是邪恶的，亡我之心不死，一方面又要求人家跟我们交往要无私，这些都是缺乏最起码的常识和逻辑。

以上只是举例说明。我经常看到的一些说法，打着爱国反帝的旗号，提出这种逻辑混乱的论调，还很有舆论市场，归根结底是因为百年来我们一直把自己放在受害者的地位，认定一切苦难都来源于外国。把排外和爱国混为一谈，谁说外国人的好话谁就是汉奸。义和团时期就是这样，到现在这种宣传和心态还没改过来，其结果就是非常没有出息，从来不反省自己，一切都怪外国人。这样对我们自己非常不利，固步自封，很难进步。

最后我还想说一点，我觉得我们政府在对待在当前的猪肉问题上，比起我经历过的五六十年代有很大进步。姑且不管造成猪肉短缺的原因，至少现在的态度是对的。第一承认猪肉是大问题，承认全国人民是要吃猪肉的。第二向全世界买猪肉，不增加进口税了。这个不加税对我们自己有极大的好处。老百姓不吃肉是不行的，执政者都要考虑到百姓是需要吃肉的。对比我经历的上世纪五六十年代，官方的宣传是人本来就不需要吃那么多肉，每月半斤肉，发肉票，凭票购买，一切困难都是帝国主义、修正主义造成的（苏联撤专家、逼债等等）。那时老百姓也就认了。现在老百姓不能忍受这样的生活，这是很大的进步。而且政府也不敢听任这样下去，一定会采取措施。能够向全世界买猪肉，说明我们有了很大的进步。要是在那个时代，发肉票，同时宣传各种代替品，说明肉不是必需的，就行了。所以从这点上讲，不论从全社会还是从执政理念上，都是改革开放以后进步的重大成绩。

（2019年）

哀清华

近来，清华大学又进入舆论的漩涡。这回挑起的不但是一片舆论哗然，而且是学界的良知和良心。"哀清华"字样又在我脑海中浮起。

这一拟写的文章题目最初出现是2010年，听说"清华学堂"失火，与大礼堂、图书馆并列的一座清华标志性建筑付之一炬。其起因虽然后来照例归咎于一名工人的操作失误，实际是校方不可原谅的错误装修决策。这种错误源自于方今流行的盲目追新的虚荣，对传统缺乏敬畏，无知又轻率。这所建筑是全国重点文物保护单位，主要就在于构成其主楼的珍贵的木结构建筑。它没有毁于战争，没有毁于日寇的铁蹄，甚至也没有毁于"文革"的冲击。据说"文革"结束后清华复课第一任校长也曾有对之修缮之意，但是他还比较懂事，有一份谨慎，召集了建筑系的老师征求意见，了解历史和建筑情况，得知木料之贵重和该建筑之不可复制，必须极其慎重对待，于是打消了重新装修的念头。而如今这座百年的老楼毁于所谓"盛世"，毁于为纪念百年大庆，显示辉煌而大兴土木。我收到这一消息时正值午夜，在网上看到许多新老校友痛心疾首悲愤之词，深有同感，为之彻夜难眠。痛感到这一事件是有象征意义的，随着这一把火，烧掉的不仅是一座楼，而是清华之所以为清华的精神传统。现在清华最不缺的就是钱，在废墟上无论重建的大楼如何讲究、光鲜，作为那座建筑的核心的木楼是回不来了。"哀清华"的悲歌萦绕于心中，然而终于没有成文。当时考虑，正在筹备百年校庆，犹如人家办喜事之际，就不以哭丧煞风景了吧。

转年百年校庆，由于国家领导人是清华校友，成为国家大事，不在学校，而在人民大会堂举行正式庆典。主流媒体大肆宣传，其中一幅海报为清华二校门"清华园"的图案（那座拱形门也是清华象征之一），门框上面密密麻麻布满头像，却是以官位排列，顶上面赫然几幅大头像是当时位居高位的大官，我想找过去的校长和几位名师的像需要耐心搜寻，直到最下面才发现，挤在一堆，小到几乎难以辨认。这使我大为愤慨。无论以年资、以学术地位、以对学校的贡献论，均不该如此排列，这是赤裸裸的官本位。因此接到校方电话说要给我送请柬，核对地址，被我拒绝。"聚天下英才而摧毁之"一语，也是因此而发。所谓"摧毁"，当时的直觉是培养趋炎附势的风气，使莘莘学子一心崇拜大官，校长老师则等而下之，如何有心向学？实际上，现在说聚"天下英才"已经不确切，当时想的是能考入清华的大多是智商很高，学习能力很强的少年才俊。而今出现了许多疯狂的"魔鬼训练"学校，专门标榜考上清华、北大的升学率，在这种训练之下，意味着这些青少年在入学之前已经被"摧毁"了，清华招来的"英才"率将大大下降。

然而，彼时之"哀"，还没有料到几年之后竟至堕落到如今这般令人发指的地步。据了解，几年前已经有学生被招募记录汇报老师的讲课内容的，每月有一定报酬，而且持续三年就可以保研，此职务还有一名称曰"信息员"。而有关的学生并不意识到这种行为之不光彩，只当一份勤工俭学的工作（！）。这不是个别现象，培养学生告密、揭发老师已成为学校"正常"的"教育"内容。那么我为之痛心的趋炎附势之风已是小巫见大巫，如今已径直培养"东厂"、"西厂"人才了，中国的高等教育将伊于胡底？至于新一轮焚书坑儒早已开始。在各个领域劣币驱逐良币，岂止学校为然。只是以清华的名气，影响更大。最近一段时期清华的举措也有高度象征意义：一名罔顾基本事实，口出狂言，为国人所不齿，为天下笑的教授，偏偏就被授以学校最高荣誉的"资深教授"；而以品德、学问、敢言而享誉士林的名师始而遭受各种压制，卒至被安上一个显然是捏造的、侮辱人格的罪名，被粗暴剥夺教学权利。是非黑白颠倒如此鲜明。呜呼我的母校！

我个人对清华有特殊感情。当年不惜破釜沉舟离开享誉国内外的美丽燕园，转入清华，在那里度过短短的三年，留下美好而温馨的记忆。离校多年，清华在成为一场浩劫的中心"两校"之一后，逐步恢复正常，而且又重建已被取消的人文、社会科学诸学科，招揽人才，新一代优秀教师开始聚集。老校友额手相庆，自上世纪80年代开始恢复校庆返校，相聚一堂，同温旧梦。我也写了不少忆当年的文字。然而自1991年90周年校庆纪念活动起，就开始变味，校庆的"正日子"因有"首长"（并非清华校友）莅临，警卫森严，校友按"级别"发出入证，"普通"校友则只能在第二天来校聚会。到百年校庆则官气更浓，已如前述。我上清华时有幸赶上梅贻琦校长在大陆的最后几年，虽然除了在校园远远望见外，没有任何接触，也没有听过他做什么"大报告"，但是桃李无言，下自成蹊，我们都不自觉地以作为门下弟子为荣，对他怀有发自内心的敬重。2014年我赴台湾一游，得以访问新竹清华校园，主人特意领我们到梅校长墓和纪念亭，我不自主地在墓前恭恭敬敬三鞠躬。这种不由自主的行动自己原来也没有想到。试问如今的清华校长，学生对他还有这样的发自内心的敬重和感情吗？可能留下的记忆是什么呢？诚然，也可以说种种悖谬之举是奉命而行，校领导不负主要责任。但这种借口越来越难以服众。有不少情况是他们主动邀宠，至少是无担当，并非完全是不可抗拒的奉命。即使奉命，也还有自己的是非判断，也有"枪口抬高一寸"的裁量。几年前就有一位以敢言著称的某大学副校长对我说，其实有些人们普遍诟病的政策和做法，只要有十名大学校长肯联名或分别提出意见，并非不可撼动，至少可以提上讨论的议程。然而私下议论纷纷，看法大致相同，却无人愿意发声。这是将近十年前的事，现在新一轮的学界"新贵"可能连这点私下的共识也难有了。

再说梅校长，当年在内战方酣时，他能坚决抗拒军警进校抓学生，并通知黑名单上的学生逃走。梅校长自己是国民党员，他也明知这些学生是地下党领导的运动成员。此事无关政治和政见，而是校长的天职：第一，保护校园和师生不受强权侵害；第二，尊重思想自由。另一个例子是流传较广的，抗战最艰苦的时期，西南联大的教授集体上书驳回陈立夫主持的教育部企图干涉和管制教材与教学的指令。两件事都发生在战争时期，一是外战，一是内战，尚且能保持校园的净土，学术的尊严。方今是和平时期，中国从未如此强大繁荣，以空前的姿态"崛起"，高等教育空前普及，一座座高楼拔地而起，然而偌大校园奈何竟容不下一位忧国忧民、有独立思想的教授？尤其是，在倡导建设法治，而且"法治"也纳入官方发布的"核心价值观"之际，法学教育却重点受到禁锢，法学教授不能见容于三尺讲坛！

所幸从最近的事件所引起的舆论反应可以看得出公道自在人

心。被整肃的教授心胸坦荡，处之泰然，表示求仁得仁，亦复何言。然而，百年树人，每年有几百万大学毕业生走向社会，特别是名校出身，"今天是桃李芬芳，明天是社会栋梁"，而今而后，将是何等样的"社会栋梁"左右我伟大的中华民族前途？

（2019年3月春寒料峭之夜）

文摘三则

之一　程朱理学如何成为"杀人"道学

今年春节前后离京南游，工作与游乐兼顾，探亲访友，并又有机会以乐会友，其乐融融。除此之外，闲来读书，喜有意外收获。沪上易中天君来访，赠我新作《风流南宋》，正好在旅途空隙中翻阅。作者向来以善于讲故事见长，所以不同于一般的高头讲章，文字平易活泼，使人终卷不觉疲劳。当然，一如既往，易君对于人们熟知或有定论的人和事，总是有自己的独到之见。不过这是严肃的学术著作，绝不是"戏说"，字字有根据，看卷尾的注释即可知。中国传统学术文史哲一体，我都无深入研究，只有一些粗浅的知识。当然多年来也形成一些自己的看法。在读到一些有关著作时或得到印证，或修正自己的成见。读易君此书也有不少新的心得。其中值得一提的是关于程朱理学的议论。对于朱子本人以及"理学"，论著汗牛充栋。戴震曾斥之为"以理杀人"，自新文化运动以来，"道（理）学杀人"之说更加流行。而在大力提倡"国学"的潮流中，又有人对"存天理，灭人欲"作正面的解释，当然朱子的形象也随之褒贬不一。我本人一向倾向于认为"理学"对中华民族的负面影响更大于孔孟的儒学。《风流南宋》主要是谈史，但专有两章讲程朱理学及其与宋朝政治的关系，乃至对其后中国的影响。读后本人感到若有所悟的有几点：

一、我一直有个问题：盛唐出了那么多才华横溢的文人，为什么不出思想家，而理学偏偏诞生于宋朝？询诸一些历史专家，都未得到解答。易君书中给出的理由是，历代君主提出"与士大夫共治天下"的唯有宋朝，这使士人兴奋不已。但是拿什么与君王共治？读书人两手空空，既无财，又无兵，唯一的资本是思想，所以努力提出一套思想，才有"共治"的条件。这是理学产生的动力。此说对我有说服力。

二、程氏兄弟生于北宋盛世，而朱熹却与南宋几乎同时诞生。半壁江山失陷，偏安江南，是南宋所有士大夫为之痛心疾首之事。在这危亡之秋，武有岳飞一心想"从头收拾旧山河"；而文有朱（熹）、陆（九渊）致力于从头收拾世道人心，重振家国，程氏的学说被赋予了新的意义 ，发扬光大。（按：这是我的想法，不一定是作者的意思）。

三、关于"存天理、灭人欲"的内涵及其矛盾和影响，书中有较详细的论述。特别值得一提的是，如中国所有士大夫一样，凡提出主张，最终都必须落实在说服当朝皇帝予以实施的。"君为臣纲"被认为是"天理"，而那"纲"恰巧是最不讲天理的，这就是这一理论无法克服的内在悖论。更有甚者，无论出发点多好，既不能使统治者存天理，却能被利用来实现其"人欲"的统治手段；思想一旦成为官学，被公权力神化，传到民间，其负面影响就加倍放大，完全失去提出者原来的理想，流毒千古，真的成为"杀人"的精神武器。这是很多思想家的悲剧，又岂独朱子然？

四、不论对"理学"如何评价，书中对朱熹、陆九渊以及有宋一代士大夫的风骨、气节充分肯定，这点颇得我心。后世常把理学家称为"伪君子"，那是那些以儒学、理学为名以逞其不可告人的私欲之人。朱熹、陆九渊等人却是真君子。他们是真心希望致君尧舜，而绝不逢君之恶。在受到排斥、甚至迫害时，就归隐山林，而不曲意迎合。还有可贵之处是朱熹与陆九渊学术观点不同，互为论敌，但是互相尊重，不搞小动作。在陆九渊有机会面君陈述自己的主张时，朱熹十分高兴，乐观其成，而且真心诚意介绍经验。因为他们大方向一致，都希望"致太平"。这是何等的胸怀？应该说这是宋朝士大夫特有的品德、风气。在王安石变法的政治斗争中那一批反方和正方都有这种风度。可惜宋朝以后，这种风气一去不复返了。

以上几点只是我在客旅中匆匆阅读后的一点感想。算不得书评，更不是深思熟虑的学术观点。今征得作者同意，从《第三章理学是非》中摘录几段，以飨读者。为避免篇幅过长，且为了突出我特别关注的重点，许多地方都割爱删去，加了省略号。原文注释也都略去。

第三章 理学是非

朱熹直到临死前，

还背着逆党魁首和妖术伪师的罪名，

二十多年后却变得神圣不可侵犯。

这或许是朱熹的幸运，

却是我们民族的不幸。

······

朱熹是文化里程碑：前有孔子，后有朱子。没有孔子就没有儒学，没有朱子就没有理学。儒学让我们民族有了主流思想和核心价值，直到辛亥革命以后被颠覆；理学则让价值和观念落到实处深入人心，变成像宗教教义或先知圣训那样具有神圣性和权威性，又规范日常生活的东西。

······

显然，理学的核心就是两个字：天理。

天理是什么呢？

朱熹说：

所谓天理，复是何物？仁义礼智信岂不是天理？君臣父子夫妇朋友岂不是天理？

原来就是三纲五常，这不是董仲舒早就说过的吗？

确实是老调重弹，但有意义，也有发明。

意义在于儒学的振兴。我们知道，儒学原本是孔子等人站在官方立场创造的民间思想。由于是民间思想，所以只是春秋战国时期各种思潮之一，也不乏生命活力。但由于无论孔子，还是孟子和荀子，都是为了替统治者寻求治道，因此思想是独立的，立场是官方的。再加上他们的主张符合宗法社会的中国国情，便使儒学变成官学有了可能。

结果，是汉武帝罢黜百家，独尊儒术。

······

赵匡胤结束了过去开创了未来。这个依靠政变夺取政权的军阀为了江山永固，崇尚文治抑制武功，立下祖宗家法要**与士大夫共治天下**。士大夫没有政治资本和军事力量，就只能依靠思想；而能够平治天下的，则只有儒学。

振兴儒学，势在必行。

然而这谈何容易。……

此时此刻，就看朱熹的了。

朱熹……武器则是理。朱熹说，世界上其实有两种存在，有情有状的叫做器，无形无影的叫做理。所有的器都是由理产生的。为什么呢？因为任何事物的存在发生，都不可能没有道理。用朱熹的原话说就是：做出那事，便是这里有那理。台阶有砖头，就有砖头之理；地上有竹椅，则必有竹椅之理。船只能行于水，车只能行于陆，都是理。

结论是：每个事物都有自己的理，没有理就没有物。

……

他讲天理讲太极，不仅是要对抗佛教，更是要维护儒家伦理，宣扬三纲五常。他的逻辑也很简单：君臣父子之类的道德规范不是早就有了吗？那就肯定有他的道理。由于一切道理都来自太极，所以君仁臣忠父慈子孝等等就是天理。谁敢违抗，天理不容！

很好！但，既然如此，为什么出问题了呢？

因为天理之外，还有人欲。

……

两宋道学又叫程朱理学，也是有道理的。

孤阴不生，独阳不长，有天理必有人欲。如何处理二者的关系，也就成了理学无法回避的问题。

朱熹的办法是先下定义。他认为，天理就是人性中天然存在的善，比如孟子所谓"人皆有之"的恻隐之心。恻隐之心就是仁，仁是天理之自然。顺着仁往前推就是义，再往前推就是礼。所以，四德五伦都是天理，也都是善。

但，天理既然是善，恶又从哪里来？

程颢和程颐的说法是：天下善恶皆天理。

……

问题是，如果恶也是天理，不作恶岂非也天理不容？

朱熹当然不能同意。因此……朱熹说，天理哪能是恶？恶是不会行天理。比如不该恻隐而恻隐，就变成姑息；不该仗义而仗义，便变成残忍。所以，恶是天理的过犹不及。

那么，行天理为什么会过犹不及？

因为天理未纯，人欲未尽。这就好比一个人，如果注意饮食锻炼身体，就健康长寿；如果习惯不良纵欲过度，则会百病缠身。恶就是这样一种病，朱熹称为疾疢（读如趁）。

原来，人会生病，天理也会，这可真是天人合一。

天理生病，就成了人欲。

人欲不是人类肉体生存的基本需求。朱熹说：若是饥而欲食，渴而欲饮，则此欲亦岂能无？但亦是合当如此者。他还讽刺佛教徒说：终日吃饭，却道不曾咬著一粒米；满身著衣，却道不曾挂著一条丝。这不是扯吗？

看来，老先生的头脑很清醒。

问题却仍未解决。人欲不是欲，又是什么？

朱熹用最通俗易懂的语言回答了我们：

饮食者，天理也；要求美味，人欲也。

原来，天理就是生存理，人权就是生存权。这两句话朱熹虽然没有说，我们不妨替他说了。总之，除了保证生存和学做圣人，其他想法都是心里有病。……

那么，人的这个病，有没有办法治呢？

有。办法是六个字：

存天理，灭人欲。

而且朱熹说，所有儒家经典讲的都是这个道理。

这当然并不容易。因为就连朱熹也说：天理人欲，无硬定底界。既然并无明显标志和截然分野，那怎么识别，又怎么做？比方说，食色性也。吃饭是天理，性生活呢？

道学先生的回答是：

要看情况。生儿育女是天理，男欢女爱是人欲。

道理很简单：前者相当于饮食，后者相当于美味。

抱歉，这实在是混账逻辑，也不可操作。难道每次做爱前都要指天发誓，宣布这是为了传宗接代？幸亏程朱理学在今天不是主流，否则安全套和避孕药岂不都得下架？

何况朱熹自己也说：有个天理，便有个人欲，人欲"也是天理里面做出来"的。这就连读圣贤书都不管用了，因为世间却有能克己而不能复礼者，比如佛教徒。那么，如果要实现"存天理，灭人欲"的目标，请问又该如之何呢？

也只好祭起屠刀，朱熹称为"杀贼工夫"。

而且，吃柿子拣软的捏，先杀女人。

杀女人的切入点，是提倡寡妇守节，反对再嫁。当然也只是提倡而已，因为没有哪个王朝会荒唐到为此制定相关的法律。但是，我们不要小看舆论压力和道德诱惑。南宋之后守寡和死节的女人有多少，看看那些贞节牌坊就知道。

何况道学家的话还说得那么重。有人问程颐：寡妇贫苦无依，能不能再嫁乎哉？程颐的回答是八个字：

  饿死事小，失节事大。

女人的命，就那么不值钱？

程颐简直心理变态，混账透顶！

……

比如王玉辉。

王玉辉是清代吴敬梓《儒林外史》中的人物。他的女儿丧夫之后决定死节，母亲不赞成，公公婆婆也不赞成，只有王玉辉拍手叫好，甚至在女儿去世后仰天大笑，说是就连自己都未必能够死得这么风光。直到知县和乡绅一众人等前来拜祭，这才恢复人性，开始悲悼女儿。后来看见穿白衣服的年轻女子，就心里哽咽，那热泪直滚出来。

这可真如清代戴震所言，是"以理杀人"。

事实上，尽管朱熹使用了哲学甚至类似于科学的方法来论证天理，也尽管理学家们口口声声恻隐之心，然而"饿死事小，失节事大"这八个字……仍表现出对个体生命的冷漠……

很显然，正是这种冷漠，造就了……贞节牌坊那样的道德祭坛。这当然并不完全该由程朱理学来负责。但，如果一个民族的伦理道德必须靠这样惨无人道的东西才能得以维持，可就真是生病了。

那么，这病可又是怎么生的？

陆九渊是南宋时期理学的又一代表人物。尽管《宋史》把他列入《儒林传》中，而不在《道学传》里，但后世仍然认为他是理学家。后来，他的学说被明代王阳明（王守仁）发扬光大形成陆王学派，与二程兄弟和朱熹创建的程朱学派共同构成了宋明理学的顶梁支柱。

陆九渊比朱熹小九岁，关系则很特别：要振兴儒学挽救世道人心是战友，但于治学方法和修养途径却是论敌。

惺惺相惜，取长补短，这很可贵。

尊重对方，不因意见分歧而记私仇，就更可贵。

风气如此良好，也就是宋吧！

更要紧的是，朱熹和陆九渊都认为只有依靠皇权，学说才能推广，儒术才能振兴。因此，听说陆九渊能够有跟皇帝面谈的机会，朱熹便表现出极大的关注。

……

其实，学成文武艺，货与帝王家，原本是两汉以后文人士大夫的人生谋划，只不过宋人自许甚高。他们认为，汉唐两代根本无足称道，儒生们也不过稻粱谋。只有确立了"与士大夫共治天下"的宋，才是大展宏图的好时代。因此他们对"得君行道"期许很高，理学家群体更可谓莫不如此。

朱熹则还有理论支持。他认为，国家社会的好坏，全在帝王的心术。夏商周三代的圣王心术最好，战国以后则一塌糊涂。秦始皇无道，汉高祖有私，曹操和孙权是贼，唐太宗心里全是人欲。天理是金，流出的是王道；人欲是铁，流出的是霸道。行王道的圣王是纯金，其他金中有铁；行霸道的帝王是铁，只不过好一点的铁中有金，坏的完全是铁。

因此，**必须教会帝王正心诚意，教他们克己复礼。帝王心术不正，别人再讲天理又有什么用！**

难怪对生命冷漠的理学家们，对朝堂却相当热衷。

可惜这只是一厢情愿。淳熙十一年轮对之后，陆九渊和他的朋友都在等待第二次……然而就在眼看到期的五天前，陆九渊突然被贬到浙江台州崇道观做主管去了……他和朱熹的满腔热忱殷切期望，岂非分分钟就打了水漂？

何况见了皇帝又如何？皇帝并不能民选，是什么样的人只有天知道。昏庸无能的教不了，雄才大略的不让教。宋儒总说宋帝好，却不知他们善

待士大夫不是为了受教育，而是为了保皇权。太祖用赵普，高宗杀岳飞，雨露雷霆无不出于帝王心术，统统都是人欲，哪有天理可言？

明摆着的事情，朱熹和陆九渊不明白？

也许明白也许不，而且就算清楚也无可奈何。因为帝国制度无法更改，甚至还是他们要维护的。毕竟，三纲五常的头一条就是君为臣纲。纲举目张，做皇帝的思想工作也不能不被他们视为头等大事，以至于朱熹读了陆九渊的奏折之后还要问：面谈的时候，皇上对那些话有所领悟？

热衷，并不难理解。

然而吊诡之处也正在这里：君臣父子是天理，君为臣纲是天理，最不讲天理的又偏偏是那纲。这又如何是好？不要那纲吧，就不成其为新儒学。坚持到底吧，那纲那龙头却向人欲去。因此，如果说朱熹们鬼迷心窍，那么，被视为天理的三纲五常才是他们无论如何都挥之不去的心魔。

走火入魔，也不奇怪。

值得庆幸的是，朱熹也好，陆九渊也罢，都好歹继承了王安石和司马光他们"以道进退"的传统，践行了"达则兼济天下，穷则独善其身"的主张。贬官出京时，陆九渊曾以七律一首答谢雪中送行的杨万里，诗中有这样两句话：

义难阿世非忘世，志不谋身岂误身。

没错，作为忠臣孝子和仁人志士，南宋理学家并不反对甚至积极谋求参与现实政治。但那是谋道，不是谋身。卖论求官绝对不行，不采纳意见接受主张也恕不奉陪。

这是一种气节。

气节是必须坚守的，非如此不足以为士，但为了守节而要求人们去死却是变态。那么，一种原本正当的甚至崇高的道德传统，又为什么会发展成血腥和邪恶的东西呢？

必须再看理学。

后来成为统治思想的理学，其实命运多舛。

事实上，从二程兄弟开始，两宋理学家们在世时大多数没有显赫的官方地位，相反还可能受到政治迫害。最严重的一次是南宋宁宗庆元二年（1196）十二月，朱熹遭到政敌们弹劾。他的学说被诬为伪学，学术被诬为妖术，学生被诬为逆党，本人则被奏请按照孔子诛少正卯先例斩首。最后结果是朱熹跟程颐晚年一样，在监视居住中黯然去世。

这就是历史上有名的"庆元党禁"。

……

理学在南宋，其实有一阵子是地下党。

朱熹的心情，也可想而知。

知道了这些史实，也许就不难理解两宋理学家为什么比任何时候任何人都重视气节。因此，**尽管我们坚决反对寡妇守节之类惨无人道的变态主张，却仍不妨对理学派表示历史之同情。是啊，没有气节，他们又怎么能坚持下来。**

气节是一种精神力量，而这种力量是能让滥用公权力者胆寒的。庆元六年（1200）三月初九朱熹去世，四面八方的理学信徒纷纷决定前来为他送葬。这个消息立即让当局惊慌失措，下令地方官严加约束，以防学人聚众闹事，或者趁机妄谈国是，谬议朝廷。结果，葬礼上便只有寥寥几人。谁的心灵强大，谁又色厉内荏，岂非一目了然！

那么，朱熹的影响力为什么这样大？

（原因之一书院、之二印刷术兴起、之三学说平易近人……略）

因崇尚理学而被尊为"理宗"的皇帝，在朱熹去世二十四年之后由朱熹政敌的政敌拥戴即位。他敏感地意识到，只有程朱理学尤其是朱子学，才是巩固皇权和维持统治之最为有利的思想武器，于是下令特赠朱熹太师衔，册封为国公，又将他和北宋四位理学家的牌位供在孔庙。这当然尊贵之极，尽管由于政敌被暗杀，朱熹在宁宗后期已经恢复名誉，他注释的《论语》和《孟子》也成了官办大学的通用教材。

曾经的伪学和妖术，现在变成官方哲学。

此后理学的地位扶摇直上，无人能及。从元仁宗钦定朱熹的《四书集注》为科举考试教材，到明太祖规定《四书五经》为儒生必读，再到康熙帝极力拔高朱熹地位，三个不同民族建立之政权，观点居然惊人地一致，程朱理学统治中国思想文化和教育领域的时间便长达七百年之久。

各个学派轮流坐庄的事，再也没有。

王安石和司马光的时代，也一去不复返。那时，皇权是受到制约的。宰相们可以对皇帝的决策表示反对，实在不行还可以辞官不做。明清两代可没有这等好事，皇帝的权威和圣明跟朱子学一样不容置疑。也许，正是为了保证自己至高无上专制独裁，才要把朱熹哄抬到吓人的地步吧？

理学和皇权，一齐成了天理。

可惜，失去制约的同时也失去了帮衬。当唯我独尊的皇帝决心乾纲独断时，身边就只剩下马屁精和哈巴狗，以及戴着王炎午面具的留梦炎。最后，真正成为孤家寡人的崇祯皇帝也只好走上煤山，将自己和自己的帝国一并了断。

请问，这是幸呢，还是不幸？

事实上，**从江湖走向庙堂，或许是朱熹们的幸运，却是我们民族的不幸。问题不在于程朱理学是对是错，而在思想和思想家一旦被公权力神圣化，就会变得死气沉沉。朱熹有诗云：问渠那得清如许，为有源头活水来。那么请问，程朱理学被奉若神明之后，还能见到并接受些许清泉吗？**

泥菩萨是不会过江的。

与此同时，程朱理学中的恶开始沉渣泛起，比如对个体生命的冷漠。这些恶原本就是胎毒，现在则有了温床。得到滋养的癌细胞渐渐全身扩散，就连肌体中某些合理的部分也开始变得不合理，最后终于变得邪恶而血腥。

这一点都不奇怪。实际上从杀害岳飞那天起，共治天下就成为过去，为了巩固皇权可以牺牲任何人的生命反倒成为帝国的潜意识。只不过有了程朱理学，洗脑变得更加方便并得心应手。……

当然，程颐和朱熹都没说寡妇非死不可，但自会有人替他们说，因为上有所好下必甚焉。既然三纲五常和三从四德是天理，主辱臣死和尽忠守节是道德，实行起来就只会层层加码。何况程朱理学已经是官方哲学，道学先生便有了要求别人的权力和理由。结果是什么呢？是调门越来越高，高到根本做不到。做不到又硬被逼着去做，便只好装。

伪君子和变态狂，就是这样产生的。

当然，事情弄得不可收拾，要到明清以后。在中华文明走到历史岔路口的此时此刻，尽管北国已是铁血，南宋却兀自风流，理宗一朝甚至出现了所谓中兴气象，尽管这很快就成为过眼烟云。但不管怎么说，两宋文化的繁荣精致都登峰造极。尤其是那余音绕梁三日，让人回味无穷的词，绝不会随着宋的灭亡而消亡，反倒会流传千古，历久弥新。

（摘自《易中天中华史》第十九章《风流南宋》

2018年1月）

之二 百年前如何认识"大国民"

我曾为文介绍1912年（民国元年）出版的《新国文》——共和国教科书。前一阵有海外留学生毕业致辞引起一场匪夷所思的喧嚣，无端又扯到"爱国"问题，使我再次想起百年前的小学教育。其中涉及与中外有关的课文，值得今人借鉴。权且做一次小学生，抄录几课，发表于此。这套书是小学课本，当时分初小（四年）和高小（二年）。初小课本中已经有关于外交、世界大势和待外国人之道的课文。我只从高小（相当于小学五、六年级）的课本中摘录有关课文。两年共六册。原文为文言，但浅显易懂，不必再翻成白话。新式标点为笔者所加。黑体字为原文加重点号的文字。

大国民 （第六册，第三十四课）

东哲之言曰："民为邦本，本固邦宁"。西哲之言曰："人民者，政事之实体也。政事者，人民之虚影也。民德腐败虽藉一时之善政以致富强，而终亦必乱。民风良善，虽因一时之乱政以致失败，而久必复兴"。由斯言之，国之强弱、治乱，惟吾民实任其责。吾民而为大国民，则吾国无不昌矣。

所谓大国民者，**非在领土之广大也， 非在人数之众多也， 非在服食居处之豪侈也**，所谓大国民者，**人人各守其职，对于一己，对于家族，对于社会，对于国家，对于世界万国，无不各尽其道**，斯之谓大国民。凡我少年，苟有意为大国民乎？则吾请言其方：

一曰德育。崇信义，谨礼仪，守节俭，勤职业，事亲则孝，交友则信，待人则宽厚而笃敬。公益慈善之事则不问国界，不问种界，恒尽力以图之。此大国民之所有事也。

一曰智育。饥而食，渴而饮，蠢蠢而动，昏昏而睡，其所以异于禽兽者也几希。**故必讲求各科学术，穷其原理，究其应用，使政治日益修明，实业日益发达，且以学问发明新理，而图世界文明之进步。**此大国民之所有事也。

一曰体育。**卫生得其道，运动得其宜，体力既强，自少疾病夭折之患。一旦有事，内之可以保国家之权利，外之可以持列邦之和平。**此亦大国民所有事也。

凡我少年，苟有意为大国民乎？则亦无恃空言，躬行而实践之。**其不然者，任人蹂躏，任人宰割，则奴隶之民也。不守法律，不尽义务，则狂暴之民也。奴隶之民多，国必弱；狂暴之民多，国必乱。**强弱治乱之原，皆吾民所自取也。呜呼，可不勉哉！

外交（第六册 第七课）

外交可分为二，一曰交涉，一曰交际。

交涉者，权利之关系也……

交际者，情意之关系也……

……（以上解释交涉与交际之区别，略）

虽然，岂独外交家哉？国人之不明界限，不权轻重者，所在而有尊崇外人者，媚之唯恐不至。嫉视外人者，乃又激而为排外之举。交际之道，忽焉不讲，则亦适以取辱而已。

彼文明国民之遇外人也，虽权利所关，丝毫无所退让，而平日过从则亲厚恳切，优于遇其国人。**盖以外人远适异土，孤立寡助，为之地主者，乃以冷淡无礼遇之，设彼异日归国语其邦人，其以我民为何如民，我**

国为何如国耶？至外国外交官之居我国者，有代表其国之资格，侮辱其人，即为侮辱其国，故尤不可不慎。若因微末之事，逞一朝之忿而侮辱之，使外国人心怀愤恨，或且祸及于国家，此岂有爱国心者所宜出哉！

战争与和平 （第六册 第八课）

对外人宜宽大，固矣。然宽大者，**非置权利荣誉于不顾之谓也**。有外国而损我权利，毁我荣誉，则我政府当于帝国政府抗争。抗争之不得，当委托裁判于某一国，而待其调停。调停之不得，则虽赌一国之存亡以争之，而已亦不容已。此战争之事所由起也。

虽然，战争之目的**惟欲敌国政府听我要求而已。斯时，敌国人民之在我国者，我国人民不宜轻举妄动，窘迫攻击之也。**且权利与荣誉非我国所独有者也。战争之前，尤不可不三思之。

昔有勇士二人遇于途，见树上悬一楯。一人以为黄金所制也，一人以为白银所制也。甲是乙非，争论不已，拔刀相击，各负重伤。一僧过之，徐问其由。二人以实对。僧闻而笑曰，"愚哉公等！**此楯半面金而半面银也，公等各见其半，而未睹其全也。**"

是故与外国纷争之时，必当详察其两面，不宜徒观其半面。我自知争我权利，保我荣誉，而外国权利荣誉之所在，亦不可不设身处地为之推阐焉。**直在我，不可不争，曲在我，不可不让。让者，非怯而勇者之事也。**古云："自反而不缩，虽褐宽博，吾不惴焉；自反而缩，虽千万人吾往矣。"斯真大勇之事也。

国家 （第三册，第三十二课）

国家之要素有三：一定之疆土、一定之人民、一定之主权是也。沙漠之地，无一定之居民，不得为国家。游牧之民，无一定之疆土，不得为国家。即或有疆土矣，有人民矣，而主权损失，仅为他国之藩属，或受他国之保护，是亦不得为国家。完全国家者，必兼有人民疆土及主权者也。

专制国之主，自谓朕即国家。不知疆土之广，非一姓之产业；人民之众，非一家之仆隶。主权之强，非一人之威福，故谓政府为国家者，误也。

且国家者，与其他国家相对待者也。有闭关自大之见，辄夸境内为天下。自昧其国家在世界之地位。故谓天下为国家者，亦误也。

我中国地大物博，人口众多，有四千余年之历史，为世界开化最早之国，不独吾父母祖宗经营生息于斯，非可翛然相处。即吾藐然一身，既为国家分体之一，亦当尽其匹夫之责任矣。

国民（第三册 第三十三课）

……

国民者，别乎外国人民而言之者也。外国人民之在吾国，权利固自有限，即服从之义务亦非绝对。甲国人民，侨寓乙国，虽不得不服从乙国主权，然去而之他，即无服从之者。若本国人民，则无论身在何地，亦必服从本国之主权。盖国民之对本国主权有无限服从之义务也。

就国民权利论之，人民为国家之本。国家以法律保护人民之权利，无有差等。**人民苟不踰法律之范围，所得权利以无不均**。

是故国民之于国家，关系至为密切。欲国家之强盛，必国民能重道德，修学术，勤职业，以植国本，又必耐劳苦，尚节俭，重服从，以树民风。能如是，而后得谓之国民，凡为国民者可不勉欤！

以上只是课本的极小部分。国文课本两年共六册，包罗极广，包括自《诗经》以来的古诗文选读、中外名人介绍、中国及世界地理历史、中国诸子百家简介、世界几大宗教简介、科学常识……等等。此外还有《修身》课本，包含传统道德和新公民的权利义务行为规范。这是一百年前中国一个小学毕业生（大约十二、三岁）从国文和修身课上学到的基本做人之道，以及到那时为止的古今中外基础历史文化知识。当然这还不包括其他如算术、自然等课目。另外还配有一套《教授法》，专供教师用，等于同时也培养了老师。

民国第一任教育总长是蔡元培。他不可能亲自编撰教科书，而是遴选编辑人员。从课文内容可以看出编辑的丰富的中外学养，以及贯穿于全书的主导思想。有两点特殊的历史背景值得注意：其一，这是推翻满清皇朝后第一套新式教育课本，因此特别突出共和国体、政体，以及现代公民与皇朝、臣民的区别，其鲜明目的是培养第一代合格的共和国公民，有启蒙性质。（关于公民教育的大量课文未抄录）。其二，1912年离庚子之乱不远，义和团之暴乱与清廷昏聩，进退失据，招来八国联军之祸，又不堪一击，丧权辱国，教训深刻，记忆犹新。所以课文多处强调对待战争与和平的正确态度、对外交往不亢不卑之道，具体到如何对待外国侨民和外交使节，有当时的针对性，但也仍未失效。更重要的是，课文强调"大国民"主要不在表面的"大"，而在国民的精神、品德。

当时政权初创，"新学"刚刚兴起，特别是地方势力各自为政，办学方针不可能全国完全统一。但这是作为教育部审定的课本，有一定的权威性，至少说明百年前从事教育者的眼光、胸襟已经达到什么样的境界。

（2017年）

之三 当年大学教授是如何维护学府尊严的

近年来听说过不止一次，有大学生向当局举报老师授课内容之事，有的是公开，有的是"告密"。山东某资深教师因校外群氓鼓噪而遭无理解职已是尽人皆知之事。听说有的学生是有报酬的，美其名曰"信息员"。学生还没有出校门，就已受到卖师求荣的培训，相信强权而不相信公理，不禁为之不寒而栗，想起鲁迅的呼吁："救救孩子"，应该还加上"救救青年"，何况考上重点大学的青年应是佼佼者，是社会精英的预备队。这样的社会还会有诚信吗？

诚然，老师不一定代表真理，授课内容也未必都正确无误，学生完全可以质疑。韩愈老夫子早就说过："师不必贤于弟子，弟子不必愚于师"，应该提倡学生独立思考，可以提出自己不同的看法，甚至展开课堂辩论。当然要有一定的规则和程序，以不干扰教学秩序为原则。这种讨论和辩论是公开的，以追求真理为目的，培养的是光明磊落、心胸坦荡的品德，独立、平等的人格，而不是见利忘义（甚至已失去辨别义利是非的能力）的猥琐小人。而况其中一部分人今日为学，明日可能为师，他们成为老师后将如何对待学生呢？我只希望这是"极个别现象"，而不是高校普遍实行的政策。否则大学校长扮演什么角色？

近来又耳闻，有的高校教室安装摄像头，以监督老师讲课内容。这无异于把老师作为潜在的犯罪分子来对待了。师道尊严荡然无存。我衷心希望这是谣言，或者也是"极个别现象"，是"极少数"教育外行，整人内行的行政官员想出来的，希望有人辟谣，或对育人负责的有司发现后予以制止，以免大学校园毒菌蔓延。

想起1940年抗战最艰苦的年月，西南联大一桩公案，引出一篇精彩的传世佳作。发布如下，以飨读者。

西南联合大学教务会议就教育部课程设置诸问题呈

常委会函

（1940年6月10日）

1940年6月，陈立夫以教育部长的身份三度训令联大务必遵守教育部核定的应设课程，统一全国院校教材，统一考试等新规定。联大教务会议以致函联大常委会的方式，驳斥教育部的三度训令。此函由冯友兰先生执笔，全文如下：

敬启者，屡承示教育部廿八年十月十二日第25038号、廿八年八月十二日高壹3字第18892号、廿九年五月四日高壹1字第13471号训令，敬悉部中对于大学应设课程以及考核学生成绩方法均有详细规定，其各课程亦须呈部核示。部中重视高等教育，故指示不厌其详，**但准此以往则大学将直等于教育部高等教育司中一科，同人不敏，窃有未喻。**

夫大学为最高学府，包罗万象，要当同归而殊途，一致而百虑，岂可刻板文章，勒令从同。世界各著名大学之课程表，未有千篇一律者；即同一课程，各大学所授之内容亦未有一成不变者。唯其如是，所以能推陈出新，而学术乃日臻进步也。如牛津、剑桥即在同一大学之中，其各学院之内容亦大不相同，彼岂不能令其整齐划一，知其不可亦不必也。今教部对于各大学束缚驰骤，有见于齐而无见于畸，此同人所未喻者一也。

教部为最高教育行政机关，大学为最高教育学术机关，教部可视大学研究教学之成绩，以为赏罚殿最。但如何研究教学，则宜予大学以回旋之自由。律以孙中山先生权、能分立之说，则**教育部为有权者，大学为有能者，权、能分职，事乃以治**。今教育部之设施，将使权能不分，责任不明，此同人所未喻者二也。

教育部为政府机关，当局时有进退；大学百年树人，政策设施宜常不宜变。若大学内部甚至一课程之兴废亦须听命教部，则必将受部中当局进退之影响，朝令夕改，其何以策研究之进行，肃学生之视听，而坚其心志，此同人所未喻者三也。

师严而后道尊，亦可谓道尊而后师严。今教授所授之课程，必经教部之指定，其课程之内容亦须经教部之核准，使教授在学生心目中为教育部一科员之不若，在教授固已不能自展其才；在学生尤启轻视教授之念，与部中提倡导师制之意适为相反，此同人所未喻者四也。

教部今日之员司多为昨日之教授，**在学校则一筹不准其自展，在部中则忽然智周于万物，人非至圣，何能如此**，此同人所未喻者五也。

然全国公私立大学程度不齐，教部训令或系专为比较落后之大学而发，欲为之树一标准，以便策其上进，别有苦心，亦可共谅，若果如此，可否由校呈请将本校作为第……号等训令之例外。本校承北大、清华、南开三校之旧，一切设施均有成规，行之多年，纵不敢谓为极有成绩，亦可谓为当无流弊，似

不必轻易更张。若何之处，仍祈卓裁。此致

常务委员会。

教务会议谨启

廿九、六、十

（2017年）

辑
二

公益与社会改良

无心插柳柳成荫[1]

最初得知《中国慈善家》杂志要给我颁发"终身成就奖"，第一反应是惊讶，第二是感到受之有愧。这不是自谦，而是实情。因为在这个领域有钱的出钱，有力的出力，我两方面贡献都很少，一直是坐而论道。若论改革开放以来这方面的先行者，也不是我。只是刚好在我国社会转型期，慈善公益的理念开始复苏时，我出了一本《散财之道》，介绍美国的现代公益基金会，引起了有志之士的注意。后来此书一再增订重版，越来越厚，题目也随着这个领域的新发展和我自己认识的深化有所更新，最近一版题为《财富的责任与资本主义的演变》。

原来我从事这方面研究只是想帮助国人跳出对华盛顿和华尔街的聚焦来观察美国，对一个成熟的公民社会的美国有全面的了解。没想到这么厚的书居然有许多学术圈以外的读者，还从中得到启发，主动跟我交流，从此使我踏入了这个领域，一发不可收拾，结识了各个行业、各个年龄段的、关心民瘼、有社会责任感的人士，大大拓宽了我自己的熟人圈，增加了对我国国情的了解，也对民间组织和公益事业的意义有了进一步的认识。发现我的"坐而论道"与许多仁人志士的"起而行"可以互补，相得益彰。

另外，接触到公益事业的圈子，特别是一些有理想有情怀的青年人，常常使我摆脱一些悲观情绪，看到对社会的希望，令我个人晚年的

1. 2021年《中国慈善家》杂志授予作者"终身成就奖"，本文应该刊之约而写.

人生有乐趣、有意义。现在又蒙诸位同道对我微薄的工作给予肯定，给予奖励，使我受到很大鼓舞，感到吾道不孤。

所谓"终身成就"，是对过去工作的总结。事实上，我也精力日衰，来日无多，这个领域国内外发展日新月异，新事物层出不穷，我难以继续追踪，所以一再表示寄希望于来者。现在不少新的资料介绍和新的研究正在出现，使我感到欣慰。再次对《中国慈善家》和诸位同仁表示深深的感谢。

应《中国慈善家》之约，在此谈谈我个人研究公益慈善的过程[1]。

国际研究的"衍生品"

我的专业领域属于国际研究，着重在美国研究。进入公益慈善领域，而且越来越深入，竟然被我国公益界视为同道，纯属偶然，应了俗语：无心插柳柳成荫。

回顾三十年的来路，我进入这一领域有两个切入口。其一，是中美文化关系史的研究。最初见到几篇美国人写的关于洛克菲勒基金会在中国的工作，特别是玛丽·布洛克所著《美国的移植（An American Transplant）》[2] 详述创办协和医院的历史，吸引了我的注意。刚巧我在1991至1992年有机会到美国华盛顿"威尔逊国际学者中心"做一学年研究员，"中心"的东亚部主任就是布洛克女士，她向我介绍了洛克菲勒基金会档案馆，并帮助我得到该馆的临时资助，到那里待了两个星期查档案。馆址在纽约州一个风景优美的小镇，由洛氏家族的一栋别墅改造而成。

我以为与中国有关的档案不会太多，不料管理员拿给我的目录就有厚厚一大摞，一排排书架望过去不知有多少匣、多少卷宗，还有几十年

---

1. "公益"与"慈善"有重叠的含义，也有不同的外延，本文为方便计合并叙述。
2. 此书2011年修订版题为Oil Prince，中译本《油王》，商务印书馆出版。

的年鉴，工作报告，几乎每卷都有涉及中国的内容。我在吃惊之余，产生了浓厚的好奇。但是两个星期，实际工作时间是十天，一天八小时，实在时间太短，只能按目录生吞活剥，尽量复印，有多少算多少，待以后慢慢披阅，我称之为"反刍"，这是我在国外查资料不得已而经常使用的方法。

好在管理人员十分热情，而且业务熟悉，对我全力帮助。也许因为在此之前几乎没有从大陆去的中国人到过那里，更少人像我这样兴趣浓厚，我成为特别受欢迎的人，受到额外的照顾。最后馆长特批，复印费、寄运费全免。后来写书时需要的图片，档案馆也应我要求免费复印寄来。这是我第一次领略公益基金会的慷慨。

仔细阅读那些材料，发现在二十世纪上半叶中国走向现代化的关键时刻，处处都有洛氏基金会的身影。协和医学院固然是其得意杰作，但远不止此，几乎所有私立大学，包括部分教会学校、很多学科从无到有的创立、第一代科学院院士的关键研究，都得到过它的资助。抗日战争时期，它不离不弃，其驻华办公处搬到内地与中国人民共甘苦。更重要的是，它在确定工作重点和项目时，都有一定的思想理念，并结合中国的国情，给予同情的理解。这些都使我大开眼界。这是怎样一批人，其原动力何在？引起我深入探讨的欲望。第一项成果就是长文《洛克菲勒基金会与中国》，于1996年1月发表于《美国研究》。

我进入慈善公益研究的第二个切入口，是对美国二十世纪发展道路的研究。

在二十世纪即将结束之际，世纪回顾成风。我和已故老伴陈乐民决心也在我们的专业领域做一回顾，共同主编了《冷眼向洋》一书。我负责写美国部分，后来单独出版，即《二十世纪的美国》，总的意图是要研究美国在工业化迅猛发展中如何克服种种矛盾，成就20世纪的繁荣富强。主要是如何在文明社会的两大基本诉求——发展与平等——之间取得平衡。基于从洛氏基金会得到的启发，我认为研究美国必须跳出传统的政治、经济、军事、外交视角，而深入探索其思想根源、社会文化。从这一视角观察，现代公益事业及其所代表的思想理念与美国公民社会的关系凸显出来，实际上是美国资本主义实现这两方面的平衡的重要因素之一。

以后，我每有机会短期访问美国，就设法收集基金会的材料。1997年应邀参加一个国际研讨会，出发前在某一场合巧遇福特基金会当时的驻华办公室主任，向他谈起我研究基金会的设想，他十分感兴趣，主动提供少量资助，使我得以会后在美多停留一个月，专门收集基金会的材料。

福特在纽约的总部对我提供了很多帮助。这一个月中，我到位于纽约的"基金会中心"和"基金会图书馆"查阅资料，走访、约谈了东西海岸不同性质的十几家基金会，与一些重要的公益专家晤谈，充分利用福特基金会档案馆，并重访了洛氏基金会档案馆，复印了大量文件。此外还在福特基金会帮助下，采购了大量有关图书。这次的收获极为丰富，可以不谦虚地说，有些历史材料在中国是我独家最新发现，迄今为止还鲜为人知。一个月的时间有限，我还是采取"反刍"的方法，先生吞活剥，再细嚼慢咽。

《冷眼向洋》一书刚好在世纪之交2000年出版，我撰写的《二十世纪的美国》部分为现代公益基金会专设一章。但是一章的篇幅决容不下手头丰富的资料，同时自己又有一些新的认识和思考，于是决心写一本书。在撰写过程中，2001年又有机会应凯特琳基金会之邀，到他们位于俄亥俄州代顿市的总部做访问学者，继东西两岸之后，得以考察中东部独特的历史发展，并就近考察与福特和洛氏不同类型的基金会，《散财之道》一书就在此基础上写成，于2003年出版。

从《散财之道》到《资本主义演变》

从2003年至2019年，此书共出了五版，二易其名。除最后的重版外，每版都有所增订，越来越厚，书名的改变也代表了这一领域的新发展和我对这个问题认识的深化。

初版名《散财之道》是因为我有感于充斥坊间宣扬敛财之道的书籍，同时也受到卡耐基《财富的福音》一文的启发——有效地花钱比赚钱更难；敛财有道，散财更需要有道。人生在世，除了努力赚钱为自己和家人争取舒适的生活外，还有另外一种追求和活法，就是为不如自己幸运的人群谋福利。

但是我写此书的初衷还是提供一个与众不同的了解美国和资本主义社会的角度，并无意在中国提倡公益事业。根据我当时的孤陋寡闻，以为那是很遥远的事，因为直到不久前的主流意识形态还是否定民间"慈善"行为的，称之为富人的"伪善""资本家麻痹工人斗志的阴谋"等等。尽管改革开放以来，民营经济已逐步获得合法地位，但保护私有财产的"物权法"还在痛苦的难产过程中。有一部1980年代出台的《社团管理条例》，其精神主要是防范民间社团的负面影响，强调加强监管。但是《散财之道》一经出版，获得的关注和反响大出我意料，书评和报刊介绍比我其他学术著作多出许多。随后，采访和讲座的邀请不断。以此为契机，我结识了遍布各界的公益事业先驱，如商玉笙、黄浩明、《公益时报》的一批创办者、企业界人士，以及少数扶贫办、民政部的官员，等等。

更有意思的是，我得以重新发现和了解原来美国所的两位同事——茅于轼和朱传一。在我任美国所所长时，研究员自选研究题目比现在自由得多。我自己的领域是美国外交，兼及政治，日常需要应付的也是这个领域居多，我只知道社会研究室的朱传一研究美国福利制度，并与民政部有些联系；经济研究室的茅于轼活动范围甚广，常参加环保、能源等活动。我自认对这些是外行，基本不过问。说来惭愧，直到《散财之道》出版后，才重新发现他们，对他们处于前沿的思想和工作的意义有了进一步的了解，并从中得到启发。我的研究与他们的已经在做的工作不谋而合。

随着中国加入WTO之后进一步开放，从计划经济向市场经济转型有了长足的进展，在供求双方都大幅增长的背景下，与国际接轨的现代公益活动和观念以前所未有的速度迅猛成长，令人鼓舞的现象和动人的故事层出不穷。当然在可以称作"野蛮成长"的阶段也出现一些丑闻，影响了公众的看法。记得我第一次到银行向一家公益基金会捐款，业务员一看是XX基金会，好心地问我，你确定了解这个组织吗？意思是提醒我不要上当受骗。还有人创办"非营利组织"到有关部门注册，接待人员闻所未闻，问他：连营利都不营利，你要组织干什么？足见当时一般中国人对这一事物有多陌生。

但是这一阶段很快过去，不出几年，各种活动和组织就如雨后春笋般蓬勃兴起，呈现出百花齐放的局面。不过在一段时间内，人们还常常把公益基金会与投资性质的基金会混淆起来，我与外行人谈起时常常需要声明：此基金非彼基金。

这一领域先行者之一阿拉善基金会成立时，我从《公益时报》的报道中得知会上有人向与会者发送《散财之道》一书，令我惊讶而有成就感。我从来不指望自己著作会有现时的效应，这本书竟是例外。

政府的态度也随之有所改变，逐步从防范到基本肯定，再到鼓励，使公益事业的环境得到改善。如俗语称"给点阳光就灿烂"，短短几年内民间公益基金会如雨后春笋般兴起，官办基金会也积极活动，向现代化转型。2006年《散财之道》再版时，加了《他山之玉》一章，介绍到那时为止我所了解的中国公益情况，书名改为《财富的归宿》，意指取之于社会用之于社会，是财富理想的轨迹。2011年的修订版仍沿用此名。

此后，我本人从被动到主动卷入越来越深。在茅于轼、吴敬琏等先生的感召和怂恿下，我加盟了乐平公益基金会，从单纯的宏观研究进入了微观的具体工作。

实际上，最近几十年来，随着互联网和数字经济的出现，国际上的公益事业已经进入了一个新阶段，从理论到实践都有新的探索，而且不止在美国，还包括欧、亚一些国家如英国、意大利、印度等。2014年，我随乐平基金会组团到美国德州奥斯丁参加SVPI会议[1]，参会者除美国以外还有来自各大洲的多国人士。会后我们考察了美国东西海岸的不同类型新公益组织，与有关人士座谈。那是一次紧张的学习之旅，对我这个84岁的老人确是挑战。不过收获甚丰，有发现新大陆之感。而且再次体会到，远离华盛顿是非之地，有另一个美国，另一批人在自觉、自主地尝试和创造改善社会的模式。回国后继续收集材料，拜互联网之赐，比以前效率提高许多。

2015年此书再次重版，增加了六章内容，主要是关于"新公益"和中国公益事业的新发展，书名改为《财富的责任和资本主义演变》。可以想见，这部书越来越厚。在阅读习惯日益电子化的今天，我担心很少人有耐心去捧读这样一本枯燥的厚书。不意2019年出版社又续约重印，说明还有不少读者。

我边学习边思考，有关作品与我国的公益事业同命运、共成长，而且在这个圈子中总是看到人性的亮点和社会的希望，这是我的幸运。

以上是我进入公益领域的经过和心路历程。

---

1. SVP（Social Venture Partnership, 试译为"社会风投伙伴"）是新公益发展中的一种模式，已经在多国建立，并有了国际组织即SVPI。

几点心得与思考

近年来国内公众对公益事业的认知有长足的进展，例如"授人以鱼不如授人以渔"已成老生常谈，把慈善事业视为均贫富的手段的看法也已不占主流。本人过去的作品以及最近《新公益与社会改良》一文中的论述不再重复，现仅就当前经常遇到的一些问题，略作补充：第一个问题是，公益慈善究竟有多大必要性，能起多大作用？

没有人否定"做好事"的行为。但是在深入讨论中，这种质疑还是会一再出现。有人认为只要有一个健全的市场，一切皆可由市场调节，公益只是点缀；另一些人认为扶贫济困，乃至义务教育、医疗保险等等是政府的责任，只要政府尽责，私人慈善只是敲边鼓，杯水车薪起不了大作用。归结起来，就是政府、市场、公益组织以及个人之间的关系和消长。

毋庸置疑，充分自由的市场可以创造巨大的财富，促进社会进步，改善人的生活；同时与之俱来的财富集中和两极分化，造成的机会的不平等，单靠市场调节无法解决，这已为历史实践所证实。在自由最充分、最发达的国家，市场也远非理想地完美。还有本来无法由市场调节的刚性需求，如教育、医疗、不能靠票房支撑的艺术等等。产生于资本主义社会的、形形色色的思潮、理论、政策都是为修补这一缺失（成败姑且不论）。公益慈善作为一种自发的社会实践，是修补手段之一，其生命力就证明其存在的必要性。

关于政府与民间公益的关系，视不同的国情和不同的社会发展阶段而异。为什么这种独创的现代公益模式在二十世纪的美国发扬光大？首先，美国资本主义两极分化的尖锐化比欧洲晚了半个世纪，美国当时是小政府大市场，政府的社会保障政策也相对滞后。19-20世纪之交蓬勃兴起的首批大富豪有机会吸收欧洲的经验教训——因矛盾尖锐化而引起革命和社会主义思潮——较早"觉悟"到自己高处不胜寒。同时不可否认，他们自认是社会的主人，以缓解矛盾促进改革为己任，利人又利己。他们创立的现代公益基金会先于政府主导的福利政策，所以形成了二十世纪一道独特的风景线。但是经过1930年代大萧条、二战，到战后，美国政府日益扩大，其作用也日益突出。自罗斯福"新政"，特别是六十年代以后，社会保障的主要职责已在政府，民间力量再强大也不可能取代之，但政府福利永远不可能覆盖不断增长的、五花八门的全社会需求，民间公益仍然有其不可或缺的作用。

欧洲国家则较早出现政府主导的福利政策，相对说来，公益组织作用占分量较小，但也因不同的国家而异。无论大小轻重，个人出于善良本性的捐赠意愿和公益基金会都存在，特别是在文化教育方面起着重要的作用。有社会民主主义传统的国家，政府对社会保障起决定性作用，其中得失利弊难以一概而论。高福利当然受弱势群体欢迎，但是归根结底，政府的财政是依靠税收的。高福利必然高税收，如果在累进税制下，对高收入人群收税过高，对于贡献较大的一部分工薪阶层就不公平，同时也使资本流向他国。民主国家的政客需要讨好选民，已经居高不下的福利政策要作调整必然举步维艰。这是西方福利国家普遍遇到的困境。

至于中国，历史情况姑存不论。自上世纪70年代末改革开放以来，一个成熟而健康的市场尚在建设过程中，整个社会的转型仍需时日，而两极分化却迅速加剧。许多尖锐的社会矛盾显然难以靠自身尚未成熟的市场调节来解决。扶贫、救灾、义务教育、医疗保障等等，原则上以政府为主，但是实际上政府主导的福利措施远不足以满足巨大的需求。实际国情是在大城市流光溢彩的地区之外，还存在大面积的低收入和超低收入的人群，以及难以享受九年义务教育的儿童，医疗问题仍然严重。在此情况下，方兴未艾的民间公益事业正好填补多种空白。简而言之，在中国当前情况下，民间公益正好有其独特的、政府和市场都不能代替的作用。至于当前社会的不合理现象，例如福利分配制度的官本位，如秦晖教授称之为"倒福利"（级别和收入越高的人享受福利保障越多），已经稀缺的医疗资源制度化地严重分配不均；又如有些自命生产处于前沿、进入国际排行榜富豪的大企业，其经营方式却是资本主义原始积累阶段的残酷、野蛮的血汗制，这些都属于另一范畴的深层次的改革问题，非本文所能涵盖。

第二个常见的问题，是伦理道德。这个问题涉及自愿与责任，动机与效果。做公益必须自愿，只能"募捐"，不能"逼捐"，这是常理。极而言之，一个亿万富翁坚持当守财奴，也是他的自由。但另一方面，公民的权利与义务是对等的。公民的社会责任有些有法律规定（例如纳税），有些则是公认的道义责任。所以事实上，方今之世，大企业或高收入者鲜有完全不做公益捐赠的，行有余力则主动寻找回馈社会的途径，逐渐成为风气，中国也不例外。

但是在我国，一部分公众有追问动机的偏好，对名人、明星尤其如此，以至于形成有些明星只敢匿名捐赠的不正常现象。我一向反对动辄以小人之心度人。公益捐赠是善举，但也不是需要歌颂的英雄行为；人无完人，不能要求公益捐赠者都是道德模范，或完全"大公无私"。只要不是诈捐，实际效果是积极的，都应该欢迎。主要衡量的标准应是效果。例如前些年某著名企业家到处高调散发"红包"，成为笑柄。问题不在于其哗众取宠的作风，而是这种做法客观上起不到公益的效果。同一个人，在汶川地震之时，第一时间开着本厂的铲车到达尚未脱离危险的灾区，就值得赞扬，因为满足了当时的急需。总之，原则是应该雪中送炭，而不是锦上添花，在此前提下，个人动机如何，不必深究。

关于慈善公益的伦理道德问题，还涉及到如何对待来自"不义之财"的善款。

首先需界定"不义之财"的边界。历史地看，资本积累之初往往难以通过严格的道德拷问，尔诈我虞、恃强凌弱等属于"正当"或不正当竞争手段难以深究，这可能就属于所谓资本的"原罪"。上一节提到的血汗制企业，理所当然地在公众舆论中受到恶评，但也不必剥夺其进行公益捐赠的权利。只是二者不能相抵消。

另一种是在合法与非法的边缘，或公认不道德的行业，例如开赌场或妓院聚集的财富。这些行业在我国内陆原则上不合法（尽管实际存在），在有些国家和地区是合法的，在我国澳门，赌场（委婉提法是"博彩业"）甚至是经济支柱。不论如何，普遍的道德标准都不承认这种行业属于善道。如何对待出自此类财富的捐赠，只有由接受方自行决定。

必须说明，民对民的案例取决于授受双方自主的决定。如果牵涉到政府，性质就不同。首先政府对民企或个人可以依法收税，但不论以何种名义利用公权力强迫捐献，就是勒索，属于侵权。在某种特殊情况下，例如重大灾情时，捐赠者向政府部门捐款，必须自愿，而不能作为权钱交易的条件。实际上此类情况经常发生，应作为变相的腐败，不是正当的慈善公益之道。但是私人的力量与政府相比毕竟有限，所以私人可以倡导某项事业，带头示范，推动政府列入其工作规划。例如早期卡耐基捐献大批公共图书馆，采取"匹配资金"模式，以当地政府负担一部分资金为条件，取得了开风气之先的良好效果。从此公共图书馆成为美国全国各地市、区、县等地方建设必不可少的项目。

至于贩毒以及其他犯罪集团或个人以慈善捐赠为洗钱的手段，则属于法律制裁的范畴，是正当的公益组织应加以警惕，坚决避免的。

<u>当前常见的另一个问题，是对可营利的新公益模式的疑虑。</u>

公益事业同时可以营利，是全新的概念。人们最容易想到的是如何避免道德风险，或挂羊头卖狗肉。另一方面的问题是，一般正当营业的企业都服务于特定消费人群，都对社会有益，为什么不能算"社会企业"，如何与另类的"社会企业"或"共益企业"相区分？

关于"新公益"的特点和来龙去脉，和可能发生的问题，《财富的责任》一书及其他有关文章已有较详尽的论述，现再着重补充几点：

首先，社会企业虽然可以接受无偿捐赠，但迄今为止，除极个别情况外，此类企业本身不享受免税待遇，这就杜绝了以公益为名，骗取税收优惠的弊病。投资者都已了解其宗旨——不保证股东利益最大化，所以是完全出于自愿。

其次，并不是所有的企业都可以算"社会企业"或"共益企业"。经过多年实践，已经有了一套业内大致认可的标准和权威的认证机构——B-Lab。这个机构发源于美国，目前其他一些国家，包括中国，也已开始根据本国的具体条件修订标准，建立认证机构，尚有待进一步完善和得到普遍的承认。另外，美国已经有一半以上的州专为此类企业通过了新的公司法，以别于传统的企业。

尽管如此，鉴于资本逐利的本性和人性的弱点，这一新的模式的成败还要经受长期考验，其中不乏道德风险。例如2019年百家跨国大企业签署宣言，提出公司服务对象为"利益攸关者"，其中就包括企业员工。那么在当前疫情期间，那些签署宣言的企业，如何对待面临解雇而失业的员工，如何在投资者利益和员工利益之间做出选择，就是一大考验。由于本人专业研究美国，多举美国的情况和事例，实际上现在许多国家在这一领域都有创新，各有千秋，值得关注和借鉴之处甚多。欣见我国中青年学者这方面的研究正在兴起，这方面的介绍日益增多。当然中国有独特的国情，当代中国经过一段曲折的道路，公益事业虽然发展很快，但总体上还处于早期阶段。公民权利和义务的观念尚未深入人心。任何领域都免不了有弊病、腐败，乃至丑闻。公益领域也不例外，但正由于受政府和公众两方面的监督较严，使其运作比较透明，有问题较易暴露，或得到纠正，或淘汰出局，所以相对说来这一领域造成负面影响较少，而在创新方面走在前沿。

在社会转型过程中，公益组织、公益观念，客观上也是一条通向公民社会的途径，一方面培养现代公民意识（不同于臣民、顺民、刁民、暴民），一方面无形中对现代化管理和社会组织结构的变化有所推动。类似"资本向善""科技向善""财富向善"等口号都代表一种良知的诉求。世事多变，在社会发生难以预料的大变动时，有足够的向善的组织做依托，比一盘散沙更能避免恶性动乱。这也可算是个人的善良愿望。

（2021年）

美国财富向善历程对中国财富家族的启示

——在"财富连城"讲座讲话

资本家发善心?

有一次在介绍美国公益事业的讲座上,有人提问:"难道资本家能发善心?"就先从这个问题讲起。

这个问题本身带有很大的偏见,是过去以阶级论人的产物。现在又走到另一个极端,以发财为唯一的成功标志,把穷人称为低素质人口,甚至有理财产品的广告词说:"老来穷没人原谅你",好像穷就是犯错,这是什么价值观?

二者都是错误的。人性有双重性,可以向善,也可以向恶,促成善恶的因素有多种,不以掌握财富的多少为转移。我最近发表过一篇小文,"莫以小人之心度人",就是与慈善公益行为相关联的。有人做好事,先怀疑其动机,而不看其实际做了什么,达到什么效果。这是错误而有害的一种思维模式。穷和富都可以成为向善或向恶的动因,所以古人有"富贵不能淫、贫贱不能移"的教导。18世纪一位美国慈善的先驱马瑟有一句名言:"如果有人问:一个人为何必须做好事?我的回答是:这个问题就不像是好人提的"。

回到本题,美国财富如何向善。一种事业没有一定的思想理念的基础是不可能长期持续发展的。

人性和道德层面，社会发展的几个阶段中的慈善思想是一以贯之的。基督教传统、宗教情怀应是其原始动力。按照17世纪温思罗普的说法，这是上帝的旨意，祂创造了富人，"不是为的让他们自己享福，而是为了体现造物主的光荣，并为了人类的共同福祉"。这就明确把慈善与人性联系起来。同时他坦率承认，这是利人利己的事。做好事本身不但带来快乐和荣誉，而且还可以延年益寿，事业成功。所以这一事业体现人性善的一面，但又不是利他主义的，是利他又利己，是求得精神寄托，追求幸福的一种方式。《圣经》中"富人进天堂比骆驼进针眼还难"之说多少有点影响，那么富人把财富捐出去，也就可以打通天堂之路。据说芝加哥大学校长每次向老洛克菲勒募款之前要先举行一种仪式：两人一同祈祷，求上帝给予启示，这样他募款的要求往往得到满足。可以说，对其发起者和捐赠者来说，这一事业并不亚于其前半生所从事的企业的发展，甚至更为重要，意义更加深远，超越于避税和个人沽名钓誉之上。

工业化社会的公益思想

着重讲工业化以后的现代公益，这就不仅涉及人性，而与社会改良相结合。

工业化社会的特点：

1. <u>财富的积累加快</u>，出现一些爆发的大财团，其财富的体量特别大，与前工业社会不可同日而语。社会矛盾尖锐化。

2.<u>公民社会成熟</u>。源于18世纪欧洲的启蒙思想普及以后，"<u>人生而平等</u>"的观念深入人心，与基督教的在上帝面前人人平等的观念结合起来，不平等现象更加被认为是不正常的，难以容忍，必须设法予以改变。受惠者不再是施恩对象，而是获得本应有的机会和权利。

3. <u>在民主制度下</u>，群众有了维权的意识和途径，例如成立工会，可以为提高待遇、改善工作条件而罢工、提抗议，或与资方谈判。这在皇权专制的社会，是难以做到的。

4. 有了教育普及的观念。随着工业的发达，从资方来讲，也需要受过教育的工人，从全民来讲，教育是改变命运的重要途径，从而成为基本诉求。

美国的公益事业和形成的公益思想是在这样的背景下产生的。

美国宪法注意防止公权力集权、民众暴力或多数暴政、保护私有财产、协调联邦与各州的权限，等等，唯独没有考虑到如何预防资本肆虐，贫富悬殊扩大的问题。这个问题到20世纪初开始提上日程，经历了一次全面的、关键性的改良运动，称"进步运动"。美国现代基金会的出现和发展与"进步主义"运动同步，也可以说是进步运动的一部分。所以改良主义是它与生俱来的特点。

在美国先富起来的大财团主基本上信奉社会达尔文主义，而进步主义时期兴起的新理论就是打破社会达尔文主义，**证明适当的政府干预正可保护和促进自由市场竞争。**这场改良运动是全民的综合性运动，工人运动、媒体揭丑、学术界的新理论，最终体现在政府的若干政策，所有这些矛头都是指向大财团。他们感觉到了高处不胜寒，也意识到，大多数人贫困、少数人发财的社会是难以为继的。而且欧洲已经兴起社会主义思潮，正传播到美国。在这种情况下，自以为最优秀的、作为美国制度的受益者和维护者，必须主动为改革社会做出自己的贡献。卡耐基基金会的一位负责人说，**基金会就应该预见到社会变化所引起的压力，及时帮助主要的机构适应这种变化，为此，需要走在时代前面。**这就代表了他们的使命感和主人翁态度。对于何种具体途径更有效，有许多不同看法和做法，但思路大同小异。

《财富的福音》要点

卡耐基的经典名著《财富的福音》对这一思想有全面的阐述。直到世纪末的比尔·盖茨还奉为圭臬。概括起来有以下几点：

1. 财富集中造成贫富差距扩大是文明进步不可避免的代价

这点他特别强调，公益的目标绝对不是均贫富。所有的人一律居于陋室那种"过去的好时光"其实并非"好时光"，不值得留恋。把能干而勤劳的人与无能而懒惰的人区分开来，这是人类从原始共产社会进入文明的开始。因此任何人的私有财产不论多少，都是神圣不可侵犯的。所以，**一切解决当前社会问题的考虑是从承认以上基础的大前提出发。不是要改变现存的造成财富集中的制度，而是要最好地使用这笔巨大的剩余财富。**

2. 富人对社会不可推卸的责任

这个不必多解释。不过他强调富人应该树立一种简朴、不事张扬的生活方式的榜样，避免炫耀奢华；给他的家属提供恰如其分的合理的需求满足（怎样才算是恰如其分，可以由公众的常识去判断）。在完成这一任务后，把所有的剩余财富当作社会委托自己管理的信托基金，并且这样一来，**富人就成为他的穷苦兄弟的经纪人，以自己高超的智慧、经验和经营才能为他们服务。人类已发展到了这样一个阶段，最优秀的头脑意识到，最好的处理剩余财富的方式就是常年用于公众的福利事业。**

3. 提倡生前捐出剩余财富

迄今为止，有三种方式处理财富：一、传给家族和子孙，二、死后捐给公众的事业，三、由财富的主人在生前妥善处理。第一种最不可取，对子孙和国家都不利。富家子弟没有被惯坏而仍然克尽社会职责的固然有，但不是常规，不肖子孙是多数。所以与其留给子孙以财富，不如留给他们家族的荣誉。第二种方式太遥远，而且往往留下的财富并不能按捐赠者的意图使用。总有一天，公众会给带着巨额财产死去的人刻上这样的墓志铭："拥巨富而死者以耻辱终"。最后只剩下一种选择，就是把富人的巨额剩余财产在他们**生前**通过适当的运作用于造福公众的事业，这样，可以仍然通过少数人按照最佳方案分配，而不是在全民中平均散发。其优越性是显而易见的。

4. 要社会公益不要布施

最重要的原则是，财富的捐赠决不能使接受者堕落、进一步陷入贫困，而是要激励最优秀和有上进心的那部分穷人进一步努力改善自己的境遇。漫不经心地胡乱施舍的百万富翁比一毛不拔的守财奴对社会的危害更大，实际上是他们制造了乞丐。

5. 公益捐助的最佳领域

基于以上的认识，列出了财富应该投向的最佳领域，有教育、免费公共图书馆（按：现在美国免费公共图书馆极为普及、发达，几乎遍及每个社区，卡耐基有创始之功）、医疗卫生、公园音乐厅等美化生活环境的设施，等等（因篇幅关系此处不详述）。重要的是，一旦捐出，就成为公共财产，管理权和责任都在当地行政部门，受选民的监督，同时有助于敦促当地政府对有关领域的重视和采取积极措施。

当然，余财可以用于造福公众的途径决不止这些。另外，有余财者个人财力也相差甚远，多捐和少捐同样值得尊敬，并且随着财富的增加可以陆续捐。卡耐基认为如果这样做了，富人就能够以"拥巨资而死者以耻辱终"的格言来对应圣经上"骆驼穿过针眼比富人进天堂还容易"之说。**他临终时就不再是守着百万无价值的财富，而是意识到自己对改善这大千世界作出过微薄的贡献，虽然在金钱上穷了，而受到他人的尊敬和爱戴使他比任何百万富翁都富有多少倍。这样，他就可以毫无负担地进天堂。**

这是卡耐基在19世纪末提出的思想，并且从那时就按照自己的想法陆续进行捐赠，到20世纪初，他果然彻底把理念付诸行动：在他的企业如日中天时全部转让给摩根集团，把属于自己那部分股份全部捐出，成立了卡耐基基金会。他这篇文章之所以成为经典，就是由于这一套说法事实上奠定了20世纪现代基金会的思想基础，而且连他所提出的具体捐赠领域也基本上为实践证明有持久的价值。一个世纪以来尽管有新的发展，例如从自然科学扩大到社会科学，第一次世界大战后关注世界和平和国际安全，等等，但核心内容仍然是促进人的健康与教育。

影响社会风气

最初创立这一事物的人是有理念的。但后来不见得所有捐钱者都出于自觉的慈善之心，也不见得都是道德高尚之人。现在美国每年的公益善款70%左右来自普通人，30%左右来自富豪或企业。凡解决了温饱的人差不多每年都会做一些捐赠，或者贡献一些自愿的服务，已经成为一种风气。而且处理余钱最方便的办法就是成立一家基金会，法律手续非常简便。

一个社会，居高位的权贵和引人注目的巨富，向什么方向使用他们的财富，实行什么样的生活方式，对于整个社会的风气会产生很大影响。最先出现的巨富可能一掷千金，穷奢极侈，引起全社会羡慕妒忌恨，形成笑贫不笑娼的世风；但是在美国早期出现一批暴发户时，他们首先带头做的是捐赠，发明了基金会这样一种机制，带动了一种捐赠文化。这是美国人的幸运。在一个信奉私有财产神圣不可侵犯的国家，这种捐赠文化和志愿精神是平衡财富集中、缓解矛盾的重要因素。私人以其雄厚的财力为社会作出巨大贡献，既符合保守派主张小政府的思想，也符合自由派关心弱势群体的改良主义思想。在很多发达国家已发展成福利国家的今天，这是美国的一大特色。

美国大基金会的创始人，或者具体负责人（CEO）的世界眼光

美国一些有影响的大基金会如洛氏、福特、索罗斯、盖茨等等都有比较远大的胸怀和世界眼光，"会长工作报告"都像世界级的国家领导人的报告。

特别值得提到的几个例子：二战前夕，1933、1934年左右，希特勒开始迫害知识份子，洛克菲勒基金会的会长工作报告中就提到需要有一个抢救欧洲人才的项目，帮助爱因斯坦等一批科学家及时迁居美国。这些科学家的科学研究都得到洛氏基金会的资助，二战期间，他们更加加紧这方面的工作。

中国知识分子也得到过"抢救"。1943至1944年间，鉴于在内地的一批中国最优秀的知识分子生活和工作条件极端艰苦而工作不懈，基金会接受费正清（John K. Fairbank，当时在美国使馆文化处工作）和清华大学美国教授温德(Robert Winter)的建议，以一批有成就的著名学者教授为援助对象，由国务院出面，提供60,000美元特殊援助款项给美国几家大学，以邀请中国教授赴美讲学，作为中美交流项目。应邀赴美的有罗常培、冯友兰、梁思成、费孝通等十几位教授。这项资助既缓解了中国学者的生活困难，又加强了美国大学的中国研究，而且其中好几位都得以完成重要的学术成果。但是这些教授只知是中美政府间的交流项目，并不知道实际是洛氏基金会出钱。

基金会在美国本国作用最大是20世纪20年代至60年代

自罗斯福"新政"以后，美国政府的作用也日益扩大，特别是到60年代约翰逊政府"向贫困开战"项目之后，福利制度逐步完成，民间公益退居次要，大基金会的影响力相对下降，但是这样一种制度、指导思想和行为模式已经基本确定，并且仍在继续成长，作为总体，在美国的经济、社会、文化生活中仍起着无可替代的作用，特别是一些政府不能

顾及的文化艺术、学术研等领域，基金会的支持还起着主要作用。它固然也有管理不当、判断失误以及各种浪费之处，但是比政府官僚机构的弊病还是少些，花钱的效益也要高得多，所以其总体的影响远远超过付出的金额。

数字经济时代新公益的传承与创新

现在进入一个新的时代，叫做数字经济时代、信息时代、互联网时代……可以统称为后工业化时代。新的形势与现在讲的主题有关的特点：

1. 两极分化速度更快，淘汰率高。中产阶层的萎缩，这是最大的危机。更严重的是不论经济危机还是繁荣时期，财富向上集中趋势是直线的，甚至没有波动。美国社会的活力在于其流动性，而现在有固化的倾向。另一方面，亿万富翁的出现也是高速度的，越来越年轻。

2. 进步主义改革应对的是以制造业为主产生的危机和矛盾。现在出现的是金融业、虚拟经济还有急剧发展的人工智能等等。

3. 全球化。许多事不可能在一国之内解决。

20世纪发展起来的公益基金会模式已经不足以满足大量的需求。于是一种新的公益模式应运而生，大约兴起于上世纪80年代，经过这几十年的实践逐渐成规模。其特点：

1. 营利与非营利结合。

2. 各方联合：有钱出钱、有力出力、有经验智慧出经验智慧，联合起来办。称SVP（Social Venture Partnership）。

3. 由于有了大数据，供需双方信息畅通，更加主动。

4. 参与者国际化程度加大，称SVPI（Social Venture Partners International）。

192

各方有识之士，包括那1%的幸运者，敏锐意识到如果连中产阶层购买力都下降的话，靠金字塔尖1%的富豪是难以撑起这个市场的体制的。于是提出要促使资本主义演变，达到"包容性的资本主义"（Inclusive Capitalism），就是培养大批小资本家，大家都有钱赚，大家都为社会做出贡献，其中落实到组织上，出现共益企业 B Corp.（Benefit Corporation）这样的新事物，就是在建立企业之初就把某个对社会有益的目标放在第一位，同时与追求利润结合起来，改变过去社会公益完全依靠无偿捐赠的公益基金会的模式。一个企业从一开始建立就不是以利润为第一目标，而是以为社会某一项服务为第一目标，比如你这个企业专门搞环保的，就是环保为第一目标，在这个前提下想办法盈利。必须说明，这是与通常的企业完全不一样的观念和模式。广义来说，大多数企业都是从满足消费者的需求中赚钱，也都可以说是对社会有利，那就无所谓"社会企业"了。这种 B Corp 是完全不同的。是有严格的标准，经过一定的权威机构认证才可以算。详细情况现在没有时间多讲。有兴趣的可以看书。这种新型的模式，不仅在欧美发达国家，而且在印度等亚非国家，还有香港，已经发展摸索了二三十年，现在已经趋于成熟。

　　在美、英等国一些培养商界精英的著名商学院，已经开始将"社会企业"纳入课程，从一开始就培养公益意识。其意义是，不要等这些毕业生今后在商场不择手段赚足钱后，再捐出钱来做公益，而是让他们从一开始赚钱，就有社会责任感，做"负责任的投资"，这是从源头上培养人才的计划，可能产生深远的影响。

新公益的思想动力

　　新公益的倡导者，或称"潮流引领者"，是政、商、学精英。通常认为既得利益者是改革的阻力，美国那些顶级既得利益者推动改革的动力何在？首先要分清既得利益者是靠什么获得目前的地位的。如果是靠超经济的特权、以暴力维持的公权力，那么他们利在维持保证他们的特权的那个制度，不容他人染指。而如果是靠市场经济的竞争机制上去的，那么如果这个机制出了毛病，市场萎缩，难以为继，他们的既得利益也难维持。工业化与后工业化社会都是市场经济，通过这一机制获得成功者，其利自然在于维持这一机制的健康发展。

有一个标志性的事件：2014年在伦敦举行了一次重要会议，主持人是英国王储查尔斯亲王，200名来自27个发达国家的政、商、学界精英济济一堂。主要发言人有拉加德（国际货币基金总裁）、克林顿（前美国总统）、马克·卡尔尼（加拿大英格兰银行总裁）、埃里克·施密特（谷歌执行总裁）、劳伦斯·萨默斯（前美国财政部长）、查尔斯·埃利奥特（哈佛大学教授）、罗斯柴尔德夫人（以罗氏家族命名的投行总裁）等。他们就是根据有关的数据，达成共识：目前这种两极分化不能再继续下去，提出改革的必要性以及改革的途径。发言有许多精彩的内容和警句，例如：**"一个社会如果不能让多数人分享繁荣，就不能算民主社会"**。**"正如革命吞噬掉自己的孩子一样，不加节制的市场原教旨主义能吞噬掉对资本主义的长期活力至关重要的社会资本"**。他们意识到这不仅是社会公平问题，而且是资本主义存亡的问题。所以他们的口号是"促资本主义演变"。

全球化使人类祸福与共的领域大大拓宽

工业化时代有些大基金会已经有全球关怀，但还是少数；而"新公益"的全球化意识要强得多。全人类祸福与共的因素日增，最明显的是环境和传染病无法分国界，贫穷问题也会溢出国界。根据狭隘的损人利己的所谓"国家利益"行事，是以损人始，以损己终。市场经济中的恶性竞争也一样。这一观念在理论上日益成为共识，但是很多在位的、掌权的政治家做不到，多数还是按狭隘的国家利益行事——如特朗普退出气候条约。而民间公益既然超越于利益集团之上，就可以率先付诸实践。这与传统的公益慈善动力是一脉相承的。总有人是秉承超越眼前利益的理念行事的。

美国人特有的冒险精神和求新的冲动

实际上这种新的模式最早开始于英国。社会创新一向是其长处。但是它体量小，难以大规模实现，而美国则有足够的实力和影响。另外，一般说来，美国人比较敢于冒险，不怕失败。当前的新富们正当盛年时候积累了这么大的财富，总是要做一些有意义的事。周围还有那么多不如自己幸运的人，世界各地问题成堆，使他们有强烈的使命感。如果套用古语"天下兴亡，匹夫有责"，庶几近之。但是不一定是从道德的角度，而是对全球现实的清醒认识，只不过有些人眼光更远而已。当然每一个社会总有比较超然的思想者，能摆脱自己眼前的利益，考虑社会长远的问题。这就是孟子所谓的"无恒产而有恒心，惟士为能"。例如巴菲特，他是靠投机股市发财的，但是他清醒地认识到并非理该如此，他说：一名优秀教师教出许多人才，得到的是家长的感谢信；士兵在战场出生入死救出战友，得到的是一枚勋章，而有人看到了某个证券有空可钻，就暴富起来，这不公平，这样的社会是有问题的，需要修补。这是他大力捐赠做公益的动力。这类人可以称为有理念的、自觉的慈善家。

可能的负面因素

这种义利兼顾的公益企业的发展绝不会一帆风顺。在政治、社会分化比以前更严重的美国，这种新事物比过去一百年的基金会的发展遇到的阻力和质疑会强烈得多。

在主观方面一是不可避免有道德风险，就是在"义"、"利"结合方面，有可能见利忘义，忘记了从事其事的初衷。

二是从业者能否有坚忍不拔的精神，克服种种困难。洛氏基金会的前任会长罗定在一本书中特别提出对下一代的担心。她说新公益的发展壮大主要要靠新生代的年轻投资者，所谓"千禧年"代人。他们这一代（或两代）是含着金勺出生，在各种新奇而方便的电子产品、电子商场中玩大的。今后40年，他们可能从"婴儿潮"一代的父辈中继承41万亿的遗产。他们不缺乏同情心和改革社会的雄心，但是这一事业需要关注的是严肃而不那么"好玩"的社会问题，如枪支、重复犯罪、厕所卫生、传染病等等。他们中的大多数是否能够像上一辈创业者那样耐心、坚忍不拔，抑或是打着"创投公益"的旗号，却缺乏做艰苦工作的能力、意愿和耐心，最终转向光鲜的时髦的新玩意儿，反而成为新公益的阻力，尚在未定之秋。

中国特色的公益

1. 中国现代公益事业并非只有近几十年的历史，而是与中国的现代化同步的，已经170多年了。比较出名的如晚清的大企业家张謇、民国的吴蕴初、卢作孚、黄炎培等一大批人物，都是先做企业然后做公益，并已超出单纯济贫，而有改良社会的观念。他们特别强调开启民智，也是以普及教育为宗旨。连办残疾人学校也不是着眼于救济，而是使他们有一技之长，不但能自食其力，而且对社会有用。以上种种情况说明从晚清到20世纪上半叶，中国已经有了比较有现代意识的公益事业，甚至比中国工业化发展还快。就思想动力而言，他们的特点是与"救国"相联系。那个时代什么都与"救国"联系："教育救国"、"实业救国"等等。这一批人符合孟子所谓的"士"的定义，有超越一己私利的社会责任感。企业家与改良家相结合，立志"开风气、正人心"。也是一种以天下为己任的情怀。

民间公益慈善事业因1949年的鼎革而中断，直等到改革开放以后，民营经济、私有财产有了合法地位，私人捐赠做好事才又获得肯定，于是有了最近一二十年发展起来的中国公益活动和组织。早年先驱们的贡献不容抹杀，其经验是一大笔可资借鉴的资源，应该加以研究和重视。

2. 当前的情况。

从本世纪以来，中国民间公益事业的蓬勃发展是有目共睹的。公益慈善的主体是民间、私人，不能与政府福利混为一谈。由于中国曾一度取消私人经济，摈弃民间慈善，所以在重启公益事业时，首先唱主角的是一批官办基金会，外人称之为"GONGOs（政府办理的非政府组织）"。那是从计划经济过渡到市场经济中的一种特殊形式，也正在演变中。这里不讨论。首先在认识上应该确立公益事业的民间性这一原则，否则失去意义。

中国的客观环境与美国不可相比，企业家的地位完全不一样。因而对公益捐赠也不能以美国为标准。其一，美国的捐赠主体，不论是富人还是普通公民，大多自认为是社会的主人，有责任感，中国捐赠主体仍是成功的企业家，私人财产得到法律承认还是近几年的事，企业家尚缺乏安全感，尽管近年来"企业社会责任"的观念已经相当普及，但是在没有完全消除后顾之忧的情况下，其捐赠积极性自难与美国同行相比。其二，美国结社是不成问题的，捐赠手续、成立基金会等等十分简便。中国要复杂得多。总之，美国是成熟的公民社会，法治完备，社会诚信度高。简单地把富人捐赠与财产的比例作为衡量其优劣的标准是不切实际的，也不公平。

政府的基本态度和相应的法规是公益事业健康发展的关键因素。进入21世纪以来，在朝野努力下，这方面已有不少进步，从以防范为主，逐步增加鼓励的积极因素。2017年最新的《慈善法》比以前的法规、条例有很大进步。社会组织在官方报告中也开始得到肯定。

中国文化传统中的阻力：

1.缺乏主人翁感

美国的大财团、大资本家都认为自己是国家的主人，政府是他们的代理人。中国的企业家地位不同，真正把自己的命运与整个社会的兴衰联系在一起的还不多。这点与民国时期的民族资本家还有所不同。加之在全球化的背景下，随时可以外流，企业家"狡兔三窟"的比较多。留在国内的往往与官府互相利用以求苟安。

2.传统的家族观念

中国富人多为子孙积累财富，这一观念与西方不同。另外与民国时期相比较，不少暴发户的奢靡生活和炫富的行为，特别是"富二代"的纨绔子弟缺乏文明的教养，对社会风气产生消极影响。

3.全球化的负面影响：知识精英和财富精英的移民潮。这是这一轮发展中特有的现象。美国人有改变社会的动力，因为他们无处可去。迄今为止，只有各国争向美国移民，而没有美国人外移的潮流。美国人对现状不满，只有努力改变现状。当代中国企业家与民国时代的也不同，处境、机遇、文化传统都不一样。1940年代以前的社会精英极少有定居国外的，大多数留学生都志在以所学回国改良现状，而且那个时代，在国外就业的机会也没有那么多。

尽管如此，当前民间公益力量的兴起，是一场不亚于改革开放中民营企业在中国兴起的伟大变革。两者都是社会转型的产物，都是思想解放运动，所不同的是前者点燃了中国人发家致富的梦想；后者则将唤起中国人的社会良知和社会责任感，也是继承和发扬了原来守望相助，造福一方的传统。不论有多少障碍和曲折，总的说来，企业家的社会责任意识正在加强，并且客观上起推动社会改良的作用。

关于新公益模式，现在中国也已迅速兴起。国人善于引进新的名词和口号，"创投公益"、"社会企业"、"创客坊"、"孵化器"等等名词已经屡屡见诸报端，预计很快就会有许多以此为名的组织出现。需要警惕的是良莠不齐，名实不副，淮南之橘成过江之枳。真正有志者需要对困难有足够的预见和准备，严肃认真对待，才能实至名归，对社会做出有益的贡献。另外也还需要有相应的法律法规予以支持和规范。当然并不是必须等我国具备了公民社会和法治的条件才能开始。路是人走出来的。在新公益领域，事实上中国已经有一批先驱者，为行业起示范作用，在全球化的今天，他山之石更容易为我所用。新公益方兴未艾，希望能扎实前进，假以时日，实现规模效应。

最后，公益事业是一种专业，在某种意义上比做企业要复杂，因此需要专业人才，这一领域规模化发展，也能提供就业机会。有一种误解，以为从事公益事业的人，都是志愿者，也就是义务劳动，不取报酬，或者认为公益组织的员工自然应该是低薪酬的，这都是对这一行业的偏见。事实上公益事业特别需要高素质的专业人才，因此待遇应该与企业的高素质人才是平等的。这一行业的人更要有一种自信和自豪感。公益事业在国外已成为一门学科，从理论到实践乃至实际操作都有专业。我国像清华、北大、北师大等等已设有此类专业，这个讲坛也是同一目标。但就全国而言，远远不够，还需大力发展。

总之，随着社会的发展，公益的模式、途径也不断变化，但是万变不离其宗，目标对象一是社会最需要帮助的人，是雪中送炭而不是锦上添花；二是与人类福祉有关的课题如环境保护、大面积流行病等；三是足以推进社会改良、进步与世界和平，而不是相反。

（2017年）

一家山区幼儿园访问记

"鼻子难受怎么办?"

"抠!"

这是2015年9月武当山区一家乡镇幼儿园上课的一幕。老师讲了一位先生一觉醒来发现鼻子丢失的故事,是说一个人不剪指甲还老抠鼻子,鼻子一生气跑掉了。老师绘声绘色,讲得眉飞色舞,故事主旨很明显,是让孩子知道抠鼻子不是好习惯。讲完了提问时,孩子都踊跃举手争相回答,各有说法,但都知道抠鼻子不好。但是老师最后问,"那么以后小朋友鼻子难受怎么办?"大家齐声回答:"抠!"把我们大家都笑倒了。说明这些孩子非常率真,他们确实还没想出别的好办法。

我以前陪外宾,参观幼儿园是保留节目,但那都是大城市中最好的幼儿园,而且都是表演性质。这次到湖北十堰,看了两个乐平基金会支持的千千树幼儿园在偏僻山区(武当山深处还有,不过交通不便,我们没去成),看到的是真实的本来面目,从服装也可以看出那些孩子的家境不宽裕,据说一半以上是留守儿童。但是他们都很自然,很阳光,气氛活泼,动作自然,毫不做作。

我去年参观过乐平在北京通州办的第一个"千千树儿童之家",主要面向打工子弟,也有当地农民的孩子,家长付很少的学费,得到优质的、先进模式的幼儿教育。也办得很成功。其标识之一就是孩子如果淘气，家长就拿明天不去幼儿园了作为威胁，往往有效。可是假如光有这样一家幼儿园，只是沧海之一粟，和大量的需求是不匹配的。所以这次看到在武当山区贫困农村也有这样的幼儿园，就是告诉我们这个模式已经铺开了，是能够规模化的（原来还要去大山深处更偏僻的一家幼儿园，因交通不便而作罢）。我觉得这点特别重要。

从这个范例看到乐平基金会在其中起的作用，正好符合我所理解的"新公益"的一种，也就是创投公益与社会企业的模式：最初，北京有一个商业性的民办幼儿园"小橡树"，使用了幼儿教育专家研发出来的教学模式和课本，效果很好。但是收费是农村家庭负担不起的，好的教学模式也无从推广。乐平发现后，与之合作，成立一家社会企业，第一步是投资办一家为外来打工子弟的幼儿园，家长只需交很少的学费，得到同样优质的教育。这个阶段是只投入不盈利的，称"耐心资本"；同时帮助千千树团队推广他们设计的农村幼儿课程，以及用他们专门设计出的一套"三级培训体系"培养合格的教师，让他们心不旁骛地进行这一教育模式的研发和实验，并且坚持公益目标，不受外部干扰，这是"孵育"阶段；乐平做的是设法整合社会资金、地方政府、有关NGO以及社会人脉的支持，以及对于千千树团队在治理和管理上的支持。例如在湖北，找到当地一家大企业当代集团对此大力支持，做出了重要贡献。最终目标是在全国最需要的地区规模化地推广。

坦率地说，几年前听他们说要在2016年惠及50万幼儿，我心存疑虑，而且怕流于形式。现在这个模式除北京外，已经推广到甘肃、青海、四川、湖北等省的偏僻地区，有1300所示范幼儿园，培训了6000名教师，惠及11万儿童。按照这个势头，明年达到50万儿童应该是做得到的。这只是从量上看，从质上看，最缺的是合格的、专业幼儿教师，许多乡村幼儿园教师都由下岗的小学教师担任，这完全是不同的专业。所以培训教师是雪中送炭，这一套教学课程是符合幼儿心理发展的，不是像一般的幼儿园，把小孩子管得死死的，进行小学化的教育。乐平作为一个中介或者说当中的一环，能够承前启后地推广，这是我自己的一个理解。

不过，在我国特有的国情中，有一个非常重要的环节，是当地政府的积极性，至少不加阻挠，这是不确定因素。所以如何找到合适的基层政府，能得到积极配合，需要花费很多精力。我发现各个地方政府的官员是非常不一样的，有敬业而愿意为老百姓做事的，对外来的帮助很欢迎。有的是尸位素餐，不做事，甚至抵制新事物。这个新的教学模式能否被接纳，与旧模式和平共处（更不用说取代旧模式），也不是一帆风顺。为寻找并说服关键的合作者，有关仁人志士的甘苦一言难尽。总而言之，我稍微弄清了基金会这几年在这个领域做的事所起的实际效果，实地看到了真正受惠的终端，并且感受到了它的可推广性，很受鼓舞。

我们参观的这两家幼儿园大部分都是留守儿童，我更感到这一事业功德无量。还有家长的反应，原来他们也埋怨这里不像时下流行的那样幼儿教育小学化，教许多文化课，后来发现孩子回家一天天的变化，身心都明显健康，头脑越来越活跃，就理解和接受了这种模式。看着这些幸运的、阳光的孩子，我脑中不断浮现出毕节儿童的悲剧。两年两件惨剧都发生在毕节。当然那些已是属于义务教育阶段的孩子。光是建幼儿园当然不够，但如果能在幼儿阶段养成一个阳光的心态，对孩子情商发展非常重要。如果这种教育模式能够大规模铺开，多一些这样的幼儿园，以后发展到小学，像毕节那样的悲剧就能减少，这该多好！

（2015年）

21世纪的新公益

美国现代公益基金会的兴起差不多开始于20世纪初。称之为"现代"，是相对于传统的教会或个人的慈善捐赠而言。其内涵也从一般的扶贫济困扩大到社会各个领域，关注造成贫困的根源。整个20世纪，从卡耐基到比尔·盖茨，此类基金会从理念到运营模式到政府立法，已经成熟，成为美国第三部类的重要组成部分，对美国本土以及世界各地都做出了不可忽视的贡献，同时也起了一定的示范作用。应该说，这是工业化和成熟的公民社会的产物。

刚好到20—21世纪之交，发达国家进入一个新阶段，或称之为"知识经济时代"，或称之为"信息时代"，或称之为"数字经济时代"，可以统称为"后工业化时代"。公益事业革新也应运而生，一种不同于捐赠型的基金会的新的公益模式开始兴起，经过大约15年的时间，现在已初具规模。起初有各种名称，逐步归于一个新名词，即SVP（Social Venture Partnership），暂译为"社会创投伙伴"。如果把20世纪的公益基金会称为"现代"的话，那么这种新的组织可以称为"后现代"，而它们却反过来把20世纪的现代基金会称作"传统模式"。

新公益的特点

所谓SVP组织林林总总，关注点、运营方式、规模，等等，都各不相同。概括起来，其有别于"传统"的基金会的共同点是：

1）主动寻找对象。不是等申请者上门申请，经审查批准然后给予拨款，而是自己先调查社会需求，确定要帮助的目标，再进行操作，更加有战略规划。

2）着重治本而不是治标，努力寻找问题的根源，取得规模化的影响。一般说来，无论涉及任何领域，需要帮助的社会需求都很大，即使是资产百亿的基金会，独力能解决的规模也有限。SVP的意义是变零碎（piecemeal）为规模化（scale），努力做大。

3）为了规模化，就需要联合行动，"伙伴"顾名思义就是发起者首先要寻找合作伙伴，出资者不是自己做，而是作为一项投资，给有意愿、有能力的对象去执行。捐赠者与受益者不一定是直接的关系。合作伙伴不止一个，可以有许多个，成为一张联络网。有的SVP组织更像中介机构，一头联系捐赠者，一头联系受益者，或者中间还有社会企业。它不仅出钱，而要出时间、出智慧，全程帮助和指导执行者解决问题和克服困难，培养其执行能力。

4）"社会企业"的观念。SVP的合作伙伴可包括企业、专业人才和政府，而以企业为主，类似一项投资。既是企业，就是营利的，只是必须从事与本宗旨相同的有益于社会的事业，并将利润用于应帮助的对象。"社会企业"的特点是营利与非营利并存，在操作上各个组织侧重点不同。如何确保其坚持公益性质，是比较复杂和容易引起争议的问题，下面将专门举例探讨。

5）更重视结果和影响。老式的基金会在审批项目，给予捐赠后，对最终效益和影响较少关注，而SVP强调追踪效果和影响，重视对工作结果的评估。

6）更加国际化。一层意思是帮助的对象不限于美国，而惠及世界各地，特别是非洲。另一层意思是合作伙伴遍及世界各国。因此可以产生有许多国家会员的SVP国际组织。

总的说来，做法虽然创新，宗旨还是缓解社会不公的问题，帮助社会的弱势群体，因此许多领域还是长期一贯的，例如教育、卫生、环保、住房等等。

以上几点"新公益"的特点，实际上第1、2项在20世纪的基金会的理念中也已经存在。当初卡耐基、洛克菲勒等慈善家就是看到零敲碎打的捐赠不解决问题，才提出"化零售为批发"、"科学地捐赠"等观念，卡耐基更加明确要用管理企业的办法来管理基金会，还有反对施舍，要向贫困的根源开战等等。因此教育和健康才成为最受关注的领域。只是在当时的情况下，没有现在这样的高效生产力，观念和条件都有局限性。例如，那时候的人认为与其送给贫困户牛奶，不如给他们一头奶牛以产奶，从这里出发可以逐渐发家。而现在的新公益人士想到的是送奶牛不如办养牛场，进而办奶制品工厂，再进一步建立物流销售渠道。第6点国际化，在第一层意义上过去也存在，如洛克菲勒的成立宗旨就是"为全人类谋福利"，也确实在海外做了许多项目，但是这是少数，多数还是重点在美国，而且是某一个国家的一家基金会做国际项目。而新公益第二层意义上的国际化，是行为的主体就来自不同国家，是国际合作，这是在全球化背景下全新的做法。

新时代背景

1）财富积累加速，新富年轻化。

这种新型的公益模式是随着社会发展自然兴起的。其背景是新科技造成的新产业的出现。与传统的制造业不同，新的产业可以在短期内积累巨额财富，被称为"新钱"，与此同时出现新一代成功企业家，也就是"新新富"，其特点是致富快、年纪轻，大多拥有科技或金融专业的高学历。"创新（innovation）"是他们的口头语。与积累财富的创业过程一样，在谋求为治理社会弊病做出贡献时，不满足于因循守旧，更加雄心勃勃。

2）数字化的出现，提供了掌握数据的手段，这是"影响力"评估的依据。

20世纪初的塞奇（Russel Sage）基金会最早的贡献就是提供社会学意义上的统计数字。但是其手段和范围都有限，例如塞奇基金会一项贡献是在一战期间提供美国军队所需要的牧师的数目，这与数字化时代的数据观念不可比。

3）与政府的新型关系。

像卡耐基、洛克菲勒之类的慈善家兴起时，是工业化造成财富高度集中的初期，当时尚无政府主导的福利政策，甚至个人所得税可以忽略不计。他们的慈善事业填补了真空，起了政府所起不到的作用。政府对他们的态度由不信任和监管（主要是反映公众的态度）到开始以税收优惠政策予以鼓励。以后的几十年中主要由税务部门监督，所有的法规主要是防止其以非营利为名，行营利之实，从而损害纳税人的利益。除了少数政府购买服务外，基本上与政府关系不大。

经过一个世纪的发展演变，任何一个发达国家的社会保障和基本福利都主要依靠政府财政，美国也不例外。要解决大规模的疫病流行、医疗保健以及由于经济结构改变而引起的失业问题等等，都需政府的力量，在美国1960年代约翰森政府的"伟大社会"和"向贫困开战"项目达到顶峰。后来虽然有所下降，但是新兴的公益倡导者深知，无论他们做的规模多大，与政府的力量相比，还是九牛一毛。所以他们更加有意识地与各级政府合作，把政府列入"伙伴"之一方，促成私人、企业与政府的三方合作。另一方面，致力于影响政府政策和立法。为此，需要设法绕过501c3的禁条，即享受该条例税收优惠的公益性非营利组织不得从事政治活动，例如游说以影响立法，或参与选举活动。据说避开禁条的方法有许多，不是"游说"而是"教育"政府官员或准备从政的人士，向他们发传单和文章等等。（1986年税法、奥巴马白宫成立的公益基金等等都是SVP影响的结果）。

4）营利与非营利的界限模糊。

符合501c3的组织应该是以非营利为重要标志之一。但是社会企业却是允许盈利的，而且必须盈利，因为其功能是造血，以摆脱永远依赖捐赠的模式。这里面又有两种情况，一种是获取的利润全部再投入非营利的公益项目；另一种是允许投资人分红。后者投资者与受益人的关系更加间接，其中经过非营利组织或其他某种机构的操作。这方面如何规范，如何避免向营利方向倾斜，有违帮助目标群体的初衷，值得探讨。

对中国的借鉴意义

如果说美国已经进入数字社会（或称第二次工业革命）的话，中国的特点是农业社会、工业社会、数字社会三者并存，从官员到公众的思维方式也三者并存。关于现代模式的公益事业，最近一、二十年来突飞猛进，SVP这样的先进模式也有引进，或者自发产生，不谋而合。在短期内发展如此迅速，其原因：一方面随着市场经济的发展，财富高度集中，贫富悬殊扩大，有客观需求；另一方面捐赠的意愿和社会责任感也在增长。更重要的是执政理念有了大幅度的变化，自发的慈善公益力量得以释放出来。

在一次与美国业内人士F座谈中，一位先生说他怀疑中国能在这么短期内走完一百年的路。此说是因为不了解历史。事实上，自从社会有了分化，古今中外的文明社会都有慈善举措，这是符合人性的，"悲悯之心人皆有之"。关于现代的、有组织的、致力于治本和改良社会的慈善事业，中国从晚清就已开始，如张謇等人，与美国不谋而合的也是以办教育和医院为主，培养受助人的自立能力，使之成为对社会有用的人。像黄炎培、史量才等更是把实业与教育联系起来，虽然当时没有"社会企业"这样的观念。只是1949年以后由于意识形态的原因，中断了三十年，改革开放后又兴起，所以不是无源之水。不过与中国百年来现代化的进程相似——各方面都是"赶超"，就是每一个阶段还不待成熟，就跃入一个新阶段——公益事业也是如此，当前各种类型的，从家族、政府主导，到现代基金会到最前沿的SVP模式都有。像乐平这样的应该说正在走向最后一种。

从理论上说，中国既有需要，也有可能整合各种力量实现新的、有规模效应的SVP模式的公益，在有志之士推动之下，新公益组织现在也在初步兴起。但是存在有中国特色的阻力，其中包括：来自政府方面对民间组织一贯的防范态度；来自公众的对公益事业的认知误区，对非营利组织已经有许多误解，对允许盈利的社会企业的公益性更有待普及知识；此外还有缺乏合格的从业人员以及认证手段和机构等等。不过这一新生事物既然已经在很多国家证明其可行与有效，相信假以时日，在我国也会以适合于本土的形式落地开花。

（2018年）

新公益的最新发展

简单的回顾

人类社会自从有财产、有分配不均的情况开始，就已经有慈善行为——这是从人性来的。任何宗教、哲学都倡导人要向善，有幸者自愿帮助不幸者就是发扬人性善的一面，这就是慈善的起源，古今中外都一样，只是手段和规模不一样。

这个"不一样"可以分为三个阶段：农业社会、工业社会以及当前的后工业化社会。本人2003年出版的《散财之道》主要介绍一百年来最发达的美国工业化社会中发展起来的一种模式，属于第二阶段。

到了后工业社会，也就是现在所谓的数字经济、互联网时代，又有了新的发展。出现了一种崭新的模式，姑称之为"新公益"，以别于前一百年的"现代公益"。2015年出版的第四版（书名改为《财富的责任和资本主义演变》），根据新的发展做了增补，从第十三章起介绍"新公益"，该书的序言中有关部分摘录如下：

> 新公益的诞生，有其深刻的社会原因和现实需要。其理论的提出者是被誉为经济战略思想家的几位教授，而积极拥抱这种模式，大力倡导并付诸实施的是商界和政界的精英。他们并非像有人怀疑那样既想得慈善之名，又不愿放弃赚钱，也不是纯粹理想的利他主义。……这里特别要提到的因素之一，是对资本主义社

会两极分化的危机感。弱势群体的实际需要有增无已，而且日益复杂化，单纯的公益捐赠和政府的福利政策都不足以应付。而且如果两极分化的趋势继续下去，政府的税源和传统公益慈善的财力也会日趋枯竭，因此有的学者提出新的公益模式，……他们创造了"包容性资本主义（inclusive capitalism）"，或称"包容性商业"、"包容性繁荣"、"创造性资本主义"、"资本主义演变"等等，其含义可称为"全民资本主义"，即设法改变市场经济的游戏规则，反对不平等的分配制度、制约财富向上集中。普拉哈拉德（这一模式的理论创始人之一）还提出了以全球"金字塔底层（BoP）"人群为服务对象，用市场的手段提供改善经济地位的机会。[1]

具体模式有多种说法，例如社会企业、共益企业、影响力投资，等等。影响力投资（impact investing），是指有规模效应的投资，引用徐永光先生的话，只做小而美是不行的，一定要能够推广，这个模式能够复制，能够大范围应用，帮助很多人，才可以做下去的。如果"影响力投资"容易引起歧义，也可以翻译成"产生规模效应的投资"。另外，有了互联网和大数据等等各种各样检测社会需求的手段 供需双方都出现巨变，也有助于新公益有的放矢的运作。

既能营利又做公益，称之为"社会企业"。必须明确的是，"社会企业"是另一种部类。否则一般企业只要不做坏事，满足消费者需求，都可以自称"社会企业"。从办企业的角度，首先得有一个具体的公益目标，营利服从这个社会目标，这意味着颠覆了公司以利润为首要目标的传统，也就意味着对资本主义制度进行改造。于是出现"资本主义演变"这个提法。那是西方的一些精英提出的。《财富的责任》一书对此已有详述，此处不赘。以下主要简述自那时以来的新发展，以几件带有

1. 见《财富的责任与资本主义演变》第十三章"影响力投资"节。

里程碑性质的事为代表。

最新的标志性事件

（一）美国百名顶级企业发表联署声明

2019年8月19日，有美国将近200家顶级企业的CEO参加的"商业圆桌会议（Business Roundtable）"通过了一项声明，到9月份，其中一百家知名的大企业CEO签名联署，正式公布——凡是举世知名的制造、金融、保险、IT、航空等企业，诸如摩根、大通、苹果、谷歌、花旗银行等等，都在里面。声明的核心是从传统的公司为股东（shareholder）的利益最大化负责的目标，改变为对"利益攸关者"（stakeholder）负责。所谓"利益攸关者"是以下几种人（括号内是本文作者的解释）：

1. 客户：一如既往满足其要求，保证物（或服务）有所值（也就是杜绝假冒伪劣）。

2. 员工：不仅提供公平的报酬和福利，还要支持他们通过不断培训和教育，获得新的技术以适应急剧变化的世界。培养多样性、包容性和尊严。

3. 供应商和其他有关公司：公平对待，符合道德规范，建立良好的伙伴关系（也就是不搞恶性竞争）。

4. 所在社区：保护环境，尊重居民的诉求（例如排污、强行拆迁、占领绿地之类的事都不能做）。

5. 股东：创造长期价值，保证透明和有效沟通（当然还是要赚钱的，但不保证利润最大化，也不一定年年都赚钱，只是必须让股东理解）。

这项声明言简意赅，却意义重大。它明确颠覆了几十年来各大公司以及华尔街遵循的法则，以诺奖获得者米尔顿·弗里德曼1970年在《纽约时报》一篇文章中的名言为代表："企业的社会责任就是增加利润"。该"商业圆桌会议"自己也曾在1997年发表正式文件宣称："公司经理和董事会的首要职责是为股东服务"。这也是各州公司法的原则。在实践中，为此往往不择手段。新的理念上世纪80年代一些先行者已经提出，以后陆续为个别企业和企业家接受并付诸实践。实际上，在此前，美国德拉华州带头为"共益企业"通过新的公司法，其他各州陆陆续续跟上，迄今已有37个州和地区有了新的公司法。

毋庸赘言，促使各大企业下此决心，是由于他们日益感受到民众对社会两极分化强烈不满的压力。2019年春，摩根大通公司的 CEO 戴蒙（Jamie Dimon）首先提议对"圆桌会议"的年度声明进行修改，推举强生公司 CEO 格尔斯基（Alex Gorsky，时任"圆桌会议"管理委员会主席）执笔起草，完成这一文本。格尔斯基说他履行这一任务时觉得自己像是杰斐逊（起草独立宣言）。足见这一声明的重大意义。这些对美国，乃至国际社会，有举足轻重影响力的顶级跨国公司终于正式承认这一原则，宣称以改变资本主义为己任，称这一事件具有里程碑性质应不为过。

需要强调的是，这一文件开宗明义对自由市场经济大力肯定，认为它是"为大众创造良性就业机会、强劲而可持续的经济、促进创新，以及健康的环境的最佳途径"，并历数企业在这一经济中起的重要作用。这一大前提与一百多年前卡耐基的《财富的福音》异曲同工，强调绝不是要推翻现有制度，而是改善它。所以是资本主义"演变"，也是拯救资本主义。

这并不是匪夷所思的空口号，它跟20世纪初美国的进步主义改良一样，在社会两极分化严重，矛盾尖锐化时，群众运动迭起，表达不满，但是最后改革方案的设计需要社会精英，特别是金字塔尖上的那些既得利益者，切实意识到，这样下去不行，非改不可，才能有效地实施。底层老百姓归根结底是弱势群体，即便在民主制度中，也只能通过各种方式表达愤懑和不满，造成声势，真正要实现改革还得有资源、有实力、有社会影响力，最终有赖于这样一批有觉悟的社会精英开始行动。这是指"和平演变"，如果不是这样，那就只有从底层揭竿而起了。

不过，如有的论者指出，这一声明的缺陷是并未提出具体的实施方案，因此还不能令人完全信服。这些大企业在美国政治中都是举足轻重的，他们可以影响决策，可以对国会施加压力，促使其通过有利于改革的立法，等等。下一步如何行动，还需拭目以待。可以想见，在诸多利益面前实施起来一定道阻且长，一百年前的进步主义改革大约用了20-30年，这一次估计可能更长。

（二）扶贫经济学家获诺贝尔奖

2019年经济学诺贝尔奖颁给了三名对扶贫的经济理论做出贡献的经济学家：阿比吉特·班纳吉（Abhijit Banerjee）、艾斯特·杜芙洛（Esther Duflo）和迈克·克雷默（Michael Kremer）。根据诺奖评委会的说明，三位获奖人的贡献首先是延续并发展了"发展经济学"。（按：上世纪六十年代民族独立运动高涨，出现很多新独立国家，这些国家走什么道路发展经济的问题提上日程，"发展经济学"作为一门学科遂应运而生。）他们的学术领域属于"发展经济学"，在不到20年的时间改变了这一学科的研究方法，以他们的试验模式揭示了大量的实质性成果，大大改进了缓解全球贫困的能力。

概括起来，他们的创新之处：

1. **视角不是以国家为单位，而是以人为单位。** 他们关注的是分门别类的贫困人口，研究如何让这些人脱贫。即使在同一个国家，不同地区不同人群的贫困根源也是不一样的，需要研究每一种致贫的根源。这是一个全新的角度。因此他们的研究属于微观经济学而不是宏观经济学。

2. **结合社会学调查方法**。这几位学者大概用二十年的功夫，做了非常细致的接地气的田野调查，把大问题分解成一个个小问题，深入社区对特定的人群跟踪调查很多年，搞清楚这群人受苦的原因到底是什么，避免凭主观臆测给帮助对象一些其实不是他们急需的东西。

3. **和心理学、行为科学相结合**。有时某一人群之所以穷，同思维方式和行为习惯有很大的关系，不完全是物质因素。

4. **建成可以普及的模式**。在此以前已有不少人这样做调查，许多新公益也强调因地制宜。这几位学者的贡献是把多年的实践提炼成一种模式，建立许多实验室，吸引很多年轻学生加入——这类调查需要的人力、耐心和时间是非常多的，培养大批人才，后继有人非常重要。因此他们的模式足够成熟，可以推广。

他们的研究在扶贫的大题目下，分五个领域：教育、健康、行为偏好、性别与政治、信贷（指是否得到贷款）。在调研方法上采用"随机可控实验（randomized controlled trial）"，即类似医药的"双盲试验"——在特定时间内，对条件相同的两组或多组人群使用或不用某种干预手段，跟踪观察其效果。现举教育和行为二领域为例以见一斑；

教育领域：有一个生动的案例：某个地区已实行义务教育，学童辍学率较高，并非由于家庭贫穷。几位学者做了多项实验后，发现主要是当地儿童普遍长蛔虫，长年身体不舒服，影响学习。所以首先需要治蛔虫。在帮助他们服用治蛔虫药两年后成效显著，出勤率提高80%。他们又进一步研究蛔虫的来源，发现是饮用水不卫生的问题，但是并非没有合格的清洁水源，而是当地居民或者不知道，或者付不起费用。于是又进一步试验，研究在哪一种付费制度下，居民获得卫生饮用水最上算，从而最多人乐意使用。另一项有关的试验是蛔虫药的价格如何定位才是对双方都合理，从而可持续。解决了辍学问题，再进一步，还有教学质量问题。为提高小学教学质量，他们就不同的班级人数、教科书的选择以及教师的激励制度分别进行试验，看哪一种干预手段效果最好……诸如此类，步步深入。这些研究基本上都采取上述"随机可控试验"，然后根据研究的结果决定采取扶贫措施。

行为领域：三位获奖者从2000年开始做了一系列试验，试图回答一个问题：一些早已证明有高产效果的、简便的现代技术为何长年不为非洲小农所使用。于是他们在肯尼亚西部的农民中间进行了一系列长期跟踪试验。以使用肥料为例，开始认为可能问题在于农民不懂得正确的使用方法，或者是资讯不畅通。经过基于这一假设的干预试验后，似乎效果不显著。于是第二阶段，对肯尼亚种玉米的农民在肥料价格上进行试验。结果发现，以超低折扣销售肥料来吸引特别贪便宜的农民，效果并不理想，远不如在收获季节以少量折扣大量供应，更能吸引农民购买，因为那时农民手里有钱。如果不顾农时，即使免费运输外加补贴，也不如选择恰当的时节。此项研究于2011年取得决定性的成果，在此之前，杜芙洛和班纳吉已经在13个国家的贫苦家庭做了类似的试验。这项试验的巨大影响在于提出了一项理论：对扶贫对象如何做抉择进行心理研究能取得有的放矢的效果。与一般经济学的数学模式不同的是，此项研究必须是在现实世界中的特定人群中进行。

其他几个领域大抵与此相同。不再详述。

这几位诺奖得主的工作及其倡导的方法，与本文阐述的新公益，诸如共益企业、影响力投资、因地制宜因材施教等等做法是吻合的。也可以说是名副其实的**"精准扶贫"**。不是只根据收入的数字来确定帮助的对象和内容，而是过细地针对帮助对象的实际需要。另外，必须关注扩大覆盖面的可行性。因此他们的实践应属于新公益的一部分。至于其对经济学的价值，有待经济学界研究，做出评价。

另一方面，他们的理论和操作模式也有局限性，要进一步推广，还需视各国的情况。以中国而言，暂时只能作为参考，需要做很多改变才能同中国的条件结合起来。例如他们首先要做大量的田野调查，当地政府的配合必不可少，但是又不得干预。研究者必须维持自己的独立性，不受政治利益和政绩诉求的影响，所以调查工作通过自愿的NGO来做，而不与政府官员合作；但是做完调查得出的结论，设计出需要推广的改进方案，或提出政策建议，则需要政府参与，甚至主导。这其中是有悖论的。所以他们的调查大部分在非洲，肯尼亚是一个重点，那里形势相对稳定，而政府又比较合作，他们的活动余地比较大。还有在印度部分地区，因为得奖人之一班纳吉就是印度人，而印度治理比较分散，相对容易选到合适的点。

（三）从学生时代培养社会公益意识

2019年10月，福特基金会资助21家大学和高等学院计算机专业310万美元，用于27个项目，以促进技术用于公共利益。这21家大学都是"公共利益技术大学网络"成员。这些项目的宗旨是向计算机专业的学生传达一种理念，希望他们毕业后在择业中首先考虑公共利益，而不是首先考虑报酬最丰厚的单位。这种做法二三十年前在英国牛津大学、美国杜克大学和西北大学已有一些尝试，主要是对商学院的学生而言。原来商学院的课程都是教授如何实现利益最大化，也就是怎样以最小的成本赚最多的钱。如果毕业生将来要做公益，总是要先进华尔街，或者一些大企业，致富以后再捐出钱来做公益。而新的目标是把新公益的观念与教学相结合，让学生在学习过程中一开始就以对社会有益为宗旨，毕业后创业伊始就把公益理念结合进去，这就需要对商学院的课程进行一番改革。现在将这一理念引进计算机专业，就大大扩大了覆盖面。在智能化的时代，这个专业的毕业生受到这样的理念的熏陶，对将来的企业文化会有重大影响。

这么多家大学为了"公共利益"的宗旨而联合起来，是基于共同的理念，顺应正在兴起的"技术为公共利益服务"的新领域。其最终目标是培养新一代有公民意识的技术人员和技术政策制定者。不过它们缺少资源和策划经验，如今得到福特、新美利坚和休莱特基金会的大力支持，有了大规模实施的资源，在计算机技术无处不在的方今世界中，其重要性是不言而喻的。现略举几个例子以见这些项目的内容：

普林斯顿大学的一个项目是举办暑期实习，让计算机专业的高材生到当地、州、或联邦政府的保护消费者机构去实习；乔治亚理工学院设立一项奖学金，让计算机专家和社会科学家一起合作研究应对南方从历史到现存的不平等问题；弗吉尼亚大学设计了一门跨学科的研究生课程，名为"公共利益创新"，教授如何应对政府及其合作伙伴所面临的实际社会问题。（按：美国政府有关部门常与社会团体合作以解决社会问题）

在美国，一般私营企业比公立单位和NGO薪酬高，而为公共利益服务的大多是后者。所以需要从在校时期起，就引导学生毕业后选择后者。为此，首先需要教师们改变观念，因为他们往往鼓励学生选择高收入的私人企业。但是在"义""利"之间一味要求学生舍利取义、"无私奉献"，是不切实际的，还需在一定程度上照顾其利益，才能持续。基金会提出的方案是设立某种资助项目，减免学生偿还贷款，以补偿其在薪酬方面的损失（按：美国大学生很多是贷款付学费，毕业后分期偿回，所以免偿贷款有一定吸引力）。目前这还只是开始，效果如何，还有待今后几年中的实践验证。

（四）从同情（sympathy）到共情（empathy）
——捐赠态度的变化

卡耐基《财富的福音》的传承与改变

现代公益事业的创始人之一卡耐基于1889年发表的《财富的福音》百年来一直是公益思想的经典。其思想要点在《美国财富向善》一文中已有阐述，此处不赘。

卡耐基的理念较之传统的慈善捐赠已有很大进步：1）提出捐出财富为社会谋福利是富人的不可推卸的责任，而不单纯是发善心做好事；2）明确反对滥行布施，不要"授人以鱼"而要"授人以渔"，以培养穷人获得谋生的能力为目标，而不是解决一时的困难；3）基于对机会平等的信仰，把公益的目标定为创造或改进平等竞争的机会，为此，主要的捐赠领域为教育和健康。最后一点成为社会共识，因此教育与健康是形形色色美国公益基金会最普遍的课题。

另一方面，《财富的福音》所表露的理念仍带有社会达尔文主义的影响，主要是坚信富人都是由于特别优秀而成功的，所以要以自己"高超的智慧"为穷兄弟服务。主张生前捐出财富，为的是可以由捐赠者亲自指定钱的用途。因此现代基金会尽管基于人生而平等的理念，授受之间没有恩赐关系，但仍免不了潜在的居高临下的优越感。

逐步加强平等的观念

百年来，《福音》所倡导的精神仍影响着蓬勃发展、百花齐放的美国公益基金会。不过在实践过程中有所变化，总的趋势是淡化捐赠者意愿，成为独立的机构。一些大基金会至少在两三代之后完全脱离原捐赠者或家族的掌控，卡耐基基金会也不例外。在理念上平等的观念也逐步加强。如洛克菲勒、福特等大基金会的捐赠领域的设计都包括与社会改良有关的项目。世纪末崛起的慈善家比尔·盖茨自称深受《福音》的影响，但是他的平等观比卡耐基更进一步。他之所以集中致力于防治非洲的流行病，是基于人生而平等的观念，因为他们夫妇发现非洲儿童大量死于美国早已绝迹的流行病，既然非洲儿童理应与美国儿童有同样的生存权，此种现象就是不能容忍的。在当前的疫情中，盖茨基金会照例一马当先做出自己的贡献，至4月中旬已捐赠2亿5千万美元。基金会现任会长马克·苏斯曼就款项的用途发表长篇文章，一开始再次强调，"即使在当前的危急情况下，我们如何使用资源的出发点一如既往，在于我们的基本信仰，即：**所有生命的价值都是平等的**。由于我们知道瘟疫对最贫穷和最脆弱的社区打击最严酷，因而我们的资金主要导向那里"。

又如股神兼慈善家巴菲特，他认为有人（包括他自己）因投资得手而成巨富，与很多其他行业做出巨大贡献的优秀人物得到的回报不相称，是绝对的不公平，因此富人理应拿出钱来回馈社会。而且他认为盖茨基金会比自己更善于管理，就把一部分善款交给他们打理。这就与卡耐基认为富人智慧和才能超过穷人，要替他们经营财富的理念大相径庭。也就是承认财富高度集中的途径包含不平等的因素。因此，公益捐赠的意义超越富人帮助穷人，而是补救这种不平等。

以新的《福音》取代旧的《福音》

福特基金会现任会长沃克（Darren　Walker）于2019年出版新著《从慷慨到正义：新"财富的福音"》更进一步系统地阐明了这一思想。书的标题开宗明义，就是更新卡耐基的《福音》所传递的公益理念。其中心思想就是平等。首先承认财富的积累途径是不平等的；然后指出迄今为止的公益行为中也有不平等的因素——授受双方仍处于不平等的地位。作者现身说法，认为自己虽然出身弱势群体（黑人），历尽艰难屈辱，通过自己的努力进入了社会精英阶层，但是仍然意识到自己还是幸运者，享有某种特权，并不证明自己就比仍处于不幸中的人优秀。这是做公益的前提。捐赠者以及从事公益的人士需要进行探索和反思，承认自己的视角带有特权性质：要努力去了解未知之事从而意识到自己的无知；以谦卑的态度进行捐赠，设身处地为接受方着想；致力于治本而不是处理事物的结果；鼓励人们有勇气站出来公开表达自己的意见，认识到个人的解放是与群体捆绑在一起的，明确公益的目标是社会正义，最终促进实现符合正义的民主制度。所有这些都指向对现有社会制度，包括公益模式进行改良。

书中各章列举不同的案例以说明上述思想。总之，新的《福音》主要是认为富人并不必然比穷人优秀，而是由于机遇或特权。从事公益事业不仅是出于同情心，而是"共情"——换位思考，为弱势群体设身处地设想，切实体会他们需要什么。这点与上述诺奖得主的扶贫思想相吻合。因此公益仅仅帮助人脱贫，缓解矛盾是不够的，主要是要改良现存的社会，消除其不平等的因素。为此，需要对现有的资本主义制度进行改造，变"赢者通吃"为"包容性"的资本主义。

这样，大资本家、学者与公益人士不约而同达成了共识，回到了本文的主题"新公益"。这是从观念到实践的一场革新。从逻辑推理，当前的疫情应该推动这项改革，特别是各相关的企业面临"义"与"利"的选择，如何兑现其承诺，将拭目以待。

（2019年）

新公益与社会改良:
新公益如何促成资本主义演变

—— 在《中国慈善家》改版专家座谈会上的讲话

现代公益不仅仅是为了扶贫或者是暂时缓解社会的矛盾,而是要在实际上对推动社会改革起到根本性的作用。真正的改革,似乎外界看见的多是由上而下形成的政策决定的,但实际上,改革之能够实现,真正的推动力来自全社会各个阶层。因此,改革一定要用大众能够接受的一种方式向前推进。

改变不公平的竞争机制

自从人类社会开始有贫富分化之后,就有了慈善事业,古今中外莫不如是。这源于人性本善的一面——不能自己去独享好的生活;看到很多人还在吃苦,总要伸出援手。中国古话称其为"老吾老以及人之老"之类,我把它称为"前工业社会的慈善事业"。这种形式的慈善和社会改革没有太大的关系,只是在一个阶层固化的社会里,先富起来的人出于人道主义的关怀而做的一些事情。

公益事业和社会改革开始发生关系,是从工业化以后开始的。当前大众熟知的大型国际公益基金会,基本都起步于19世纪末到20世纪初期间。彼时,在工业化迅速发展的情况下,财富高度集中,社会贫富分化越来越严重，此时产生的慈善公益事业才开始和社会改革有了关系。它和20世纪初的美国的进步主义运动也有关联，是其中的一部分。

当时发生的那一场改革，内容之一就是针对市场经济的丛林法则进行改变。新的观念开始承认，贫富不均并不完全是自然竞争的结果。而此前，根据社会达尔文主义的看法，社会中出现贫富分化，穷的人之所以穷必定是又笨又懒，富的人则是又聪明又勤奋，所以才能够致富。在市场经济的丛林法则之下，社会达尔文主义是当时的主流价值观。

第一批现代化公益基金会的创始人，比如卡内基、洛克菲勒等等，开始认识到，当时资本主义竞争的条件本身就不够公平，所以必须加以改进。他们提出，"向贫困的根源开战"。

这一理念和马克思主义所阐述的贫困根源是完全不同的。马克思主义认为，资本主义本身就是贫困的根源，但卡内基等人认为资本主义好得很，这个社会体系不能改变，需要改变的是不公平的市场竞争条件，而这才是贫穷的根源。

为什么不够公平？因为穷人的孩子接受不到很好的教育。第一代人在同等条件下展开竞争，但到了第二代就不公平了，富人的孩子进了很好的学校，得到很好的教育，而穷人的孩子得不到好的教育。第二代人之所以还是穷人，不是因为他本身又笨又懒，而是在于他没有机会。所以那一代的慈善家，包括卡内基、洛克菲勒等，开展的最重要的公益项目就是教育，目的在于实现教育机会的平等，让竞争更公平。

另一个重要的公益项目是医疗。因为穷人看不起病，生一场病就完了，身体垮了就无法和人竞争，再聪明、再勤奋也是白搭。

所以，教育和医疗成为了当时大的基金会最重要的扶持领域，其主要出发点是改善公平竞争的条件，这就和社会改革联系了起来。因为有一些刚性需求不能完全用市场调节来加以解决，包括医疗、教育、科研、以及一些文化事业等等。比如古典音乐事业，它不能靠票房来养活，就要倚仗基金会的捐助和补贴；又比如某种科研暂时不能赚钱，暂时不能够大规模生产，也许需要很长时间才可以研究出来，也需要基金会的资助。

这些问题，在市场法则之下解决不了，就成为社会改革的一部分。在没有公益事业之前，因为没有公平竞争的条件，这些事情发展不了。因此，公益事业的发展就是为了推动社会改革，以保障人的政治权利和社会公平。它不仅仅是为了缓和现实存在的一些矛盾，而且也是为了改变不公平的竞争机制。

观念的创新

我在2003年出版了《散财之道》，介绍一百年来美国工业化社会产生的最强的基金会。这本书到了2015年出第四增订版的时候，题目就改为《财富的责任与资本主义演变——美国百年公益发展的启示》，这里面就包括了现在的新公益的内容。从社会改革角度来看，新公益促成了资本主义演变。

资本主义演变这个词不是笔者发明的，而是西方政商精英、最顶尖的一批人提出来的。一个社会总是要演变，演变这个词是自动词而不是他动词，是evolve，不是be evolved，是自身自动演变，是内因促使它必须演变，这个过程是平稳的。

2014年左右，洛克菲勒基金会曾组织了一个研究小组，专门研究美国的贫富分化问题。研究发现，从1970年代以来贫富分化趋势越来越严重，经济越是繁荣，收入的分化就越严重。更致命的是，中产阶级开始萎缩。在他们引以为豪的枣核型社会里，中间那一层是中产阶级，他们最稳定、最守法、教育程度最高，对社会的贡献也是最大。但在最近的一二十年甚至更长时间里，这个阶层正在慢慢萎缩、分化，变成了所谓的上层中产阶级和下层中产阶级，上层的少数人进入特别富有的阶级，下层则慢慢沦落出中产的行列，这是一个非常危险的信号，这样的社会是难以为继的。这一情况引起政商精英们的关注和忧虑，所以他们提出，要从根本上改变资本主义运作的方式，发展"包容性的资本主义"，意思就是说，不能只让少数人发财，应该可以大家一起共同发财，应该要建立起这样的一种机制。事实上，早在上世纪80年代，有的学者就开始提出这一观念创新，经过各种实践，逐步引起有社会影响的精英们的关注。

在新公益出现之前，原来的公益慈善项目多是无偿捐赠，即成立一个大基金会做项目，在项目框架内进行无偿捐赠。但这种做法已经越来越难以满足社会的需求。即便是像比尔及梅琳达·盖茨基金会这样的几百亿美元体量的基金会，面对海量的社会需求也是不够的。所以，公益组织必须自己造血，否则难以为继。

公益不能只是"小而美"，把一个模式做得非常精致，但是没法推广，只能用在很小的圈子里，这不是新公益。新公益要满足极大的需求，可以推广，所以称为"影响力投资"，或者是"产品规模效应的投资"——投资一个项目，必须让它能够推广，涉及的面要广，受益人很多，这是新公益的不同之处。

因此，其合作伙伴必须多样化。过去，一个大企业或者一位富人捐出一大笔钱来，然后成立一个基金会让大家来申请，这个主体是单一的。而新公益的主体有各式各样的人，其中包括发起人，他不一定是出钱的人，也许他这手连着出钱的人，那手连着需要的人，他就是一个中介。主体也可以是投资人，可以是专家，可以是研究这个事的机构，可以是社区，也可以是媒体，大家合作起来做这样的一件事情。

与工业化社会分工越来越细相反，当前的数字化社会和互联网社会，其特点是综合化，也就是说，一件事情仅靠一个专业是不够的，常常包含很多专业，需要有各种各样的人来参与才能做成。同样，新公益事业也是需要各种各样的人参与进来。通俗地说，就是有钱的出钱，有力的出力，有智慧的出智慧，有权力的出权力（即政府给予支持，包括社区政府、地方政府，甚至是中央政府）。也就是说，政、商、学加上NGO各方面的力量，都是公益事业的主体，这是新公益和以前很不一样的地方。

新公益还有一个特点，就是从国际化转变为全球化。国际化和全球化的区别，就在于全球化的行为主体不只是一个国家。比如洛克菲勒基金会、盖茨基金会等，从一开始就是面向国际的，不光是要改良美国社会，而且要关怀全世界，开展的项目具有国际性。而新公益全球化的涵义，就是行为的主体是各国联合起来形成的。像气候问题、大规模传染病，比如现在发生的疫情等等，仅靠单个国家是不能解决的，需要国际合作，公益也随之实现全球化。

义利并举的新公益

新公益经过几十年的实践，出现了各种各样的模式，包括有限责任公司、公益企业、社会企业等等。渐渐集中归结起来，形成现在比较普遍的称谓是共益企业（Benefite Corporation），成为全球新公益领域覆盖面最广的一个模式。

过去，企业在挣了钱之后捐钱做好事，而他们是用什么手法赚的钱并不作为公益关注的一部分。比如洛克菲勒石油公司，其前期获取财富的过程是相当不光彩的，他们巧取豪夺的手段已经被暴露无遗。但是它后来做了很多好事，对改革社会起了很好的作用。这是以前的模式。而在社会企业的新模式中，从一开始企业就要对社会负责，包括其积累财富的过程也要符合社会价值，所以叫"负责任的投资"——要在赚钱之前就先想好企业对社会要实现什么目标，而不是只管先挣钱，挣了钱之后再说。

这是一个根本性的改革。这个改革颠覆了弗里德曼的理论，即公司的中心目的就是为股东赚钱，为了利润最大化。社会企业的模式颠覆了这个目的，公司的首要目的不是利润最大化。每办一个公司，得先确定这个公司的社会目标是什么，这个公司首先要满足这个社会目标。这是一个颠覆性的理论，从根本上对资本主义加以改变。

"资本主义演变"这个说法因此应运而生。2006年，卡索伊等人成立了共益实验室（B Lab），专门论证什么样的共益企业是符合标准的。他们宣称，创立这样一个机构的动机，是因为他们认为资本主义经济的运行应该有更好的办法。企业的发展是需要资本的，但是要设法建立一种为整个社会服务的资本，而不仅是为少数股东的利益服务。在他们的创新模式之下，原来的股东叫shareholder，现在叫stakeholder，即利益相关者。企业要为所有利益相关者服务，而不仅仅是股东。

几十年来，已经产生了很多共益企业，而且也经过了认证。前文提到2019年百家大企业的CEO发表声明，这个声明发表之后，很快就得到多家企业的响应，现在已达200家。

当前，美国已经有37个州专门为这种新的企业成立了新的《公司法》。一个企业如果要转变为公益公司，要遵守这个法律程序，比如要在主流媒体上发表公告，同时需要三分之二的股东通过，等等，因篇幅所限在此不一一赘述。

新公益需要更多思考

新公益的出现，也带来了几个值得思考的问题。

第一个问题是：所有这些社会改革措施的设计者基本都是富豪，是社会上最顶尖的人。那么，既得利益者有什么动力来改革社会？因为一般看法是，既得利益者要保持社会的现状，以保证他们的既得利益；而真正想要改变社会的，应该是底层的老百姓。

但是实际情况恰恰相反：虽然改革的源动力发自底层，但几乎每一项真正的改革都是精英阶层去实现的。这些既得利益者有什么动力去推动改革？我认为其中一个重要的原因，是因为美国是一个公民社会，它实行的是市场经济。只有保持一个健全的市场，才能够保持既得的利益。而如果这个市场垮台了，既得利益也就无从谈起。没人买你的东西，你就赚不了钱，光是靠那千分之一在金字塔上的人来维持购买力，是绝对不够、不行的。

所以，必须要有一个比较普遍的购买力和健康的市场经济，才能够维持既得利益者的地位。因此，利和义应该是相互结合的。假如在一个社会中，既得利益者完全是靠特权行事，那么他们就要维护自己的特权，进而维护一个能够保有这种特权的制度，压制其他人，唯我独大。假如是这样的一个社会，既得利益者就没有动力去实施改革。

一个市场经济运行下的社会才有动力去改革，这是因为每个人和市场都有关系。这种改革不会推翻资本主义，自由市场、自由竞争和私有财产这几个根本的元素不能改变。在这个前提下推行的改革，就是资本主义演变。

另一个促发改革的因素是人的观念。如果人们从小接受的教育是人生而平等，这个观念深入人心，那么就会觉得不公平、不平等的现象是不合理的。如果连这个最基本的观念都不承认的话，社会进步也就没有什么动力，这个社会也就不是一个好社会。

在这方面，知识精英担当重任。知识精英，也就是中国所谓的士，应该可以超越既得利益去考虑问题。孟子说，无恒产而有恒心，就是只有士能做到，能够超越自己的利益去考虑问题。奥巴马推进医疗改革的时候，有一位美国的上层精英告诉我，医疗改革后他是要多付一些钱的，在医保方面会比以前吃亏一点，但是他还是拥护这个方案。因为在美国这么富有的国家，医疗覆盖度却太低了，这是他不能忍受的。不能说他有多么的大公无私，但是至少他作为知识精英有这种觉悟和认识。巴菲特也说过，自己赚那么多钱是不太公平的。我认为，这种观念深深植根于普世价值的教育当中。

新公益的第二个问题是，共益企业的主力是大的私人资本家，这和政府的福利到底是什么关系？且不说欧洲，即便是在美国这样的社会，真正有能力维持社会保障的还是政府。有人说，在现代的公益事业中，私人公益只能起到辅助作用，如果强调它的作用，就是和政府抢资源。换句话说，如果这些公司整个都是为了社会，那么究竟政府的社会在哪里？这二者之间的关系是什么？当然，这里所说的政府是指民主政府，即预算有监督，支出有监督，税收也有监督。在这个框架之下，社会与政府的关系是什么？对于这些问题，目前仍有不同的看法和意见，需要进一步的讨论和思考。

（2021年）

倡导公益慈善行动，莫以小人之心度人

——在传一爱德基金成立会上的发言

8月31日，我应邀参加了传一爱德基金成立仪式。朱传一先生曾是社科院美国所的资深研究员，是美国所创始元老之一，与我共事多年。如今以他的名义成立公益基金，无论是同事之谊，还是涉及我也关心的公益事业，我当然乐于支持，积极与会。到会后发现公益界著名学者和行动者，老中青济济一堂。会议前半是缅怀朱传一先生对社会保障、慈善公益事业的先驱作用和事迹，很多内容很动人，后半是讨论。

朱传一的贡献

朱传一作为这个领域的先驱是当之无愧的。改革开放初期，当时国内对美国了解甚少，他到美国考察，接触各方人士，带着的问题就是美国的生命力从何而来。从一开始，他就抓住了社会保障这个问题。从此社会保障成为他后半生研究的课题，其范围不仅限于美国，而且遍及世界各国。当时国人对外国的研究多注意政治、经济、外交，很少人注意到社会保障问题。在研究这个课题的过程中，他书面与实地考察相结合，不但与学术界以及上层精英探讨，取得许多宝贵的资料，而且注意实地考察，曾多次深入美国的贫民窟，甚至曾在底层贫民的家中过夜，以获得第一手的材料，这种精神是十分难能可贵的。

与我当时比较强调纯学术研究不同，传一还是秉承经世致用传统，对国外社会保障的研究，着眼在国内的改革。号称政府从摇篮到坟墓全包的说法，事实上从未真正做到，到市场经济时更难以为继。朱传一积极倡导建立中国新式的社会保障，把他的研究成果上达有关部门和领导，引起一定的重视，一度把这个问题提上讨论的日程。但是当时大多数在位者对这个问题的认识还远远滞后，还有体制等重重障碍，使他的主张难以实现，他虽然有时感到沮丧，却仍然锲而不舍地为此鼓与呼。他曾对我说，他们总有一天会认识到中国这个问题的严重性。

今天，社会保障问题不论是对资本主义社会的持续，还是对我们这种转型期国家的重要性，已经成为普遍的常识。朱传一先生生命最后的三十年献身于这个问题，功不可没，无疑是在这个领域值得纪念的人物。

我对慈善文化的几点意见

会议讨论的主要议题是"慈善文化的传承和变革"。我被分配到"传承"的议题组。由于参与的专家众多，时间有限，每人限讲不到10分钟。谁也不能畅所欲言。我本人其实对在这个领域内强调"文化传承"有相当保留。匆匆讲了几点，只能是不完整的提纲。现在追述和略加补充如下。

1.**首先政府的福利政策与民间的公益慈善是两回事，不宜混淆**。当年朱传一所关注的，主要是当时还没有提上日程的中国政府的福利保障政策。这在发达资本主义国家已经很成熟了。所以他一再向有关部门，特别是民政部，建言。

2.**公益慈善，不论古今，就是民间的，以有余补不足。因此是自愿的、自主的，其组织就是非政府组织（NGO）**。政府可以通过政策法令予以鼓励和规范，但不能强迫。中国从计划经济到市场经济有一个过渡期，公益性质的组织也有一个过渡形式，就是官办基金会（GONGOs），如红十字会等等，这是过渡期的中国特色，但与广大的公益性的NGO是有区别的。

3.**关于文化传承，古今中外都诉诸人性中"善"的一面。**只要社会有贫富差距，就会有先掌握较多资源者帮助匮乏者。当然各民族在表达方式、运用的语言方面有所不同，或以宗教教义出现，或以哲学思想、教化出现，但是在教人行善方面，本质上大同小异。

4.**实质的变化在于各个不同时代的方式和途径：**农业时代、工业时代和后工业时代，也就是现在的"数字经济"或"互联网"时代，公益慈善的方式有很大变化。以美国为例，从20世纪初的卡耐基那些人到20世纪末的比尔·盖茨所倡导的公益基金会代表工业时代，现在已经不能满足当前变化了的社会需求，也就出现了新的模式，我称之为 "新公益"。中国也不例外，如民国初期张謇那样的慈善家，已经不是单纯济贫扶困，而是帮助培养自力更生、对社会有用的人。

5.对于中国在这方面的文化，**与其到古代去找"传承"，不如更注意当前的社会文化和民心，**需要提倡什么思想，克服什么障碍。我以为，在发展公益慈善方面，当前在中国人中需要特别强调几点：**一是树立"人生而平等"的观念。**应该说，这个观念不是与生俱来的。古代不论中外，在农业社会、封建社会，人生而不平等是得到承认的。所以行慈善者从"恻隐之心"出发，有恩赐观点，受者也对个人感恩。"人生而平等"是从启蒙运动"天赋人权"的观念来的。这是现代公益的基础。例如盖茨夫妇到非洲发现那里的儿童大量死于在美国早已绝迹的传染病，他们认为非洲儿童理应与美国儿童享有同样的生存权，从这一理念出发，锲而不舍地去做防治流行病工作，而不是以"恩赐"的观点。**当前中国人正缺乏这种平等观念，对不同的职业、不同的人群等级观念非常严重，因而也妨碍发展健康的公益事业；第二是我称之为"以小人之心度人"的风气，凡是有人做好事，总是先怀疑其动机，或者百般挑剔。在网络上这种语言很流行，有时会使做好事的人反而受到污名。**不论这是古已有之，还是于今为烈，当前要提倡的与公益有关的文化，就应克服这种负面的思维方式和风气。

当然，外国的经验不能照搬，国情差异很大。例如美国是成熟的公民社会，每一个人都自认为是社会的主人，有问题自己想办法解决。中国就不是这样。但是某些原则和理念应该是普遍适用的。这方面就不展开了。

（2019年）

捐赠何为

关于公益捐赠和缓解贫富差距之道，本人以前已多有详述，不下百万字。然而近来在"共同富裕"、"第三次分配"的口号下，各种似是而非的说法，以及惊人的大额捐赠的信息，仍然令我有所触动，如鲠在喉，不得不吐。不怕重复，概括几点，重申如下：

1）**民间性**：从根本上说，公益事业天然是民间的事情，应该由私人或民间组织来做。政府用纳税人的钱，改善民生，属于社会保障、福利政策，称之为第二次分配亦可，与公益捐赠完全不同性质。"民间性"包括授受双方，也就是说，接受方也应该是私人或民间组织而不是政府。捐赠与纳税应截然分开，政府接受私人捐赠是一种逻辑悖论。

2）**自愿原则**：如果承认私有财产不得侵犯，那么捐赠必须是自愿的，任何强迫的捐赠（逼捐），包括无形压力下的变相逼捐，（例如《沙家浜》台词中的"自愿送礼啦"），均违背公益捐赠本意。极而言之，只要不犯法，如有富人甘愿做守财奴，也是他的权利，至于舆论的道德评论，是另一回事。不过在一次突发事件中以捐赠数与财产的比例为标准来评判一个人，特别是企业家，的优劣，是一种误区。因为具体情况千差万别，外人不知详情做简单化判断，难免有失公允。

3）**自主性**：捐赠方有权选择捐赠对象，并有对实际效果的知情权。从汶川地震起，历经各次灾难，大量的民间捐助被强制投向官方机构，或指定的官办基金会，其严重弊病已昭然若揭，如不能切实吸取教训，使多种捐赠渠道畅通，其结果不但浪费社会资源，而且打击民众的热心、善心。

4）**捐赠的目的绝对不是均贫富。**脱离市场经济，通过权力操纵，以"均富"口号始，以"均贫"效果终，已为无数实践经验所证实，近来识者对这方面论证已经很多，此处不赘。不过当前有一种舆论把"自愿送礼"视为均贫富的手段，是危险信号，值得警惕。

5）**当前社会的两极分化严重，既是分配机制不公，更是创业机会缺失，竞争机制不公。**促进脱贫和社会繁荣之道在于扩大就业机会，创造法治、公平、自由的市场机制。捐赠的目的是"授人以渔"，已成老生常谈，既不是赠人以鱼，更不是分食一条大鱼，或杀鸡取卵分而食之。"我们不需要政府给发钱，而是给我们凭自己努力赚钱的机会。"我亲自听到这句话出自一名外来打工妹之口，他们一家因包产到户和允许进城打工而脱贫致小康，下一代有了上大学的机会，是改革开放切身受益的典型，因此对当前问题有朴素的清醒的认识，不受民粹主义的煽动，特别怕回到以前的"一大二公"。但是这一大批沉默的"草民"的心声是无处发表的，形成不了"舆论"。吊诡的是，幸运上了大学的下一代，既无书本的历史知识，又无足以"忆苦思甜"的切身经历，反而没有这样清醒的认识，很容易成为各种谬论的俘虏。

当然改良分配制度也是题中之义，先进的福利国家都是在调节税收上努力做到相对公平。这需要根据各国国情进行复杂细致的考察，然后制定合理的比例，而且也不是一成不变的。不论如何变化，实际上属于"第二次分配"的范畴。所以关于"第三次分配"的含义，需要慎重考虑，不宜造成错觉，与公益捐赠联系起来。

本人一介书生，只是根据多年观察和研究所得，讲讲道理。至于复杂的国情，各种巨额财富的来源和去向，有多少民营资本真正属于"民"，守法与非法、官与民、经济抑或政治问题……种种内情非局外人所得而知。因此以上议论不针对任何具体人和事，只是对"第三次分配"这种提法表达一些自己的忧虑和看法。

（2022年）

辑
三

闲情与杂感

我们都是看客

大约上世纪70年代，有一位比利时的汉学家写过一篇文章称，每当有重要活动，长安街会出现一道景观：中间是要人们的车队驶向人民大会堂，两旁则挤满了看热闹的人群。人们伸长了脖子，盯着那窗帘遮盖的车窗，努力猜测里面掌握他们命运的人是什么样的。由于中国人文娱活动贫乏，围观这种车队也是一种消遣（此为大意，原词记不准确）。我对这段话印象深刻，按照当时的标准，此话可称"不友好"，但内心佩服此公笔法尖刻而观察敏锐。我因在"对外友协"做接待外宾的工作，曾借洋人之光，陪同外宾乘车往人大会堂参加国宴，有坐在"被看"的汽车里经历。从窗帘缝隙往外看，果然车子两旁第一道是警卫线，而警卫线后面就挤满了努力靠近的人，而且都是"伸长脖子"看汽车。若不是亲身经历，现在的读者可能会不相信。因为现在如果有"重大活动"，早已"交通管制"，附近怎么可能允许人群聚集，更何况"伸长脖子""盯着看"！即使没有"重大活动"，长安街两旁忽然出现这样的人群，能不引起恐慌而被驱散吗？这么说，那个动乱年代的"维稳"神经还没有绷得那么紧？

另一方面，现在的北京市民大约也没有兴趣围观要人车队。首先，各级名人要人天天在电视出现，已成审美疲劳，躲都躲不开；再说，天下熙熙，人人忙于稻粱谋，没有那个闲工夫，文化生活虽不算很丰富，但还不至于要以看汽车为娱乐。从这点上说，社会确实有了很大的进步。

不过，我们已经摆脱了"看客"的角色吗？

就以最近那桩令"友邦惊诧"的惊天大案*来说，从案发到现在近一个月内海内外沸沸扬扬，各种"最新消息"在网上满天飞，真假难辨；分析家、政论家、知情人，纷纷出台，有预测、有追述，众说纷纭，莫衷一是。但所有这一切，只能视作局外人的猜测。官方给出的唯一信息，只是证实了确有其事。从此就任凭风浪起，稳坐钓鱼台，装聋作哑，一语不发了。我想，如果不是这位仁兄制造了国际事件，令当局遮掩不过去，也许还可能永远成为"最高机密"了。借用一句那位比利时汉学家的说法：对于掌握他们命运的是什么样人，百姓只能伸长脖子好奇地猜测。

一开始，我收到各种纷至沓来的信息，也未能免俗，好奇地围观、猜测、判断真伪。继而一想，猜测有用吗？猜对了如何，猜错了又如何？至今，号称"当家作主"的中国老百姓，对于操有对他们生杀予夺之权的"仆人"们想些什么、做些什么，你上我下，是亲热抱团，还是你死我活，都只有旁观瞎猜的份儿。那么，这一所谓"惊天大案"要它大就大，要它小，自有办法做小。结果很可能如法国谚语云："大山里钻出个小老鼠"。我们大家归根结底都是看客，而"伸长了脖子"看戏台，人家大幕就是迟迟不开。后台重地，闲人免进，你能冲进去看个究竟？不禁又想起明朝夺了侄子位的永乐帝朱棣对方孝孺说的那句话："此朕家事"。外人就不必自作多情了。当然，如果闲着没事，作为一种文娱活动，猜猜也无妨。反正本人已经兴趣索然。至于这出戏的结局是否会对国运民瘼起决定性作用，那倒未必。毕竟，现在已经是二十一世纪，十三亿中国人的命运恐怕不能是哪些家族的"家事"了！

（2012年3月）

---

*. 指王立军出逃美国领馆案。

皇帝的新衣现代版

有感于国际经济危机，风景这边独好戏作

皇帝为息众议，决定再制新衣。

集全国顶级织工绣女，于严密监控之下，再不敢弄虚作假。"天上取样人间织"，织成华丽锦袍，举世无双。将布满脓包之病躯遮掩得严丝密缝。而皇帝因长年讳疾忌医，病体日见沉重，渐渐现于面色。有识者见之，惊呼：陛下龙体大恙，需速治，迟则殆矣！皇帝大不悦，下令凡言病者严惩不贷，重则入狱，轻则封口。敢言需动手术者，斩！其奈病如潮水，不听号令，不时发作。今日胃痛，遂下令"胃痛"为"敏感词"说不得；明日肺炎，定"炎症"为敏感词；最后五脏六腑轮流作祟，乃钦定"病痛"为长效敏感词，从语言中消失。与此同时，凡言皇帝健康者有奖。重赏之下，勇夫纷纷献计、献歌。或上激素，服下后红光满面；或献假发，秃顶顿时秀发如云，或献化妆品，除皱又美白。域内歌声此起彼落，名家各显才华，一时间颂健康成时代创作特色。

说来也巧，此时一种怪病流行于世，红毛国、白毛国、黄毛国……素来身躯健壮、精力旺盛之国王皆未能幸免。彼蛮夷之邦终欠涵养，耐力不足，有病痛辄大惊小怪、大呼小叫，招来举世围观，众人指指点点，贩夫走卒皆得议论他国王公贵胄之病灶，各路医生簇拥而上，自愿把脉、听诊，一时间天外国王病情通告、诊断书、药方满天飞。几位国王为病痛

所苦，遥望这边锦袍玉带老皇帝安坐如钟，只听得一片"吾皇安康"赞歌声，艳羡不已。遂曰，千年古国，的是不凡，老皇帝养生之道或有可取之处，只要对治病有利，何妨以他人之长补我之短。此说传到中土，这边如获至宝，更加证明"XX特色"果然了得，祖宗之法不容质疑，天佑我皇万岁，万万岁！

惟有一帮不知好歹之医生，眼看锦袍之下，皮囊之内，膏肓之中，二竖子作怪，不知何日穿孔而出，在一旁搓手顿足，徒呼奈何……

（2012年）

说真话为什么这么难？

　　新年伊始，《人民日报》微博说今后要"努力说真话"，引起热议。《中国新闻周刊》600期策划也提到，一直在"努力说真话"。我特别欣赏的是"努力"二字。如果那家媒体底气十足地说："我们一贯说真话，今后也将保证只说真话，不说假话"，那么这句话本身就足以让人对它以后所说的每一句话的真实性发生怀疑，因为这显然不符合已存在的事实，以及今后可以预期的现实条件。所以，承认需要"努力"，就是面对现实，至少这话是真诚的，进而决心为此而努力，那就更值得赞许。

　　那么，为什么说真话这么难？

　　首先，这里指的是对当代社会，乃至后世都会有影响的**公众话语**。我们每个人扪心自问，在日常生活中，一辈子百分之百没有说过一句假话的，恐怕很少。即使在家人、亲人之间，有时也难免有所隐瞒。有的是善意的谎言，有的却有损道德。有人"实诚"，有人"狡猾"，私德的问题，不在本文讨论范围。媒体是"公器"，话是说给广大公众听的，所以称作"舆论"，会产生一定的力量；而且，今天的新闻，就是明天的历史，所以对后世也有影响，其真、假的分量自然非同小可，所负的责任也无法和私人交往关系相提并论。

　　为什么要说假话？对谁说假话？首先是对敌人。"兵不厌诈"，古今中外皆然。现在充斥电视屏幕的谍战剧，里面的英雄人物都活在自己和他所属的组织编织的谎言里——为了一个"信仰"。他欺骗的是心目中的敌人，自信是为了国家和"人民"的利益，心安理得。还有一种情况是外交，虽然打交道的对方不一定是敌人，但是国家之间只有利益，今天是友，明天就可能是敌，"防人之心不可无"。有一个不知何人发明的对外交官的经典定义："一个诚实的人被派到外国，为了国家的利益而说谎。"但是在和平时期，国家之间还是有基本的信誉规则的，一个负责任的大国不能靠谎言支撑，尤其是在全球化和信息发达的今天，说假话越来越难，必须限制在非不得已的范围，而且要拿捏分寸和策略，不能"瞪着大眼说瞎话，否则非但不能维护国家体面，反为天下笑。

写史者的标杆

那么，对本国的公众呢？为什么不能说真话？

先说历史。大概很少有国家像中国这样重视历史，有这样悠久的史学传统，而且给历史赋予这样重大的责任。同时也很少有国家像中国那样，写真实的历史要付出如此大的代价，甚至生命。于是有齐太史这样的名垂千古的、一家三兄弟以身殉史的"史学烈士"，最简单的"秉笔直书"成为英雄事迹。世上只有以身殉职、殉道、殉国之说，而殉**史**的，似乎只有中国有，这也可算"中国特色"。

为什么如实记录史实那么难？因为是"官史"。中国的传统文史不分，顾准称中国的文化就是"史官文化"。史官不是民间独立人士，而是有官职的，被写的对象是掌握生杀之权的权贵，于是写真话就成为与权力的抗争。史官手无寸铁，双方天生就处于不对等的地位，其胜负结果可想而知。对中华民族幸运的是，那个时代的人特别有血性，认死理，把说真话看得重于生命，前赴后继，为了一个字，牺牲了三兄弟，最后对立面崔杼认输了，他的行为还是以"弑君"载入历史。平心而论，那崔杼也不算太坏，他到一定程度就罢手了，知所止就是知耻，说明还有所畏惧。还有一位名人就是晋国的董狐，他运气比较好，被他笔伐的那位赵盾，叹口气，认了。"董狐笔"从此成为写真话的象征。先秦时代的政治文化还没有认可绝对集权，在位者不敢肆无忌惮地为所欲为。到后世，刀把子在握，杀到你屈服为止，诛九族不在话下，三兄弟算什么？更重要的是，齐太史、晋董狐为后世写史者留下一根标杆：要说真话，即使不能完全做到，也要"努力"去做。另一方面，还有一个传统的规矩，皇帝不能看史官对他起居言行的记录，有点回避制的味道。直到唐太宗坚持要看，把这个规矩给破坏了。

今天回顾历史，古人能发明这样一条规定，居然在专制皇朝还能实行这么长的时间，我不由得对老祖宗肃然起敬。后来，这一传统逐渐式微，史官笔下"报喜不报忧"，自觉地对君主隐恶扬善多起来。不过史官还是有一定的独立性，心目中有一个榜样，治史者对后世有一份责任心，对真相心存敬畏，不敢胡编乱造。另外，除了官史之外，还有许多野史、私家编撰的见闻录。例如宋周密撰《齐东野语》的序言说："国史凡几修，是非凡几易"，因为官史受当时的政治斗争影响，有私心、有党争，只有他们家祖辈传下来的实录是可靠的。当然这也只是一家之言。不过在明清以降大兴文字狱之前，这种民间野史的刻写、流传还有一定的自由度，而即使是修官史，主要是写前朝历史，可以客观一些。其所依据的史料也包括广为搜罗的野史，甚至民间传说，所以，为我们留下的二十四史，还有相对可信度。中国古代的史学有努力写"信史"的优良传统，我们常说要发扬民族的优秀传统，这个传统是值得继承和发扬的。

假消息贻害无穷

以上说的都是治史，似乎与媒体无关。事实上所谓历史，就是昨天的新闻。齐太史、晋董狐写的都是当时发生的事，当事人就在眼前，按今天的标准应该算作新闻。只不过古代没有大众传媒之说，朝堂之事，黔首黎民不得与闻，记录下来，是留给后人看的，记者与史官合二为一。而且古人赋予历史的意义不仅是记下所发生的事，而且带有监督、警戒当政者的作用。如果生前不能受到一定的评判，死后在历史上也要留下鉴定。青史留名的问题草民可能不在乎，士大夫却很在乎，当国者就更在乎。直到半个多世纪以前那场大饥荒中，身居高位的领导还提出："饿死人是要上史书的"，算是最重的警告，还是寄希望于对青史留名的畏惧能起到约束作用。现代的新闻报道更有即时监督的职责，所以本文所举写史之例完全适用于写新闻。

今人研究历史，特别是近现代史的资料来源，除了档案之外，就是当时的新闻报纸。档案姑且不论，如果某个时期的报纸登的都是假消息，那可就谬种流传，贻害无穷了。例如研究中国20世纪50年代末到60年代初的民生和经济状况，如果单凭那几年的报纸，会以为出现过亩产万斤这样的超高生产力，全民精力充沛，干劲十足，根本没有发生饥荒。若按掌握话语权者的意图，饿死人也不能上史书。所幸"努力"挖掘和披露真相的志士前赴后继，为我们留下了宝贵的野史。尽管如此，对已经大规模传播的假话要恢复真相并不那么容易。我见到过当代的年轻人为了解某位经济界人物，翻阅"三反""五反"运动中的报纸，发现对此人的详细报道，罪名吓人，历数其罪状，振振有词。尽管这个运动的扩大化和大量冤案现在已经是公认的事实，但是对于这个具体人和这则报道，那位年轻人还是不由得不信。事实是，事主一年后就已彻底平反（他算是幸运的），那些"罪状"完全无据。但是这种公开"揭批"是大张旗鼓的，而"平反"是"内部"悄悄的。政治运动没有"毁谤罪"，名誉受损也没有在同样的范围内恢复名誉之说。我们这一代过来人对这种"特色"心领神会，但对于后来有幸生长在比较正常环境中的人，除非有专门训练，能分辨真假吗？

上世纪九十年代，我遇到一位海外留学生，研究"反右"运动历史，也是依据当时国内报刊的公开资料，还有经过特殊渠道得到的"右派"档案材料，运用被认为"科学"的国际学术界时髦的"量化"分析，得出结论是"这是一场有野心的知识分子向工农干部夺权的斗争"，因为白纸黑字这样写着，"连他们自己都承认的。"这种论文因为出处有据，注释齐全，合乎学术"规范"，在名牌大学中居然也得到承认。从最低限度讲，这类报道是误人子弟，而且祸延海外！当时发表此类消息的媒体和媒体人早已"丢掉""董狐笔"的传统。他们不享有古代史官的相对独立性，那段时间里，恐怕想要做以身殉新闻的烈士而不可得。

一句真话的力量

掌权者为什么需要向公众掩盖真相？当然真相是坏事，是施政之失，如果是善政，是功劳，大书而特书还来不及呢。做了错事想掩盖，这也是人之常情，小孩子闯了祸大多不想让大人知道。像孔夫子提倡的"闻过则喜"，需要较高的修养，不是一般人能达到的。文过饰非倒不是中国人特有的国民性。特别是掌权者，不论在哪个国家，如果有权、有办法掩天下耳目，很少人会把百姓当作神父，自觉地忏悔自己的罪过。所以问题在于他是否拥有这个权力。

以尼克松"水门事件"为例，他触犯了美国民主制度的基本游戏规则，被发现后，使出浑身解数加以掩盖，是两名普通记者锲而不舍地挖掘和披露真相，最后把他拉下马。他一定对他们恨得牙根痒痒，如果有权力加以封杀，不择手段让这两个记者闭嘴，早就这么做了。可是他没有这个权力。是制度设计决定真相战胜。又如克林顿的绯闻，他最初也是否认，想掩盖，但是盖不住，只得承认并道歉。他差点被弹劾的罪名不是生活不检点，而是撒谎，"作伪证"，是违法的。所以最后记者问他，认为自己的行为对美国青少年有什么影响，他的回答是：人不能说谎，总统也不行。政治人物的私德固然重要，而对公众必须说真话更为重要。他们的制度、法律就是这样要求的。

现代媒体的天职是反映真相，而真相往往被重重掩盖，就需要深入揭露，发展出"调查性新闻"这样的文体。在充分享有言论自由的国家，媒体履行职责也还会遇到威胁利诱的困扰，表现有优劣之分，而在迫使政治透明的法律机制欠缺、媒体没有独立身份、说真话没有安全保障的环境中，还是坚持拒绝假话，努力挖掘真相，反映事物的本来面貌，这样的媒体人的勇气、智慧和高度敬业精神可与古之太史遥相呼应，更值得尊敬。这里的"真相"当然是涉及国计民生、社会公平正义之事，不是指那些名人八卦。如《中国新闻周刊》600期所举事例，涉及法制、民主、公民权利等各个方面，大多影响深远。

要奋斗就要有牺牲。就以孙志刚事例来说，真相的披露揭开了暗无天日的黑幕，促成了收容制度的取消，是一大功劳。但为此事做出重大贡献的人士中有人因此付出了代价，只是公开加于他们的罪名是另外罗织的借口。在这点上，今人还不如古之崔杼者流坦率。而且，收容制固然取消，还有其他类似的黑暗场所。最近有记者暗访"救助站"所遇到的险情和发现的惨状，说明只要这种权力不受约束的体制不改变，类似孙志刚的惨案难以杜绝。当然那些冒险暗访的记者也属于敬业、勇敢，值得尊敬之列。

子曰："君子之过如日月之蚀"。我理解有几层意思：其一，在位者的一举一动都暴露在光天化日之下，人人都可以看得见，其二，错误是特例，一经指出，很快能得到改正；其三，黑暗是暂时的，多数时间是光明的。如果日蚀、月蚀成为常态，那就是黑暗世界了。所以如果在位者掩盖错误、撒谎成性，天天指鹿为马，使民众长期生活在谎言笼罩的黑暗之中，这个民族必然成为愚昧的民族，而且弄虚作假成风，全社会都失去诚信。从这一角度，有公众话语权之媒体是否说真话影响深远。

我还是把新闻与历史相提并论，如果说，一句真话能改变社会，恐怕有所夸大，但能照亮民众的心智，善莫大焉。不断地揭露真相，集腋成裘，亮光就会逐步驱散黑暗，不但照亮今人，而且惠及后世。今日之中国，坚持说真话仍然任重而道远，同志仍须努力！

（2013年）

奢侈的会诊

如果一个人生病，引来全世界医生会诊——包括有名的、无名的，以及民间走方郎中——而且纯粹自愿，分文不收，该多么幸运？

一个国家呢？

美国病了，而且病得不轻。这病由来已久，最近的大选是一次集中发作，犹如先进仪器的探照，由表及里，五脏六腑都暴露于全世界众目睽睽之下。于是一时之间成为举世瞩目的焦点，议论蜂起，中心议题是美国得了什么病，有多严重，病因何在。各种说法汇集成一次世界范围的百家争鸣，好不热闹。

在这场"会诊"中，中国人显得特别热心，特别活跃。现在网络发达，一段时期以来，言必称美国，两位候选人的名字成为最频繁出现的关键词。那是言论最自由的话题。正议、反议、妄议、乱议，畅所欲言，尽情发挥，放言无忌。从历史到现状，从全球到一国、一州，从法律、政治到民情、文化，掰开揉碎，做深入细致的分析。除了专业、学术性的研究作品外，民间巷议也出现了许多真知灼见。我国同胞的聪明才智、政治热情在这个节点得到了充分的发扬。谁说中国人对公众事务冷漠、闭塞？或没有主见，人云亦云？在这件事上却表现出极大的热情，强烈的主见，甚至于为与己无关的两个外国人而选边站，也很认真。

我不由得想，美国想不当"世界领袖"也难，一生病，全世界都关切。能得到这样奢侈的会诊，举世无双。当然，首先是自己不讳疾忌医，美国全民自己先大喊大叫，才引起外人注意。瑞典著名社会学家古纳·米尔达（Gunnar Myrdal）在上世纪三十年代访美考察，对美国人的公开自我揭短印象深刻，使他惊奇的还有不少萍水相逢的美国人会毫不设防地问他这个外国人："你看我们国家问题在哪里"？他写道：

> 美国人强烈地、诚心诚意地'反对罪行'，对自己的罪行也决不稍怠。他审视自己的错误，把它记录在案，然后在屋顶上高声宣扬，以最严厉的词句批判自己，包括谴责伪善。如果说全世界都充分了解美国的腐化现象、有组织的犯罪和司法制度的弊病的话，那不是由于其特别邪恶，而是由于美国人自己爱宣扬缺点。*

至于采取何种治疗方案，比如说，是以"泄"为主，还是以"补"为主，大主意还得人家自己拿，旁人无法代劳。但是美国病要治不好，还真可能，或者已经，产生溢出效应，引起连锁反应，殃及世界，所以也是世人关心的理由。

姑不论互联网，本人经常收到差不多一二十种报纸期刊。这些纸媒应该都姓同一个姓。而那段时期，我特意注意了一下，几乎所有报刊，除去个别纯理论的或古典文学的，都以自己的方式刊登有关美国的文章和资料，即使与大选不直接有关，也间接有关。好像不谈美国就失职了。正在感叹我国媒体的国际视野时，忽然接到小区居委会来电话，问我在哪里领选票（指单位还是街道，我们有权选举区代表），始则愕然，继而恍然，今年也是我朝选举年（这个居委会是很负责任的。每当"重要"日子，都有戴红袖箍的大爷、大妈在院里巡逻）！此事离我已经很远了。依稀想起似乎近日在报上看到过一篇"重要讲话"说是要保障人民选举权与被选举权云。后来又在网上见到有人信以为真，想

---

* Gunnar Myrdal: An American Dilemma: The Negro Problem and Modern Democracy, Harper & Brothers Publishers, New York, 1944, p.21

出来竞选，行使"被选举权"，结果遇到种种匪夷所思的诡异之事，包括失去人身自由。不过此类消息刚一出现就被删掉，所以也没弄得很清楚。同样名为"选举"，太平洋那边闹哄哄，这边静悄悄，真是冰火两重天。

借用一本书的题目，"人有病，天知否"。我们有病吗？我们承认自己有病吗？谁来诊断？真可惜这么多良医却便宜了他人。

（2016年）

歌剧《费加罗的婚礼》与美国独立

作者按：今年1月7日是莫扎特诞辰260周年，12月5日是其逝世225周年，翻出一篇20年前的旧文，仍觉有趣，虽然主角不是莫扎特，与他略有关联，亦可聊作纪念，并供一笑。

（2016年）

从标题来看，这两件事风马牛不相及。读者千万不要误会，以为这出歌剧的情节或是莫扎特的音乐曾鼓舞过美国独立战争的士气之类。使二者发生关联的是其剧本作者，也是《塞维利亚的理发师》的剧本作者。现在，作曲家莫扎特和罗西尼尽人皆知，但是对原剧本的作者德·博马舍（de Beaumarchais）有几人知晓呢？其实此人在当时却是个风云人物，一生丰富多采，命运跌宕起伏。我第一次接触到这个名字竟是和美国独立战争联系在一起，而且此人起过相当关键的作用。

博马舍原名皮尔·奥古斯丁·卡隆（Pierre Augustin Caron, 1732-1799），确实是以十八世纪下半叶最重要的剧作家载入史册的。但是他还干过许多其它的大事，是个才华横溢的浪荡子，曾在政界显赫一时，也蹲过大牢，干什么都干得有声有色，无论是功绩和丑闻都不同凡响。他出生于巴黎一个富有的钟表师家庭，自幼从父学得一手精湛的制表手艺，但由于行为不轨，被父亲逐出家门，失去了继承父业的机会，从此开始了传奇般的生涯。他先以音乐教师身份混入路易十五的宫廷，教几位公主音乐，又凭着一手制表手艺为路易十五的情妇——著名的蓬巴杜夫人——制作了一枚小到可以当戒指戴的手表。接着他当上了路易十五的秘书，其中那小手表起了多大作用已不可考。那时的法国也是权钱交易、官商勾结盛行的，国王秘书一缺之肥可以想见。博马舍凭这个地位充分利用宫廷的关系介入许多企业，大发其财，同时也卷入了几桩官司。

博马舍还不乏十八世纪欧洲的骑士风度，1764年专程跑到西班牙去，为维护他妹妹的名誉而与对她始乱终弃的西班牙情人决斗了一场。此行的副产品是获得了文学创作的氛围素材，所以他后来写的剧本常以西班牙为背景。他于1767年发表第一个剧本《欧琴尼》，相当成功。但是他的创作生涯刚刚开始就卷入了一场轰动巴黎的诉讼丑闻。这丑闻也很有个性：他在低级法院一桩案件中败诉后，不服上诉，曾企图向对此案掌握决定权的巴黎一位区议会议长行贿，给他的夫人大送其礼，结果该议长还是判他败诉，夫人退回了全部礼物，只留下了一件价值15金路易的物品。此公竟到法院与那位议长打官司，要求收回此物。这件事一时之间轰动巴黎，结果两人都被判有罪，博马舍尝到了铁窗滋味，不过为期很短。从此他站到了反王朝、拥护民主的立场，贵族、官场和法庭的腐败成为他笔下辛辣讽刺的对象。1775年《塞维利亚的理发师》在法兰西剧院上演大获成功，奠定了他著名剧作家的地位。他的故事地点大都设在西班牙，而其人物、精神和特有的幽默却是地道法国式的，而且塑造了费加罗这样一个典型，后来又以更加丰满的形象出现在传世之作《费加罗的婚礼》中。但是《塞》剧和《费》剧的上演相隔了九年。在此期间，博马舍的兴趣转移到美国独立战争上去了，在其中大显身手，竟对英、法、美之间的外交产生了巨大的影响。

对美国人说来，博马舍首先是对美利坚合众国的开国给予决定性支持的大恩人。他于1775年在伦敦见了美国独立运动派去的代表亚瑟·李（Arthur Lee），听后者谈了反英计划，立刻以那个时代法兰西人特有的革命激情成了美国独立的狂热拥护者。当时美国独立运动最缺少的是武器，几乎是成败所系。博马舍使出浑身解数，说服当时的法国外交部长和继位不久的年轻国王路易十六出售武器支援美国独立战争。为避免英国兴问罪之师，需要秘密进行。于是又是在博马舍一手策划下，以他本人的名义成立了一个虚构的私人公司专运军火到美国，而武器来源就是法王的军火库。这对美国独立战争的胜利有决定意义，因为当时主要是农业社会的美国是决计造不出来足以支持对抗英国的武器的。博马舍自己则从中发了一笔不小的战争财。与此同时，他还主持了伏尔泰著作的出版。他在进行各种纵横捭阖之余，创作了《费加罗的婚礼》。他的政治活动与剧本的思想倾向自然是有联系的。

《费》剧完成于1778年，《塞》剧中的人物在此中再现，不过主导思想更加激进，主人公费加罗在精神上已经从莫里哀式的黠仆变成自我解放了的平民，并且终于战胜了代表没落贵族的伯爵。由于剧本对封建贵族特权的无情揭露和批判，法王拒绝批准其公演。博马舍却能巧妙地使该剧在达官贵人的沙龙中作私人演出。朝廷的禁演反而引起了公众的好奇。到1784年4月27日在法兰西剧院首场公演时已是法国大革命的前夕，引起了狂热的轰动，据说拥在剧场外的群众中挤死了三个人。这一剧本被公认为十八世纪最佳法兰西喜剧。两年以后，莫扎特把他写成了歌剧，从此以歌剧传世。

这是博马舍最后的辉煌。在此之后他又以同样的人物写了一出喜剧，却一败涂地。法国大革命中他参加革命派，到荷兰进行活动，被捕入狱。释放后又遭迫害，财产被没收，家人遭拘留，1796年才获准回国，孑然一身，于1799年在巴黎逝世，结束了他色彩斑斓的一生。

至于《塞维利亚的理发师》为罗西尼再创作成歌剧已是1816年，他去世后17年了。

（2016年）

闲话过敏症

今年春来不算晚，乍暖还寒，小园已经一片花红柳绿，煞是宜人。但是本人却害起严重的皮肤过敏症，动不动到处泛红，奇痒难忍。整天奔波于寻医问药中，平添烦恼。根据我的经验，循例测过敏源是没用的，因为这是一种普遍的病，医生说，现在正是过敏季节，许多人都不同程度的出现症状。好像源头到处都是，避不胜避。只有通过药物、适当的生活方式，增强免疫力。少吃通常都知道刺激性的食物，如辛辣、海鲜、酒等，好在我本不好此。不过我还是有信心能渡过此难，一方面积极治疗，一方面照常工作、生活，转移注意力，也就不太痛苦了。近有好转迹象，想必虽然来日无多，尚不至于以"过敏体"终老。

由生理性的疾病想到精神层面，另外一种我们耳熟能详的词"敏感"，其广泛的用途为我国所特有。话题、词语、人名，乃至日期，都可以冠以"敏感"，这个词的含义本身也属于"敏感"，可意会而不可言传。话题一列入"敏感"，就说不得。每年到某个被定为"敏感"的日期就如临大敌，似乎随时会有洪水滔天。"敏感人物"有死人也有活人，死人则坚决在一切可能出现的地方予以屏蔽，竭力装作此人不曾存在过，以至名字被删、照片搞换头术，历史被歪曲、改写，或干脆留白。活着的被"敏感"人物，轻则封杀其言论空间，重则"上手段"，总之是部分或全部剥夺其公民自由权。至于"敏感"话题，多得不胜枚举，而且无明确标准、无边缘，无理可喻。多数"敏感"话题恰好是民众所关心的热点事件。大家越关心，越说不得。例如汶川地震期间，我亲自遇到过文章中有"敏感"词不得上网，却不告诉你是哪个，自己揣摩删来删去，最后发现，原来是"豆腐渣"一词，删去后，即放行。这还算是临时性的（因为地震中政府大楼安然无恙而许多学校倒塌，暴露出建筑不合格，引起舆论关注，呼吁追究"豆腐渣工程"）。

有关词语或人物，是由何人、为何、如何诊断为"敏感"的？从无明示，全凭猜测，或根据国情心照不宣。"涉言"单位（此词是我杜撰，套用"涉外"单位）经常收到一份名单，层层传达，需要公开执行，但指令却是"内部"，公开是不承认的。更经常的是从业者忽然接到匿名电话，就某篇文章、某本著作提出警告，发出查处指令，却不得追问通话人姓名、单位，甚至不得保留电话记录（即使有，也没人认账）。但是如果以不辨真伪为由置之不理，事后的惩罚可是动真的，毫不含糊。甚至于这一做法本身也是不能公开言说的"敏感"话题。

仔细想来，这个词的运用本身语法就不合逻辑，是主语与宾语倒置。谁"敏感"？例如被定为"敏感人物"的人，自己并没有患过敏症，死人当然不会。至于词语、话题更不会有知觉，那么"敏感"的主体是谁呢？是某些主体见了这些名字或词语就触动其过敏神经，做出了异于常人的反应。那么"敏感"的应该是这个主体而不是那个客体，客体是特定主体的过敏源。需要治疗的是患过敏症的人，或者自己回避某些特殊的过敏源——例如我注意不吃海鲜，但是不能反对别人吃海鲜。然而，恰巧患过敏症者讳疾忌医，而又手握一种不知哪里来的无边的权力，自己对什么过敏，就强迫全国人都一起过敏，不得接触他的过敏源，甚至干脆禁止其出现，眼不见为净。而患者又是隐身的，是"看不见的手"。不幸病情日益沉重，发作不分时间季节，"敏感日期"越来越多，连接一片，成了常态，弥漫于空气之中。从对少量事物过敏，到范围日益扩大，只见年年增加过敏源，而少见宣布某事、某人"脱敏"的。于是苦了绝大多数的健康人，陪着一起"敏感"，生活日益贫乏，空间日益狭窄，眼巴巴望着别人享受各种营养丰富的美食，徜徉于宽阔的天地，练就健康体魄，对偶然的病毒也有强大的抵抗力。

在此情况下，在容易出现对此类"过敏源"的领域，从业者可以有两种反应：或练就一副更加过敏的神经，不待指令，体会上意，主动自律，主动扩大过敏源，确保安全，其结果肌体日益萎缩，所耕耘的园地日益荒芜；或相反，逐渐产生抗体，前仆后继，在风不调、雨不顺的气候中开辟一片抗过敏植物园，自成风景。前一种如成为主流（好像真有此趋势），则不仅是少数领域，将使我泱泱大国整个成为一个"过敏体"，民族精神日益萎靡。后一种则要做好各种程度的磨难、牺牲的准备，考验着从业人员的良知、勇气和担当，却是民族的希望所在。

过敏是一种病，我认识过一个孩子，天生对鸡蛋、牛奶、花生等等营养丰富之物都过敏，令家长发愁。医生提出的方案是不完全回避，而是反其道而行，把过敏的食物一点点加入饭食，开头极小剂量，让他承受一下，然后慢慢加大。当然有时过量一点也会发病，但不会致命，过了这个阶段承受力加强，果然此儿不再过敏，变成一个正常儿童，能够正常的吸收营养，健康成长。我想此法也许适于治疗其他过敏顽疾，像那位医生一样，逐步推进。当然，这个分寸和剂量应该怎么掌握，有赖在夹缝中求生存的高超智慧和艺术。如果一味回避而不推进，则整个肌体将日益衰颓，直至弱不禁风，不堪一击。

更可怕的是，真话和真相成为弥漫性的过敏源，出于生存的本能，大面积人群产生一种恶性抗体，乃至基因发生变异，说谎、造假不脸红，面不改色心不跳——也就是对谎言、恶行失去敏感知觉，于是羞耻之心荡然无存。据说中国人对于含毒食品、雾霾空气耐受力强于"娇气"的外国人，人家不能忍受的，我们安之若素。这是物质层面的的，其来源在于造假者先失去对假与恶的"敏感"知觉。然而精神文明事关民族兴衰的大业，对善恶、是非、真假、美丑失去"敏感"后，我中华民族基因将产生怎样的变异？危乎哉！

（2016年）

杀君马者道旁儿

先解题：这句话的意思是，有骑手骑一匹好马飞奔，两旁围观者一个劲鼓掌喊加油，使他无法停下来，最后这匹马力竭而死。当年蔡元培因学潮而辞职时说过这句话。

最近外交上发生之事，使我想起这句话。

我注意到有的读者希望我对当前的中美贸易之类的话题发表意见。而我恰好有意不凑这个热闹。我一向认为，外交谈判，特别是危机处理，不论政治、军事、经济，都是非常复杂、细致而专业之事。不在其位，就不该谋其政。我认为自己没有能力，也不具备条件做出严肃的、有独到之见的评论。首先，不掌握全面情况。媒体以及各种自媒体铺天盖地的海量信息，如果是真的，也只是已经公开的部分；至于所谓"秘闻"之类，更是真假难辨。热心的旁观者自以为了解的情况未必是真实情况，至少不是全部。再者，此类交涉本来不是大众之事，细节非常重要，不到适当的时候不宜公开。举一个众所周知的史实：1971年基辛格秘密访华。在此事公布之前，两国之间已经有一系列交往，双方都严格保密。如果此事在不恰当的时候泄漏出去，成为舆论热议之事，那可能会造成极大障碍，使中美解冻长期搁浅，以后的中美关系史可能是另一样。

贸易谈判争的是"利"，而不是"气"。是在知己知彼（了解各自的利益和底线所在）的基础上讨价还价，达到双方利益的平衡点。这绝不是靠口号和豪言壮语解决得了的。记得在中国入WTO的艰苦谈判过程中，偶见当时的谈判代表龙永图先生见记者的讲话我颇为认同，因而留下深刻印象。他说（大意）：我最怕（公众）把谈判过程与国家荣辱联系起来，每让一步就是丧权辱国，进一步就是为国争光，实际上绝不是这么回事（时隔多年，措辞记忆可能不准确，不过大意不会错）。既然是谈判就必然各自有进有退，有坚持，有妥协。而且贸易不仅涉及两国的总体利益，还涉及各自国内不同行业的不同利益。内部的利益集团也会对一线谈判者施加不同方向的压力。这些都需要高瞻远瞩，统揽全局，发挥高度的智慧与艺术。尽管其结果将与每一个国民的利益息息相关，但是不在其位者却是完全无能为力的。所以作为围观的一员，本人无意置喙。

不过今年年初特朗普访华时，鉴于媒体对他讲话的误读，我曾忍不住发表短文：《从特朗普访华说开去》（见本书另一篇）。不敢自诩有多少预见性，至少已为不久后的事实所证明。

从当前的大局来看，有一点是肯定的，美欧等国在对待中国的认知上有大较大转变，这种转变已开始一段时期，现在朝野各方基本取得共识。那就是，过去时隐时现的"中国威胁论"已明确占上风。所以在对待中国的总体态度上也有所改变，这是这回的贸易摩擦不同往常之处。谈判的过程会有曲折，对方公开表态的辞令或软或硬，时而"友善"时而"强硬"，但这个大趋势不会改变。不必为某句话、某一回合的进退一惊一乍。

造成这一转变的因素当然很复杂，而相当长期以来动不动就说自己"厉害了"，说对方"吓尿了"，以此为代表的宣传高调起了推波助澜的的作用。特别是这种舆论常出现在主流媒体。即使在各种自媒体和网络平台上，在外界看来，以中国当局对言论的管控，得以公开的舆论是受到鼓励的，至少是被容忍的，自然会解读为代表决策取向。这就回到本文的题目，骑手和"道旁儿"都该对马有所珍惜。我不止一次引用顾维钧的一句话：个人可以做出"宁为玉碎，不为瓦全"的选择，但国家是不能玉碎的。旨哉斯言！没有人有权利让国家"玉碎"。所以"不惜一切代价"之类的话应该慎言。首先要想清楚这"一切"的内涵是什么？用这个"代价"换来什么结果？谁来承担这一"代价"？恐怕真正的知己知彼，清醒地估量力量对比，"韬光养晦"还不应作为一时权宜之计。

(2017年)

什么"文化差异"？

将近一年以前，见到一则令人震惊的消息：在美国高中"留学"的几名中国学生绑架了两名女同学，对她进行了人身残害和精神侮辱，其残酷和野蛮，令人发指。我在震惊之余，实在难以理解：这些刚成年或未成年的中学生之间有什么深仇大恨，要使用这样的手段虐害对方？她们的童年受的什么熏陶和榜样，会想象出这样残酷的手段？在她们稚嫩的心灵中难道没有任何人道主义的地位？更不用说仁爱之心了。这件事因为发生在美国，被害人终于鼓起勇气报警，最终进入法律程序，今年1月结案，几名已成年的作案者被判刑，此事尘埃落地。据说，作案的学生直到上法庭，还不知道自己行为的严重性，以为只是恶作剧，校方都不一定会管，或者顶多记过就是了。又据说，实际上在中国方今不少学校此类事经常发生，只要不出人命，老师和校长都不大过问。须知这不是一般的年轻人打架斗殴，而是极端残忍的人身折磨，而且还涉及威胁、勒索、强迫撒谎，等等。此事自然会令人想到"文革"中的红卫兵毒打和虐杀老师之事。本以为那是在一个特殊时代、特殊的意识形态"教育"下人性的扭曲，看来那一页并未完全翻过去。正如学者朱学勤在一篇文章中所说：一代人吃狼奶长大，还需要吐尽狼奶。

那么那些学生的家长如何？她们是在什么样的家教下长大的呢？家长得知自己的孩子做出这种事，是什么反应呢？至少其中一位家长做出的反应是贿赂证人，"用钱封口"。能送子女出国留学的家庭大约不缺钱，他们可能相信金钱万能，"有钱使得鬼推磨"，如此观念教育出的子弟，可想而知。

无独有偶，2012年在美国衣阿华州的一起中国留学生强奸案中，也有中国家长赴美行贿而被捕。令人啼笑皆非的是，最后"基于文化差异的考虑，检察官撤销了对这名家长的指控"。（！）这是什么样的"文化差异"？是如何高明的律师用这一理由说服了美国检察官？我非法律专家，很想请教方家：在中国向证人行贿不犯法吗？这属于法律问题还是"文化"问题？

没看到相关报道，不知这位施虐案行贿家长最后结局如何，会不会也因"文化差异"享受特殊待遇？如今"中国特色"、"文化差异"真的被承认了，而且体现在司法上，放了一位同胞一马，作为中国人我们是该高兴，脸上有光？

（2016年）

壬寅述怀

难求于世有济，　但行此心所安

——擅改曾文正公对联以自况

　　自幼母训常以曾国藩名联相勉，原文为："学求其于世有济，事行乎此心所安"。倏忽间，人生逆旅将到尽头，检点平生，论学，以有涯逐无涯，苦乐自知；却不知于世何济？唯求安心。其实"安心"又谈何容易？"躲进小楼成一统，管它春夏与秋冬"，鲁迅自己能做到吗？本人习惯于居斗室观天下，多少与己无关之事，不能无动于衷。长太息以掩涕兮，哀民生之多艰。学而思，思而学，难免杞人之忧。深知百无一用是书生，从无改天换地之壮志，只是生性执着于真实和逻辑，每逢相悖之论、之事，就如鲠在喉，不得不吐，"余岂好辩哉，余不得已也"。同时也求其友声，希望相与解惑、析疑。但是现实不存在"争鸣"的土壤，恰好潜在的辩论对象又往往掌握言网收放大权，绝无辩论之兴趣，对逆耳（或碍眼）之言一封了事，何其方便？于是本人也失去了与同好公开切磋的机会。幸得琴书为伴，聊作解药。近年来日益浸淫于音乐。不料完全自娱自乐，笨手笨脚乱弹琴（单指本人不包括技艺高超的合作者），本应藏拙，却广为流传，瑕疵毕现,贻笑于方家。相反，自以为经过深思字斟句酌之文字则不见容，难见天日；而各种强加于我名下之伪作流传，无从辟谣，端赖知我者自辩真伪；正版书绝版，盗版书畅行。不知何时风烛残年之身被贴上某种标签，所加之功与过都超出我承受之力……凡此种种，本人只能变身为他者，以幽默的心情冷眼旁观，一切尽付笑谈中。

日落西山，"望崦嵫而勿迫"。所幸身心尚无大病，活动自如，有琴一张，有书万卷，无案牍之劳神，有丝竹之悦耳，还有不弃我老朽之书友、乐友、线上线下之忘年交，可谓往来无白丁。环顾周围，"九零后"有此幸运者不多，也算"得天独厚"。我何幸，亦复何求。尽管一息尚存，大脑不停止活动，不能保证在某种触动下，"好辩"痼疾又发作。但自知身份就是槛外闲人，以此安度余生，亦以此告慰于亲人、友人，以及所有相识与不相识的好心关怀我之人。

常有年轻人问我：这个世界会好吗？我的回答只有一个：那就看你们的了。

（2022年）

铁链女与战争

这个春节以来日子不好过，先是铁链女冲击社会良知，继而俄侵乌举世震惊。这两件事似乎风马牛不相及，只是有一点相关联，就是对人命、人权、人道的态度，考验着每个旁观者的良心。

一个庞然大国突然大军入侵一个邻国，成为世界关注和议论的焦点。政客们高高在上考虑地缘政治、纵横捭阖、利害博弈。学者就历史、现状、理论、现实乃至预测前景，作深入的探讨，侃侃而谈。与此同时，无辜的乌克兰男女老少，旦夕间从安居乐业变成难民，第一天就有13名士兵英勇不屈成为烈士，尽管获得英雄的荣誉，可那是13条鲜活的生命，背后至少13个痛失亲人的家庭。先不说伤亡人数，多少人背井离乡，流离失所。即便央视也播出了长长的扶老携幼逃亡国外的难民队伍，据说已达十六万人。古往今来许多战争往往说不清谁打第一枪，是非难辨，所谓春秋无义战。对长期国际关系、世界历史的反思可以留待以后再论。当前这一次谁进攻，谁自卫，无可争议。正如希特勒大军已经占领波兰之时，还要以当初凡尔赛条约是否对德太苛刻，为之辩护，没有意义。必须强调，乌克兰是独立主权国家，联合国成员。它只求安全，没有向谁挑衅造成威胁，也没有出现或窝藏恐怖分子。独立之后还应两边大国的要求，撤除了本土上的核武器装置。并得到包括中美俄在内的多个国家承诺保障其安全。由于历史和地理渊源，有人亲俄，有人亲西方，更多人由于历史经验特别恐俄，因而寻求庇护，同时也处于比较"敏感"的地位。这并不奇怪。大国博弈以小国、弱国为棋子，并不鲜见。底线是文斗不能武斗，特别是在核武器出现以后。所以二战后两个超级大国争斗，一直保持"冷战"而未热战。最危险的一次，古巴导弹危机，也及边缘而返，双方克制没有动武。如今一个大国悍然发动战争，入侵他国领土，突破了底线。用枪炮导弹逼别人"亲"自己一方，有人比喻此类行为：你不和我结婚，就杀了你（！）

对此事的种种议论，归根结蒂，核心问题是对"人"的态度。某一种人算不算人？在锁链女事件中，侈谈各种"复杂"的、社会的、经济因素，掩盖的问题是妇女是否只是生育机器，甚至是泄欲工具？在当前的俄侵乌事件中四千多万乌克兰人民是棋子还是活人？高大上的理论且放在一边。谁先动武，谁是杀人者，谁是被害者，还有疑问吗？不先撤军而逼迫谈判，等于结城下之盟。作为负责任的国际力量，压力应放在哪里还不够清楚？有人说另一大国可在鹬蚌相争中获渔翁之利，此说不但冷酷而且不切实际。即便从最功利、最势利、只讲利益不讲道义的国际社会达尔文主义来说，也是押错了宝，押在输方。何况在两次大战惨痛经验之后的二十一世纪，怎能完全不讲道义？

俄士兵也是人生父母养，他们无故被驱使当炮灰。俄国内出现一浪高于一浪的反战和平呼声，决心不做非义战的殉葬品，说明人民的觉悟，实属难能可贵。那为侵略者叫好，幸灾乐祸，甚至以流氓语言侮辱调侃受难人民的噪音却来自有几千年文明的大国，不论这种言论有多少代表性，总是某种"教育"熏陶的产物，不幸已经远播境外造成恶劣影响。而理性的和平呼声却存活不了两天。从爱"面子"的角度，泱泱大国要以怎样的姿态自立于世界文明国家之林？从实际利益角度，为自己无法左右的选择而承受苦果者，终将是亿万黎民。不论这场灾难如何终结，举足轻重的各方及其代表人物在关键时刻的立场和作为必将载入史册。

小民对万里之外的人道主义灾难无能为力，回到国内那条锁链，对令人发指的反人道的罪恶，及其造成的惨剧，似乎也无能为力。不过前一阵子的舆情汹涌，终于还是有了某些效果，见到一线亮光，说明众志成城还是可能的。现在三八妇女节在即，"两会"也将召开，期盼此事有一点，哪怕是一点点积极的进展，应不算奢望。无论是乌克兰平民还是中国被拐卖的妇女儿童，他们的命都是命，承认这一点，有这么难吗？

（2022年2月28日深夜）

辑
四

访
谈
录

我们这一代人对民族怀有很深的感情

——《中国新闻周刊》采访

原编者按：2016年6月，资中筠发表了《知识分子感言》。文章中，她逐一分析了知识分子在每个社会转型期所起到的先驱作用。"知识分子要以独立的人格，凭自己的良知服务于社会，道阻且长。"文章如此写道。

类似的话，她不止一次说过。多年来，资中筠始终关注中国的现代化转型，陆续发表了一系列具有思想启蒙性质的重要文章。其中，中国知识分子与公共事务的关系是她着墨颇多的话题。

20年前，资中筠的一篇文章《平戎策与种树书——读书人的出世与入世》，在社会上引起热烈反响，此后她又陆续发表相关文章，表达了对现实的忧思。2010年，资中筠发表了数万字雄文《中国知识分子对道统的承载与失落》。在文章中，她梳理了两千年来在中国特有的环境中，"士"的复杂处境和曲折的心路历程，而这同时也是中国知识分子的精神演变图谱。

以严谨的文风、冷静的笔触，资中筠将中国文化和政治的变迁娓娓道来；对知识分子的困境她始终保持着客观、理性的观察，字里行间却饱含深情。她坦承，新中国至今的近七十年间，以上世纪八十年代改革开放为分界线，前三十年，"知识分子是没有任何独立的空间的"，包括她自己。

作为1930年出生的学者，资中筠近年来越来越深入地思考自己这一代人——成长于民国和新中国之间、青少年时期接受系统的民国教育、成年后在新中国的环境里工作的这一代知识分子，他们的人生路径和家国情怀。在她看来，源于特殊的背景，"生于忧患，受教于中西文化交汇之学，期望民族复兴与启蒙"，是这一代人的思想底色。

2016年9月30日，在资中筠家中的"芳古园陋室"中，《中国新闻周刊》采访了资中筠先生。86岁的她面庞清瘦，满头华发，而思维依然清晰缜密。忆起激扬年少时，她仍然意兴盎然；而谈及师长辈叶企孙、潘光旦、冯友兰等民国大知识分子的坎坷命运时，轻言细语中流露出了黯然之情。

因为资中筠的影响力，当前网络上甚至出现不少假冒她姓名的文章，使她不胜恼火。而谈及自己对公众的影响，资中筠说，她不敢奢想自己的写作影响有多大，但相信，"如果受我的影响，一定是好影响"。"自己现在无所求，良心平安而睡得安稳"。

以下为资中筠接受《中国新闻周刊》采访时的谈话。

自我完成、自我迷失和自我回归

在我们这一代人中，知识分子总是少数，能上大学的就更少了，当时的高等教育并不普及，所以，我们只能算是少部分群体，不能代表一代人的精神面貌。

这一代知识分子对中国究竟起了什么影响？很难说清楚，我也没有做过统计：多少人一生坎坷，辗转填沟壑？多少人庸庸碌碌，随波逐流？又有多少人为虎作伥，飞黄腾达？还有多少人一生遵从了自己的内心，并能安享余生？我的直觉是，最后者是少数。

每一个时期，都需要年轻力壮的人来做事。我们这一代知识分子刚好在1949年之后参加工作，只能在当时的政治和现实条件下发挥作用。理工科知识分子对国家的工业化做了巨大的贡献，有不少人还为此牺牲了自己。这不仅仅是体现在"两弹一星"的研制，整个重工业的基础建设也都是如此。尤其在文革前，他们很受重视，明显感觉到他们要比文科（人才）提拔得快，工资也更多。但不能说在这期间他们没有遇到过挫折，比如在"大跃进"期间搞的反科学工程等等，有的顺从，留下败笔，有的直言，就付出代价。而文科知识分子的功过，就相对更难说清楚。在改革开放之前那几十年，报刊杂志所发表的大批判稿，上面有多少名人的文字，还有一批职业的笔杆子在做的事。而现在看，有几个能站得住脚？又有哪些观点是正确的、推动社会前进的？不过那时我只是做做翻译、起草公文的小职员，还没有权利以自己的名义发表言论，所以造成的错误少一点，这是我的幸运。但几十年来，我们大多随波逐流，其中也有一大段时间是迷失的。只是如今，我们中的一些人文知识分子，在退休后，想明白了一些问题，发出了一些声音，因为资格老，引起了比较大的关注，产生了一些影响。

当然，大多数人在时代中都是被动的，无法掌握自己的命运。人在没有觉悟之前，在每一个阶段，不可能没有追随过错误的指令。这里还是有一点特色和共性可以谈。

出生于1930年前后的知识分子，大多是在民国时期接受了中小学教育，解放后上大学，在1952年院系调整前从大学毕业。我就是1951年从清华毕业的。冯友兰的女婿给冯友兰的一生做过一个总结："自我完成""自我迷失"和"自我回归"，这个总结在我以及很多同代知识分子身上也同样适用。

1949年前，我还来不及"自我完成"，但家庭教育和学校教育给我打下了做人的底色。从1950年代到1970年代末，我努力"思想改造"，经历了各种运动，经历了个人崇拜迷信的自我迷失。到了文革后期，我开始一点一点"自我回归"。

民国教育的底色让我们拥有精神家园

那些民国教育的底色，使得我们还有精神家园可以回去。

关于这个底色的具体内容，我总结起来有三点：其一是有许多"君子不为"（的底线）；其二是"自由平等博爱"的观念；其三就是对自己的专业和事业充满责任感。

我经常推荐一套民国元年（即1912年）出版的小学国文和修身课本。当时的课文还是由文言文写成的（像我的师长杨绛先生也用过这部教科书。算起来，我的父母从私塾进入"新式"小学时，学的应该也是这套课本。等到我上小学时已经是白话文课本）。小学三年级的课程就讲，人是自由的，每个人都有自由，但一个人不得侵犯他人的自由。高小的课本内容已经涉及到民主国家的概念了，我读到这个时是很吃惊的。也就是说，自晚清以来，仁人志士已经引进了公民的概念，思想先进，视野开阔，到今天，已有一百年。

我们这一代虽然没有赶上"五四"新文化运动，但父母师长都是从那个时期过来的，他们不论是参加何种运动，有何种思想倾向，是否出过洋留过学，也不论是名人还是默默无闻的中小学教员，其文化底色都是那个时代中西交汇的教育提供的。当时是统一的学制，多元化的办学风格，"教育救国"是很多知识精英的愿望，出了许多教育家，不少实业家也办教育。校训各具特色，但这种中西文化交汇的底色是共同的。从小学到大学，学校都很注重学生的古文修养。1928年，国民政府实行"教育中国化"政策后，就算是洋人办的教会学校，也都加强了古文课程。

我出生的第二年，就爆发了"九一八"事变，我记得我最先熟悉的歌之一就是"我的家在东北松花江上"。这是当时收音机里最流行的歌曲，几乎人人都会唱，这种记忆是刻骨铭心的。当时，"救亡、强国，振兴民族"是所有人最迫切的愿望。但公民教育并没有因为救国而取消。当时小学的公民课，内容包括：不要随地吐痰，不要闯红灯，上街要靠左边走（那时是靠左边走）等等，教授现代公民社会的一些基本观念和行为规范，同时也讲"君子有所不为"。高年级的公民课就有"民主原则""少数服从多数"的内容了。不过因为日本侵略，我没赶上读那些课本。

我在小学时学唱《礼记》《礼运》篇那一段，我还记得，"大道之行也，天下为公，……是谓大同"。中学的英文课，朗诵过美国《独立宣言》。在这些教育中，"道德"和"文章"是结合在一起的，讲求做人的底线。作为"五四"标志的"德先生""赛先生"以及现在被称为"普世价值"的那些原则，都化为文化的底色，"君子不为"和"自由平等博爱"也是融会贯通的，从来没有感到有什么冲突。

民国时期，一个高小毕业生已获得基本文化知识、文字修养、做人的道理，并且具备现代公民的品格和一定的世界眼光。在此基础上，若要继续深造，研习一种专业，无需回头再补基础文化课；若无力升学，进入社会，也具备了基本谋生手段和自学能力。我见到过不少前辈，只有民国的高小学历，可后来也成为了文化界有影响力的人，如出版界的范用、沈昌文等。他们的正规教育只到小学或初中，但如今学识渊博，视野开阔，即使历经思想禁锢、扭曲的年代，在后来环境许可时，还是比较容易接受新事物。这固然与他们各自的天分和后天勤奋好学有关，但也是拜那时小学教育的基础所赐。

我们在精神和人格层面是进步了还是退步了？

我当年就读的耀华学校（包括小学和中学）在天津英租界，许多北洋军阀政客下台以后在这里当寓公，我们学校有曹汝霖的孙女、袁世凯的孙女这样背景的学生。徐世昌的侄女、袁世凯的孙女就是我的同班同学，但他们没有获得任何特殊待遇，自己也不觉得有任何特殊之处。大家只是知道他们而已，没觉得这是了不起的事。这里有大资本家的孩子，也有衣服上打补丁的家境比较差的，但彼此都没有什么区别。在分数面前人人平等，谁功课好就受到大家尊敬。当时的清华大学不收学费，还设有助学金，家庭贫寒的学生饭费可以免，虽然伙食很糟糕，但至少可以维持生活，很多寒门子弟在清华读书相当用功。

我非常反感现在的校园里盛行着趋炎附势，嫌贫爱富，欺软怕硬这些风气。当时如果有学生表现出来这样的习性，是要被老师批评的，也为人所不齿。那时老师很敬业，从来没有人给老师送礼，我们想都没想过这样的事情。

所以我常常感慨，较之百年前的先辈，我们在精神和人格层面是进步了还是退步了？

清华大学100周年校庆时要给我发请柬，我婉拒了，因为我觉得那种形式官气太重，已经失去校庆的味道。我曾经说过现在的清华大学是"聚天下之英才而摧毁之"，流传很广。这句话是极而言之，我指的就是把学生弄得非常势利，因为当下的清华最以出大官自豪，一天到晚讲出了什么大官。不管多高智商的学生，他的注意力被引导向这个方向，这是在精神上对学生的摧毁。他们在科技上或许有很多成就，但在精神上，培养的是一种趋炎附势、嫌贫爱富的取向，把"成功"和"升官发财"等同起来，这是我们教育最大的失败。当然不止一家学校如此。

而我上学的时候直到1945年以后那几年，国民党政府腐败不堪，但整个社会没有腐败，教育、文化、新闻界没有腐败，知识分子也没有腐败，他们都还在追求正义。觉得受不了这个腐败的政府，所以要想办法反对它，或者到解放区去，认为那里是廉洁、自由、平等的。当时的社会精英有比较强的争取平等、反封建意识，所以巴金的《家》《春》《秋》在当时很流行。

当时的家庭教育也是同步的，父母会告诉我什么事情可以做，什么事情不可以做。很重要的一条是：不能说谎。这个观念根深蒂固地贯穿我人生始终，直到现在，我都觉得要说假话是很困难的。

社会风气也和现在有很大差别。那时官场的风气很差，人们都不愿意做官，不像现在大家对考公务员这么急切。首先小公务员的工作不被人羡慕，因为缺乏尊严和自由，待遇也不怎么样；而大官总是被人觉得是另外一种人，他们依附政权，人们侧目而视，知识精英是不屑的。

比较优秀的有理想的青年大多"左倾"，当时的大潮流也是"左倾"。中国多少年没有统一，一直在打仗，而共产党提出的"富强，民主，统一"等等口号，是非常有吸引力的。当时，地下党发展的对象也都是学习好的学生。我个人因受到魏晋南北朝文化的影响，觉得政治太复杂，想做隐士。进步同学觉得我（思想）落后，但也认为我是纯洁的。参加不参加各种活动是自愿的，但那时反对国民党统治在青年学生中几乎成为共识。

那些年我们上缴了自己的"是非判断权"

一句"中国人从此站起来了"，足以使无数男儿热泪盈眶，那时我们是真正相信中国共产党拯救了中国。我们这一代人是在国家危难和民族遭受屈辱的时代里成长，新政权的诞生，我们欢欣鼓舞，一心想着从此可以献身于新中国建设。

成立新中国后不久，抗美援朝战争爆发，清华全校3000名学生，90%的人都报名参军。我也报了名。当时报名参军是光荣的事。但最后清华的学生总共只批准了50名参军，还不一定都到前线。我们得到的反馈是，清华不论是工科还是外文系学生，都是国家建设非常需要的人才，所以要留下来。我们当时还觉得挺自豪的，觉得国家特别需要我们。1950年代早期，国家因重视发展，建设上也缺乏人才，我们的"一技之长"确实得到了重用。但接踵而至的是一系列的思想改造和一波比一波紧的政治运动，这也是知识分子一个渐变的过程。

思想会产生变化，其中一个原因是大家认定这是全世界的大潮流。列宁说，这个时代是帝国主义走向灭亡和社会主义走向全面胜利的时代。所以，站在历史哪一边很重要。只要接受了这样的一个大前提，我认为我应该站在历史正确的一边。所以，组织要改造我，我是全心全意接受的。我的家庭出身被定为资产阶级，不论我们的父母品德如何，在广大劳动人民都失学的情况下，我居然能够上大学，就充满了原罪感，我也真心承认我的出身不是无产阶级，我想加入无产阶级，决心与过去的自己决裂。

当时有"谁养活谁"的讨论，我们听的政治报告也说，"400个农民养活一个大学生"，特别是下乡看到农村真实的生活状况以后，我们觉得很对不起劳动人民。一旦接受这个"原罪"，我就逐渐养成思维定式：凡自己的看法与"最高指示"不一样时，一定是自己错了。于是，就上缴了自己的是非判断权。1953年，我烧掉了自己的独奏音乐会纪念册。那是1947年我中学毕业举办音乐会时的记录，我感到当时别人在为新中国浴血奋战，我却沉浸在小资产阶级的钢琴中，觉得很羞愧，就一把火烧了。这是纯粹自愿，没有人逼我，甚至除了家人外，也没人知道。

之后因为种种偶然机遇，我与几次重大的运动都擦肩而过，这是我的幸运。1956年春，团中央号召大家读苏联小说《拖拉机手与总农艺师》，提倡大家向娜斯佳（小说的主人公）学习，敢于向领导提意见，反对官僚主义。青年们都热情满怀，我们单位的团组织也正式传达，组织讨论，准备好要向领导提具体意见。但到了4月，我突然被派往国外，之后又临时决定安排我常驻维也纳，一呆就是好几年。第二年因工作临时回国，发现有好几个同事都成了右派，或因"犯右倾错误"而受批判、检讨。因为这次出国，我幸运地没有成为右派，以我当时学习"娜斯佳精神"的热情和我有话憋不住的个性，十之八九在劫难逃。那次回国只是短暂的，很快又调回去了，所以也没有参加后来的"反右"，避免了表态，批判别人。我还有一个幸运，是没有留在学校当老师。我的同学有的留在高校当老师，在文革时，直接面对学生"小将"，饱尝了各种批斗酷刑。而文革中，我因为在中央机关还是"小"字辈，当时批斗"走资派"，对象是处长以上，我还没有资格。

反右派时，理工科知识分子挨整较少，但到了"大跃进"时期，就被整得厉害，因为他们不少人有专业知识，很难接受那种违背科学常识的做法，在各个工厂里面提意见。我们这些年轻人当时认为自己是国家的主人，又血气方刚，一些事看不下去了，就觉得不得不说话。后来那些政治运动，把一批一批的人都打压下去了。有人说，说假话成风是从"大跃进"开始的，可能有道理。

1952年的大学改革，（称"院系调整"）是一次最大的摧残，几乎之前所有的教育观念都被冠以"资产阶级"的帽子，予以否定。特别是人文社会科学遭毁灭性打击。老师经过了一波又一波的淘汰，到文革以后就彻底和民国教育断裂了。

我们这一代人"痛点"比较低

直到文革中后期，我在五七干校时，才开始大胆怀疑，慢慢给自己"启蒙"。而一旦开始觉得可以自己思考，就这么一直思考下去了。直到1978年"真理标准的大讨论"之后，我觉得自己有权利完全按照逻辑、按照事实去独立思考问题。

回溯起来，1949年以前，我还来不及"自我完成"，但家庭教育和学校教育给我打下了做人的底色；中间的二十多年，我从事涉外工作，和大家一样，经历了各种运动，努力"思想改造"，经历了个人崇拜迷信的自我迷失；直到文革后期，我开始一点一点地觉醒。

我们这一代人，如果运气比较好，活得长，能够坚持到1979年之后，就有机会真正做点事情。1980年代，中国将窗口转向了欧美，对外交流变得密集起来，很多学科也有了新的发展。在还算壮年的知识分子中，我们算是最后一批懂英文的。因为在民国时期要考上大学，英文水平必须达到一定程度。前面的人都老了，后面的人学的是俄语，加上有些人在50年代早期就有不错的工作经验，这群懂英语的人就在改革开放初期脱颖而出了。

此时，民国教育的"底色"就发挥出作用了。人文社科类的知识分子这时候开始比较深入地反思政治和社会问题，而理工科知识分子继续在自己的科学范畴进行研究。大家对这个社会、对整个国家都担负起了责任，只要他知道是不好的，他们会提出来，比较敢说真话。不少人都信奉一个原则：如果真话不能都说，至少不说假话。

我交往的人也都是志同道合的朋友。我的同学里，有人当官，但贪官很少，这好像也是那代人的一个特点。

这一代理工科的知识分子，是把专业作为信仰来看的。当然，他们有教条的一面，甚至有些傻气，但面对自己的业务领域，他们非常大胆，敢于对权力拍桌子，这种业务上的责任感就是他们的使命。人文社科类的知识分子，在我熟悉的人中，我比较佩服茅于轼（他其实原来也是学工的，后来转行为经济学），他是真正的君子，悲天悯人，怎么挨骂都不在乎，他只做自己想做的事情，为弱势群体真的做了许多实事，而且是开创性的。他的爱国、爱民往往不为人所理解。但是他能做到"人不知而不愠"，所以是真君子。

1980年，也就是我在"回归自我"，"我笔归我有"之后，发表第一篇随笔《无韵之离骚——太史公笔法小议》，提到司马迁完全没有"罪臣当诛兮，天王圣明"的那种精神状态，和他的"不阿世，不迎俗，不以成败论英雄，不以荣辱定是非"，从那时起，我的写作就追随这种精神，反映了祛魅和自我启蒙。

1996年，我正式退休，在那之后开始对整个民族的命运与发展有了更深层次的关切和思考，写了大量的随笔和评论，2011年结集出版（《资中筠自选集》），这些文章比我的学术著作影响更大一些。

有人觉得，我今天敢于说一些感时忧世的话，是因为我有特殊背景，我其实半点背景都没有，我就是争取眼睛不向上仰望。有些人觉得我想改天换地，其实我并没有这种雄心壮志。我觉得"针砭时弊"不应该是我的一个标志，我也不想给领导提意见。我只是比较有正义感，对事实真相和逻辑比较"较真"。也许我们这一代人"痛点"比较低，看到不好的现象就要说出来，否则无法忍受。现在我的精力越来越衰退，越来越觉得来日无多，就想赶着把我想表达的东西多写一点出来。

我不认为我有很大的影响力，但我有信心的是，如果有什么影响，那都是好的影响，至少是对民族有利的，是推动社会进步的，这使得我睡觉的时候也比较坦然。孔子说："七十而从心所欲，不逾矩"，我自以为可以做到。我在物欲、名誉、地位上，没有要求，只求还允许我做我想做的事、还有能力做的事，说想说的话。我确信想做的事都是好事。

现在的知识分子太精明，太缺乏前人的"傻气"。过于"乖巧"，善于鉴貌辨色。不问是非善恶。他们不缺才气，缺的是骨气和血性。

我还遇到一种情况：有些文章不是我写的，但冒用我的名。或者滥用我的某些话，再添油加醋，或乱加标题。那些人自己想表达一些观点，但自我保护得特别好，想说这些话，不敢说，这种风险就让我去担。这在法律上是侵权，而且不道德。应该提倡襟怀坦白、光明磊落、敢作敢当。这样的人多了，社会才有正气。

我们这一代人，对这个民族有非常深的感情，现在我们也已经走到了尾声，如果还要依靠我们，是一件很悲哀的事情。而现在的人，不肯丢掉的东西太多了。对于他们，那些不涉及利害关系的是否可以多一些坚守？现在是知识爆炸的时代，日新月异，很多人都懂互联网，技术水平很高，但最基本的文化底蕴和做人底线正在变低，这个是很值得忧虑的事情。现在校园的风气不好，老师的师德也在变差，我担心我们的民族会退化。所以现在我真正关心的还是教育，我一直在强调，现在知识分子要做的重要的事是启蒙，包括自我启蒙。

我对青年人的期待是不要太趋炎附势、能守住底线，这个底线不要太低。另外，要对自己诚实，尽量不说假话。至少对自己的工作有点敬业精神、有点责任感。如果还有年轻人能独立思考，扎扎实实为推动社会进步做一点事，那就是有志青年了。这样年轻的健康的力量越来越多，能聚拢起来，国家和民族才有希望。

·

（2016年）

一位知识分子的老生常谈

——《生活月刊》访谈

《生活月刊》前言（摘要）：采访资中筠先生时，正是赢得全世界关注的美国大选落定不久，作为资深的美国研究专家，资中筠开宗明义，对此不发表任何评论。相较于喧嚣一时的美国大选，她更愿意投注精力在长期的美国社会变迁。不"凑热闹"、不盲从，可以视为资中筠在美国研究上的一贯态度。

《生活》：很多人了解您，是通过看您写的书和文章，我们就从您的写作谈起。您为什么会把退休之后的写作视为个人职业生涯里最有意义的一部分？

资中筠（以下简称"资"）：如果了解我的著作情况，会发现我的主要著述是在退休之后完成的。退休以前的专业著作，一本是比较早的《追根溯源：战后美国对华政策的缘起与发展，1945－1950》；另一本是《战后美国外交史：从杜鲁门到里根》，这是我在社科院美国研究所任所长时的一个重点项目，由我主持，我们几个同事共同完成。由于退休前有行政工作，能够放在学术研究上的时间太少，退休后，一是时间多了，一是更为自由、思想更加解放，我对哪个问题有兴趣就会去做，比如我那几本自认为还有点特色的专业著作：《冷眼向洋》、《二十世纪的美国》，还有2006年的《散财之道——美国现代公益基金会述评》（2015年这本书已经修订到第四版，题名改为《财富的责任和资本主义的演变》）等。我正式退休是在1996年，这期间还写了大量的随笔和杂文。我认为这20年间的成果比退休之前多得多。

《生活》：很直接地冒昧问您，您当时在社科院工作的时候，也是一个比较"另类"的存在吗？之所以这么问，是因为在不少人的印象中，您属于知识分子中敢于讲话的那一类人。

资：你是说我现在所表现的不像能够在体制内待着的人是吧，其实我一辈子的工作都在体制之内，而且不太另类。比较幸运的是，我在社科院的领导是李慎之先生，他非常开明，那时的社科院称得上是国内思想的最前沿，我自1985先后担任美国研究所副所长和所长期间，也没有受到来自他的任何束缚。至于"敢于讲话"，我听到过很多人问我：你为什么那么敢讲话？我想反问，你们觉得我讲的什么话是应该不敢讲的？我没有讲过很偏激的话，很多本来就是常识，为什么你们老觉得我胆子大呢？最近我在网上看到高耀洁医生发了一份最后声明，相当于遗嘱，她很了不起，是真的有胆量、有坚守，在我看来，她可以跟特雷莎修女相提并论。我只是坐而论道，我这个人缺乏行动能力，所以对于有行动能力的人非常佩服，我总觉得我做的事情根本不需要所谓的胆量，需要的是对一些事情有自己的看法。我感觉现在的人跟我们这代人不一样的地方，就是比较麻木，对很多事情无所谓，而我看不惯，就是这么一回事，但我也不会肆无忌惮。有好多人在网上发表一些激愤的文章或者语录，假托是我写的，我的某些熟人看了之后竟信以为真，我为此发表过好几次声明，我没有博客和微博，后来就听从朋友的建议开了一个微信公号，所有言论以此为准。（作者按：2017年之后公号就被"永久屏蔽"了。）

《生活》：您认为造成人们缺乏常识的原因在哪里？

资：有的是因为信息闭塞，不了解事实真相，包括历史事实；有的是因为长年熏陶出来的某种偏见，失去了判断是非的能力，即使在事实面前也不愿意承认；还有就是缺乏逻辑思维，中国的学校很少有逻辑课。人们长期形成的思维方式是只讲立场、讲利害，不讲事实和逻辑。

《生活》：您的先生陈乐民老师是欧洲问题专家，您们两位在各自的领域耕耘多年，却都十分关注"启蒙"，在您们看来，国人最需要的启蒙是什么？自"五四"以来，我们的几代知识分子始终在强调启蒙，经过了一百多年，我们为什么还处在一个需要被启蒙的阶段？

资：因为我们在愚民政策里待的时间太长了。"启蒙"这个词当然是舶来品，诞生于中世纪的欧洲启蒙运动－－反对专制、钳制思想的天主教，它的直译是"亮光"，意思是让理性之光照亮每个人的心灵，让人们摆脱自身的蒙昧、迷信和不理性。用康德的定义来讲，启蒙就是自由地用自己的思想思考问题，而不是追随权威，每个人都能够用自己的方式接近真理。从我自身的体会来讲，我们几代的知识分子为什么老在借用和强调启蒙，不是说我们自认为高人一等地在唤醒大众，实际上每个知识分子都是先完成了自己的启蒙，我们先想通了，就把它说出来和大家分享，希望别人也打破迷信。

《生活》：那么您如何看待知识分子和人民的关系？

资：我觉得知识分子就是人民的一份子，但是分工确有不同。作为人民，权利应该是完全平等的，不能说知识分子就要享受特权，或者作为另类受到歧视。我认为知识分子或者说学者在中国的主要功能就是帮助公众知情，分享自己的知识和想明白的道理。如果是研究国际问题，就要提供关于外部世界的客观知识，从长远看，知情的公众多了，也许反过来会对决策圈子有某种正面的影响，而不是在某种误导下发作成负面压力，我把这种影响称为"涟漪效应"。

《生活》: 时间的推移也带来了知识分子内部的分化和变异，比如当下的左派知识分子就早已跟原初的左派知识分子不是一回事了。

资:西方的新左派所针对的，是现在这个后工业化的资本主义社会所产生的各种弊病，但这些弊端是充分的民主制度下的产物。我们国内有一些知识分子就附和了这股潮流，认为它很时髦，这一类知识分子从上世纪80年代就有，他们的著作就是在用汉字写外国话，非常难懂，重要的是这些理论跟中国的现实完全脱节。还有一种"左"派，主张回到改革开放前的时代，这实际上是"右"，这种主张倒退的根源在于对历史的无知和非理性的思维，有的就是因对自己的现状不满的一种情绪发泄。其实让公众知晓历史的真相也是一种很重要的启蒙。

《生活》:您在《中国知识分子对道统的承载与失落》里提到中国知识分子的"颂圣文化"，如果有所谓的国民性，"颂圣文化"（指遵从"权力"）应该也是我们的国民性之一，在您以为，这种在DNA中存在的特性，会随着时间的推移逐渐消失吗？

资:我向来不赞成把"基因"用于文化或国民性，因为基因是先天的，文化是后天养成的，尽管时间长了变得很顽固，但是在不同的制度和人文环境下还是可以改变的。例如中国人到了国外，如果还是跟同胞群体在一起，原来的习性、行为方式会顽强地表现出来，但如果单独一个生活在异国人群里，就比较容易改变，到第二代就完全不一样了，所以要慎提"基因"。至于说"颂圣"，是长期的皇权或其他形式的专制制度养成的，但也有真心的和被迫的或出于利益需要而口是心非的区别，环境的变化当然有影响。例如某种形式的"大颂特颂"，过去习以为常，现在再出现，大家就感到肉麻，说明思维和审美观还是可以改变的。当然，不可否认，这种传统在中国人中比较顽强，一有气候就发作出来，是有其特色的。不过你应该注意到，我那篇文章中还提到中国"士"的另一个传统，就是讲骨气，也就是经常引的孟子那三句话："富贵不能淫，贫贱不能移，威武不能屈"。虽然对多数人说来真正做到比较难，但是终究存在这样一条衡量人品的标准，努力坚守的原则。没有了这一条线，民族精神就整个坍塌了。是的，我所说的"颂圣"，是"圣上"，不是"圣人"，是盲目地匍匐于权力脚下，不问是非的阿谀奉承。与一般的英雄或圣人的崇拜不同。例如有人崇拜孔夫子，有人崇拜苏格拉底，有人崇拜居里夫人，等等。每个人心目中有自己敬仰的人物，那是另一回事，这永远会存在的。趋炎附势、阿谀奉承，在任何社会都存在，但是那种带有某种奴性的，成为一种传统的"颂圣"文化只是某一个历史阶段的产物，尽管持续的时间长而顽强，随着时间的推移，即使不是彻底消失，也会逐渐弱化。

《生活》：近些年很多知识人都在追忆民国，他们的着眼点多半在于当时的环境更利于知识人的独立自由。您是从民国走过来的人，是否觉得关于民国的种种"想象"，对于大众而言，是需要除魅的？

资：是这样，当时的知识精英不一样，他们的想法不一样，就是孟子所谓的"无恒产而有恒心"的那种人，孟子说"有恒产者有恒心，无恒产者无恒心"是指一般的老百姓；他又说"无恒产而有恒心，惟士为能"，只有"士"是没有恒产、却可以有恒心的，就是说他们可以超越个人利益去考虑有关长远和全局的大事。这种人在当时的社会地位和威望很高，有很多平台可以自由表达看法和建议，然后产生较大影响。这的确对思想文化的进步起了积极作用。但是我想如果民国很好的话，它就不会垮台。就百姓的生活而言，后期通货膨胀严重、民不聊生，社会治安也很混乱，生活安全没有保障。至于原因，我是这样看，在日本人打进来之前，是发展得不错的，所以我觉得日本对中国犯下的最大罪行不仅仅是屠杀了很多人，而且还打断了中国现代化的进程。已经兴盛起来的轻工业受到严重破坏，重工业则被扼杀在襁褓中；除了国民政府贪腐无能外，还有一个原因，就是民国时还没有完全统一，一方面国共在打内战，另一方面蒋介石始终没能真正把各路军阀集结在一起，即使在"北伐"之后，各种割据势力依然存在，各自为政。

《生活》：欧美国家在2016年的政局动荡，被解读为集体向右转，有评论者因此说这些老牌资本主义国家逐渐走向衰落已然是一个大的趋势。您如何看待？

资：目前欧美国家的民主制度的确出现了很大问题，需要进行大的调整，但我不认为这就一定意味着衰落，所谓的国家衰落，在我看来，是以大多数国民的物质、文化生活水准和幸福感的急剧下降作为主要衡量标准的。丘吉尔说民主制是一个很坏的制度——除了已经都试过的其它制度之外。也就说，它是很不令人满意的，但已经是现有的最好制度。没有一种制度是完备的，总有漏洞，到了一定时候就需要修复。如何驾驭资本，抑制弊端、发挥优势，是它们需要特别注意的。

《生活》：有不少专家评论说，欧美国家所呈现出来的"颓势"，对于中国的发展是非常好的机会，对此您怎么看？

资：我认为世界发展到今天，经济来往如此密切、相互依赖，科技创新如此一日千里，不知道要把人类带到何方，人类面临的共同问题要比一国范围的狭隘利害多得多。各国在位者受到很多制约，往往只能顾及短期的狭隘利益，学者比较超脱，就有条件、也应该把目光放远一点。美国迄今是唯一的超级大国，好像世界随便什么地方的事它都要管，姑且不论它现在是否处于"颓势"（我不这样认为），它的处境并不值得羡慕，包袱背得太重。至少目前，客观的综合国力上，我国还远远落后于美国，如果美国实力不逮、要甩包袱，我们要把这个包袱接过来是不明智的。美国的经济实际上正在复苏，特朗普说要使美国"再强大"，如果他指的是美国自己兴利除弊、进行改革，这是美国人的事，但是他如果指的是要以牺牲他国的利益为代价，把别的国家压下去、以维持美国的独霸地位，则一定会遭到反制，四处碰壁。我注意到我国领导人及高级官员一再重申中国主张和平解决争端，支持全球化，与美国的关系合则两利、斗则两败……如果付诸实践，是比较明智的。就以最现实的经济利益来说，中国最近几十年骄人的经济发展成就，离不开发达国家的市场购买力，也离不开大量的境外投资。假设外部世界都衰退了，中国能一枝独秀吗？21世纪的世界，不同于19世纪、也不同于20世纪上半叶，一个国家、特别是大国的繁荣富强，不可能建立在外部世界的衰落上。

《生活》：为什么美国的公益基金会会成为您多年来潜心研究的领域？

资：几十年前我开始研究美国，一直在思考怎么能够把它研究透，当然实际上是研究不透的，但是要尽量地了解它的情况。我觉得中国学者研究美国大多只着眼在两个地方：华盛顿和华尔街，盯着它上层的政治和经济状况及政策变化，然后希望提出自己认为合理的相应对策。但美国是一个公民社会，研究这个社会本身是如何运行的非常重要，我认为一个国家的发展在于满足社会最基本的两个诉求：发展和平等，20世纪的美国在这方面做得比较好。发展导致两极分化，那么如何缓解两极分化？我注意到除了进步主义运动、罗斯福新政之外，就是私人公益基金会的作用。实际上我偶然看到了洛克菲勒基金会的档案，发现它做的事情真多，由此开启了我对美国公益基金会的研究，我给它们取名为"现代基金会"，因为它不同于传统的、富人通过向教堂捐款来帮助穷人的救助方式。自20世纪初开始，也就是工业化迅猛发展之时，美国国内出现了很多大的财团，相伴而生的是洛克菲勒、卡耐基、福特等暴富的大企业家，他们认为不应该把财富留给子孙，这样做无异于剥夺了年轻人自己成才的机会，而且年轻人自身也不以继承大笔家产为荣。当时的大众也都盯着这些富人，认为他们是恶人，使用各种手段进行原始积累，对工人阶级的盘剥严重。这些富人本身很有想法，他们认为通过把钱款委托教会捐助穷人的传统模式已经无法从根本上解决社会问题，于是他们搭建起公益基金会这个平台，聘用合适的管理者和员工，像经营企业一样寻找需要资助的项目。教育和医疗是他们最早进行捐助的领域，他们的目的在于帮助穷人维持身体健康、提供良好教育，从而使得他们有平等机会参与社会竞争。这些人特别相信美国是一个能提供平等竞争机会的国家，任何人只要有本事，就能获得好生活。但是财富过度集中，产生了机会不平等，所以需要通过各种途径缓解矛盾，创造平等的机会。我一直跟踪美国公益基金会的发展，近年又有了所谓的"新公益"，致力于消除资本主义带来的各种弊端，领头人通常是社会精英，比如比尔·克林顿、比尔·盖茨和很多三十几岁的IT新富，他们刻意远离政治圈子，做了非常多的事情。创立基金会的这些人很能代表所谓的美国精神，即每个人都认为自己是社会的主人，既然社会出了问题，我就要通过自己的作为来改变。

《生活》：中国的现代化问题是您近年来的又一个关注点，您曾表达过："说中国在三十年里取得了西方发达国家在三百年里取得的成就，而且把它称为'中国奇迹'是一种误导。"

资：只要举一个例子就足以说明这个观点，前几年我们很多大学都在庆祝建校一百周年，这些大学正是中国现代化进程的重要标志之一。更不用说那么多有百年历史的民族工商业。所以中国走向现代化的历程不是从1978年或1949年开始的，保守地说，是从19世纪中叶鸦片战争之后就开始了，在20世纪上半叶，尤其是1930年代、到日本入侵之前，已经取得了很大的成就。如果计算中国现代化历史有多少年的话，至少应该有一百七十多年。

《生活》：如果说个人权利意识的觉醒到成熟也是现代化的标志之一，你认为我们在这方面到了哪个阶段？我想达到个人权利意识的成熟，离不开每个人的"自我教育"，完成自我教育的关键和途径是什么？

资：现在中国人的维权意识应该说已经大大增强，这很明显，这也的确是现代化的标志之一。问题在于维权的手段，正常情况下，如果个人正当权利受到侵犯，应该通过自由表达和法律的途径来维护。现在一方面客观上法治不健全，依法维权的道路不畅通；主观上，法治观念还不够强，所以往往出现各种因维权而造成的"事件"、惨案、冤案，乃至暴力侵权，暴力维权。所以问题不在于维权意识，而在于维权途径，关键是法治，和谐社会是建立在法治健全、司法公正的基础上的。另外说到"自我教育"，这个教育的标准就是公民意识，除了权利之外、还有责任，公民对社会是有义务的，权利与义务不可偏废。公民就是社会的主人，主人翁感越强、权利和义务的观念就越强，也越起积极作用。

《生活》：您觉得作为普通大众，多了解些国内外的政经知识和历史有多必要？

资：我大学的专业是外国文学，工作后先是从事外事工作，转到学术领域又是研究国际问题，但我能汲取的文化资源绝大部分是中国的，我的"中学"超过"西学"，越到晚年，越出现"返祖"现象，但这两者都是取之不尽、用之不竭的。对于"西学"有所了解是非常必要的，这能够拓宽我们的视野，给我们的生活提供参照。问题是，每个人有自己的本职工作，怎么合理分配时间、如何判断哪些知识值得关注，需要智慧，更重要的是，每个人要有个人独立的思考和判断，而不是赶热潮，比如前一段时间美国大选热，就一窝蜂地去凑热闹。此外，国外不是只有美国一个国家，比如说我觉得自己最弄不清楚状况的是中东，复杂得不得了，可是这一块区域很重要，将来会对世界产生什么样的影响很难讲。

《生活》：中东的乱局是一个有待妥善解决的大问题。

资：是，我觉得中东难民的产生是小布什发动伊拉克战争导致的后遗症之一，我早就写过，中东问题将会是美国需要面临的一个大问题。民主化只能在每一个国家、每一个民族内部慢慢自发形成，指望从外部强加是不可能的。但是思想交流是绝对必要的，我是不承认有所谓思想侵略这一说的，思想一定是自然而然就会互相渗透的，哪一个比较先进、有吸引力，就容易被传播和接受。用武力推翻某个政权，把民主制度强加于某个国家，是不可能的。到目前为止仅有一个例子就是日本，日本战败以后，在代表盟军占领日本的麦克阿瑟领导下进行全面改造，包括制定宪法。这是非常特殊的，当时的日本已经被战争消耗得元气大伤，它自愿投降接受美国改造；此外，日本战前已经有了民主思想的基础，它经历过明治维新，有现代化的知识分子和精英可以依赖，所以不能说完全是无中生有。而且日本的内部并不复杂，中东太复杂，美国人思想比较简单，听信了当时中东一些西化知识分子的说法，以为只要把萨达姆推翻，这群人就可以建立一个民主的制度和国家，认为这些极少数的西化知识分子能够代表广大民众，这首先就是错判。原来的伊拉克并不是恐怖主义基地，战争滋生了各种仇恨，打开了潘多拉盒子，发展到眼下越来越糟糕。美国在"冷战"结束后的战略思想失误不能辞其咎。

《生活》：对于您个人，我很好奇的是，您大学时的专业是外国文学，毕业以来相继从事外事工作、国际政治和美国研究。我的浅薄理解是，文学和政治之间是存在"鸿沟"的，您是怎么跨越的？

资：文学是我个人兴趣的选择，从事外事工作是被分配的，在这基础上转到学术研究自然只能是国际研究，研究美国最初也不是我的选择。至于政治，有狭义与广义之别，或者说小政治与大政治。小政治我一向不感兴趣，大政治任何领域也多少有些关联。文学如果写人，关心现实的民间疾苦，就脱离不了大的政治历史背景。例如我翻译过巴尔扎克的《人间喜剧》中的作品，那完全是文学作品，但是所塑造的人物，讲的故事，处处脱离不了他那个时代的政治背景。即使爱情故事、悲欢离合、个人遭际也难以不受政治形势的影响或干扰，尽管有直接、间接之分。我不自觉地进入国际领域后，当然比文学离政治更近一些，不过我在研究工作中还是更关心大政治。《冷眼向洋》、《美国十讲》以及有关公益事业的著作，都是如此。美国的公益基金会和捐赠文化是我长年关注的一个领域，可以说与小政治无关，但是与大政治——整个资本主义社会的发展和演变——有关。不过就学术领域而言，国际问题研究属于社会科学，与研究文学所要求的知识结构是有差别的，我进入社会科学应该算"半路出家"，自己感到理论准备不足，虽然努力进行了一些补课，终究还是底子不厚，这点有自知之明。

《生活》：您今年87岁，回顾以往，您怎么看待此前的人生？对于未来有哪些期望？

资：这个问题太大，一言难尽。我刚写完回忆录，有好几十万字，现在就不谈了。至于未来，已经来日无多，没有多想，个人无所求。只希望有生之年国泰民安，不出现大乱，如能看到社会向公平正义有所进步，就更好。我自己读书、写作只是一种本能和习惯，关注美国是专业。对我们这个民族的忧思是出于本能，绝没有改变什么的雄心壮志，也明知道人微言轻，对任何事都是无能为力的。但是一息尚存，不聋、不瞎，免不了要思考、想明白了一些道理，愿意与人分享；良知未泯，对有些祸国殃民悖谬之事忍不住愤怒，憋不住就会说出来、写出来，如此而已。如果还得到一些读者、听众，免于自说自话，当然是乐意的。

（2017年）

关于《20世纪的美国》

——《南方人物周刊》访谈

《南方《人物周刊》》（以下简称《《人物周刊》》）：我们经常说"后发优势"，20世纪初的美国，相较于更为发达的欧洲，是否也具有"后发优势"？

资："后发优势"是中国人说的一个词。我觉得美国不是"后发"，是"接力"。所谓"后发"国家，是指比较落后的国家，跟当时的先进国家有一个差距，然后赶上去。我们一说"后发"，总是想到日本、中国以及亚洲一些国家。所谓"优势"是什么呢？就是人家现成的东西，比如说发明了一样东西，是经过很多艰难困苦，多少年试验出来成功了，我们跳过了这个阶段，直接就拿来用了，这是一个"后发优势"。

但是这个优势是会变成劣势的，因为你永远是拿来的，跳过了过程，只要结果，你没有把别人如何发明这个东西的机制拿过来。最近发生的"中兴芯片事件"就是典型事例，我们以为是后发优势，其实是劣势。人家发明这个东西，我们一下就拿来了，用得还挺顺手。但是人家如何发明的，为什么就能够有这个创新？这个机制就没拿过来，实际上是劣势。"后发优势"其实是不存在的，应该叫"后发困境"，因为我们永远处于在追赶的地步。

回到美国，他们一开始就继承了欧洲最先进的东西，无论是制度、文化、思想、生产力……欧洲都是处于当时的世界前沿，然后美国把它接过来，在美国的这块土地上利用，更加快地发扬光大，这跟发展中国家的"后发优势"是两回事。

美国比欧洲当时有优势，可以说是在一个更加优越的环境里头发扬光大了欧洲的文明。一个优势是，美国的地理环境特别好，两边都是海洋。另外，远离欧洲纷争，人家在那打得一塌糊涂，他这儿隔离起来了。我们以前将这种情况翻译成"孤立主义"，其实更加确切的翻译应该是"隔离主义"。孤立给人的印象好像谁也不理，而美国当时跟欧洲还是做生意的，只是，跟欧洲的争端隔离开，闷头发展自己。

还有一个历史机遇。美国没有欧洲封建贵族的包袱，欧洲发展资本主义有好多旧势力要阻挠，美国没有，因此发展非常快。美国的快速发展，不是发展中国家的"拿来主义"，把现成的都拿来。他们正好相反，他们是把能够发明创造的机制和思想拿过来了，接着发明，20世纪所有重大的发明创造基本上都在美国。

我顺便讲一下，有人说，当年郑和下西洋，假如走得更远，比哥伦布先到了美洲的话，没准现在美洲就是中国的天下了。但是，在那种情况下，你带去的制度是什么？那一定是一个皇帝，在那里建立一个王朝，美国可能就不是一个现代文明国家了，不是现在这个样子。这当然是不可能发生的假设。

《人物周刊》：什么样的一批人决定了美国现在的样子？

资：当初美国的移民到那去，原本也没想建立一个政权，只是为了去开发自己的新天地，都是求生存去的。当然美国还有最重要的那一批人，就是1620年左右乘坐"五月花号"船去的那批英国人。他们有一个目的是追求宗教自由，因为当时的英国迫害新教徒，他们去不光是说求生存，还是求信仰自由，但是他们也不是去建国的。过了150年后，他们才想到要独立这件事。

陆陆续续去的这些人，待下来了，要生存，总要组织起来，每一个人孤零零的是无法生存的。他们就自己组织起来，定了一些规矩。所以一开始是自治团体。英国当时还是殖民帝国。既然有那么多英国人跑到美洲去了，干脆就把这块地方算作英国殖民地，顺水推舟"捡"了这么一大块地方，不是武力征服的，是白捡的。然后就收税，后来又任命了总督。总而言之，这算我的领土了。当时跑去的以英国人为主的移民也没意见。例如宾夕法尼亚州怎么来的？就是一名姓宾（Penn）的英国贵族，是当时比较偏平民的桂格教派，在英国天天批评英国政治，后来跑到美洲去实现他的理想，英王觉得少了一个麻烦很好，就把那块地封给他了，所以以"宾"命名。后来英国政府财政出了问题，向美洲人收重税，美国人就不干了，所以美国独立是抗税开始的。开始并没有想独立建国，只是要求参与决定税法，不让我派代表参加议会，又要按你们规定的税率强行收税，不能接受。所以提出"无代表不纳税"，就是这个意思。从抗税开始，那一批人为了保护自己的利益，但是英王不同他们协商，派兵镇压，就发生了武装冲突，发展成独立战争，最后走向了独立建国。

《人物周刊》：有人说，我们的发展比美国还快，我们现在改革开放四十年了，我们用三四十年的时间，走过了别人三四百年的时间，是这样吗？

资：这是我经常要反对的说法。如果要扣个帽子，就叫"历史虚无主义"，不能把前人的努力一笔勾销。我们的现代化至少是从170年前开始的，辛亥革命之前，从洋务运动开始，我们已经走上这条道路了，有意识地发展工业，或者向西方学习等等，都是从李鸿章他们就开始了。到了民国时期，已经相当现代化了，有了民族工商业、现代金融业，为后来的发展打下基础，特别是教育文化新闻这些方面，为后人所钦羡。

在1937年之前，民族工商业已经相当程度地发展了。如果说现代化有个积累的过程，应该早就开始积累了，这些不能不算啊。还有，我们在开始工业化的时候，西方已经有福利的概念了，我们有些企业家也已认识到了这些。我小时候认识的民族工商业者，他们已经借鉴了西方的福利制度。比如办职工子弟学校，工人的子弟可以免费上小学，等等，这些都已经有了。我们不是从零开始，但是我们走过了一段别的国家所没有的阶段，就是曾经完全废除了私有制度，剥夺了私有财产，走计划经济的道路，后来发现是不行的，试验失败。这个大弯路是别的国家所没有的。从改革开放开始又重新发展，但是也不是从零开始。

《人物周刊》：您在一次演讲当中提到"爱国"的问题，在"爱国"的问题上，中国和美国有怎样的不同？

资：确实，美国的爱国跟中国是非常不一样的。中国人原来是没有国家观念的，中国的传统是有"天下"观念，中国是中原，"四夷"有的时候算是中国的，有的时候又不是了，就是这么很松散的感觉。"六合之外，姑存不论"，都不知道外头是什么样的。因此，疆土的边界都不太确定的。

中国开始有"爱国"的强烈意识，还是从鸦片战争以后。列强环伺，好多比中国强的国家要想来侵略你，要想来掠夺你的资源，"爱国"从这儿开始的。

我是1930年生的，1931年就是"九一八事件"，所以从我幼儿园开始，就唱"我的家在松花江上"，这个歌是当时最流行的一个歌。从我开始记事开始，爱国就是反对日本侵略。

现在，我觉得不一定非得要找一个敌人，爱国是个正面的东西，你希望自己的国家怎么好，你怎么想办法为这个社会作出贡献。

现在就讲美国吧，美国跟中国的爱国的观念是完全不一样的。因为美国是移民国家，原来他们都有一个祖国，从瑞典、德国，或者从中国去的，到那入了籍，变成了美国的公民，他们爱美国不是出自像中国那种对祖先，对悠久的文化的感情。他们都带着自己原有的文化去的。

那么他的爱是因为什么呢？因为这个地方叫做"机会之国"，就是有发展的机会，我在这儿能够得到最好的发展机会，就来了。他的爱国其实最先是爱自个儿，对我最好，所以我到这来了，然后我既然到了这来，我当然希望这个地方越来越好。我爱这个国家，不是说我必须有义务要爱你，要是我觉得这儿不好，我就走了。当然了，既然我已经属于这个国家了，我就有义务使得它变得越来越好。公民的权利与义务是对等的，享受权利，就有义务。确实到后来，特别是在二战以后，美国变成了世界最顶级的超级大国，当然美国人都有自豪感，觉得作为一个美国人非常光荣。

《人物周刊》：您刚才说美国人特别爱自个儿，美国人有一种特别强的主人翁意识。

资：美国是一个公民社会，假如有了问题的话，绝对不是先想到上访，到华盛顿去找总统解决问题，而是说我自己应该做什么。在地方上，他会向市议会或者哪个议员请愿，你应该关心这个事儿。比如说下水道一下雨就堵，于是市民就很不满意，就要提出来，要求市议会拨款来修。假如一个人发大财了，他比别的人有钱，他四周很多穷人，而他很富，他就会有一种感觉，就是他有责任去帮助这些人，不用等到政府来做事。这个就是为什么美国的公益事业特别发达的缘故，一个公民社会里的公民，首先觉得自己是国家的主人。

我觉得这一点我国人的心态很不一样。例如，我有一个微信公号，我会在上面发表文章。我看到很多留言。有这么一种现象，很多人看了我的文章，表示同意我的意见，说你说得真好。然后接着就说，真应该让领导听听你的话。为什么我说话非得让领导听不可呢？我心里就想，你要是同意我的意见，你也发表同样的意见不好吗？或者你也跟我一起努力，咱们推动某一件事情不好吗？还有一种说法就是说，只有你还敢说这话，我们可不敢说，说了就会被删。其实我也常被删，你们看到的当然是没被删的。删了又如何？所以现在有好多人冒我的名，他想说的话以我的名义说，我就觉得很岂有此理，轻则侵权，重则害人。许多人并不是没有是非之心，也不是不知道自己的利益在什么地方，但是他老是看着上面，总觉得自己好像无能为力，没有责任。他觉得你说的话特别好，那你就多说点，我躲在后头。

《人物周刊》：都希望自己享受最后的果实，不愿意参与种果树的过程。

资：美国人有一个非常大的不同，有志者都要使得社会因我而改变，他们觉得最大的满足就是我做的这件事情改变了某些东西，用英文来说就是 make a difference，他觉得这有一种满足感。不是他做的，他还觉得不满意呢，这是美国社会的活力所在。

《人物周刊》：我们的文化里，被教育更多的是"枪打出头鸟"。

资：就是这样，就是老想躲在别人后头，所以美国人说我们搭便车，也有点这个意思。"后发优势"就是这么来的。一看到人家又有一个新发明，赶快拿过来，中国人非常聪明，拿人家的新发明随便改一改，就变成了适合于自己的。比如说我们的电商现在非常发达，但是电商的商业模式、流通模式是别人先想出来的。从根本上说，"电子时代"不是我们创造的，我们不肯下功夫，傻子太少了，都是精得不得了，都以为这样就可以了，所以假冒伪劣特别多，山寨货特别多。最后吃亏的还是自己。

《人物周刊》：美国怎么去完善自身结构，20世纪，他们是怎么一步步地变成一个制度特别强大的国家？

资：美国的制度设计有很多纠错的机制。最大的纠错机制就是社会的批判力量，全社会谁有什么不满意的事情，可以大声说出来，然后就形成了一种力量，使得那些犯这些事的人无地自容。当然，他们有很多渠道，除了媒体之外，他们有无数个NGO，凡是你有什么诉求，就有一群人组织一个组织，呼吁你想呼吁的事情。这个组织是绝对自由的，只要你不犯法，不搞暴力活动。

《人物周刊》：美国历史上为什么没产生过暴力革命？

资：他们用不着革命，因为他可以有很多渠道、有组织的力量来表达他的诉求。要是在代议制的框架里头不够的话，他可以举行直接的群众活动，上街游行，等等。比如说占领华尔街运动，他们觉得自己的生活受华尔街这些金融大亨们之害，大家就来了，一下子在纽约的中央公园占领了几个月，安营扎寨，表达他们的不满。他都可以这样做，只要不产生暴力活动，没有出什么问题的话，当局拿他没办法。不过占领华尔街运动不是太成功，因为他们没有真的组织起来，也没有纲领，没有头。纽约市长说想找个人谈判，究竟你们需要达到什么目标？他们没有共同的目标，是乌合之众。也说明问题没有集中尖锐到某种程度。但是他们可以这样做，所以不发生革命。

《人物周刊》：表达诉求的程序太复杂的话，会不会影响效率？

资：对，效率不高，确实有各种各样的程序。但是，要是对哪一个国会议员不满意，总可以改选的。比如说现在的总统特朗普，不知道他会不会连任，但是对他特别不满意的人就说，我们就等着下回再选吧。

《人物周刊》：美国怎么保护少数人的意见，大多数和少数人之间怎么去做个平衡？

资：美国好像没有搞过全民公投。全民公投那就是完全看简单多数了。所以他们设计了一个非常复杂的投票制度。现在这个制度，可能有很多缺陷需要改，改起来也很困难，但目前它还运转正常。

《人物周刊》：这其中的缺陷在哪里？

资：最大的缺陷就是在制定宪法的时候，虽然想得很周到，设计了各种制度，但有一个问题没想到，就是资本的力量非常之大，造成两极分化特别严重的时候，该怎么办？宪法里头没有考虑到这么一条。宪法只强调保护私有财产，不受公权力的剥夺。但是私人的资本可以无限自由地去发展，造成两极分化，这个问题没有考虑到。20世纪初的进步主义运动的改革是解决了一部分这方面的问题，其中也是借鉴了欧洲的福利制度等等。以后不断发展，到小罗斯福提出的新四大自由，把"无匮乏之虞的自由"也列入公民基本权利，也就是政府有责任保障人民的基本生活，所谓"基本"的标准也是随着经济发展而逐渐变化的。

现在需要注意的是金融资本，金融资本里头的虚拟经济越来越厉害。那些金融投资者，可以用资本产生资本，玩来玩去，脱离实体经济越来越远。我觉得美国需要进一步研究解决这个问题。20世纪70年代以后，美国的两极分化和贫富悬殊是越来越大，一直都没解决。就业最好的年代，收入的差距也还是很大。过去不是这样的，过去就是失业人口多的时候，贫困人口比较多。现在失业率非常低，可是收入的差距并不减少，这是一个很大的问题。

《人物周刊》：自由和平等的问题，美国怎么解决？

资：这个问题不好解决。第一，美国新移民太多，每年都有很多新移民，因此福利的覆盖率不可能做到全民覆盖，新移民对美国是一个很大的问题。特朗普在这方面言辞特别激烈，采取的手段有点不顾后果。可是，移民问题非自近日始，老早就出现了。本来美国是移民国家，在相当长的历史时期内，一直是美国的优越条件，美国被认为是"大熔炉"。但是后来，随着世界发展的不平衡，全球化的趋势使人口流动更加自由，而且主要不是来自欧洲而是发展中国家，美国难以消化，对移民就开始有限制和选择。二战以后移民局每年都出台配额和各种政策。墨西哥边境的墙也不是特朗普一个人建起来的，以前好几届总统都在那儿建，采取各种办法防止移民的涌入。这个问题确实跟福利也是有很大的关系。为什么特朗普得到的选票主要是下层白领和白人中的蓝领工人？他们不是最穷的那部分人，这部分人觉得是最穷的人分了他们的福利，所以他们拥护这种我们听起来带有种族歧视的口号。中产阶级萎缩了之后，有一部分中产阶级要变成下层中产，或者是沉入底层，有这个危险，他们就有危机感。他们并不同情最底层的穷人。每一个阶层的人都有他自己的切身利益。

《人物周刊》：中产阶级的萎缩其实还是两极分化的原因吧，一部分到上层，一部分下沉了。

资：对，是这样，这个问题是美国国内面临的一个很重要的问题。美国和其他国家打贸易战，觉得别的国家占了美国的便宜，其中一个原因就是要解决国内的这个问题。或者是以此为借口，转移国内的不满。

《人物周刊》：美国会不会强调这是美国特色，所以不得不去做一些事情。

资：美国最强调他是特殊的了，他是山巅上的国家，叫做上帝的选民。我们老说他是只许州官放火，不许百姓点灯，他可以做的事别人不可以做，他就觉得是天经地义的。不过这主要是指在国际上，他就是强调美国例外，他要保持老大的地位。相反对国内的制度，他强调的是普适性，要向全世界推广。中国讲中国特色是指国内的，不承认人类走向现代化有共同的道路。美国的军备已经非常多，谁都知道，美国人自己都知道，他的军火库比任何其他好多发达国家加起来的都要多。但是他还认为他军费不够，他还要再增加军费，发展军备，我认为这是美国一个很大的负面效应，对世界说起来就是带头军备竞赛，其实没有这个必要。

《人物周刊》：美国民众一开始就具备基本的现代意识么？

资：美国民众糊涂的也很多，这是另外一回事。但是，至少他有一个最基本的意识。第一，他是独立的人，他要维护他自己的权益，这个他很清楚，你要是侵犯了他的合法权益，他绝对不答应。然后，他有正当的渠道，可以去维护他的权益，维权的道路他也很清楚。稍微多一点公民意识的人就说我对社会也负有一定的责任。这些基本意识都存在。美国人获取信息有充分自由，渠道也极多，但是美国普通大众对美国以外的事却不大关心，了解很少。所以很容易接受简单化的宣传。有美国朋友告诉我，许多新当选的众议员（众议员是按人数比例从民众中直选的）连护照都没有（就是没有出过国），到了华盛顿才接受国际事务的培训。另一方面，美国的国际关系学十分发达，许多新的国际关系理论层出不穷。研究世界事务的机构、思想库也居世界之首。还产生了有世界眼光的战略家。在这方面精英与大众的差距也不亚于我国。作为自以为领导全球的大国，这是一个很奇怪的矛盾现象。

《人物周刊》：您特别注重20世纪初美国的进步主义时期，是什么原因？

资：刚才说了，美国制定宪法时的一个缺陷，就是没有考虑到两极分化的问题，所以在进步主义时期的改革就是解决这个问题，把自由放任的经济规范了一下，确定政府可以通过各种法律和规范，来对经济进行一定的干预，缓解社会贫富差距，两极分化的问题，维护弱势群体的权益，为以后的社会保障、福利国家等等，打下了一个基础，如果没有在思想上有一个大的改变的话，以后就很难发展下去。

《人物周刊》：美国在建国之后的很长时间，社会达尔文主义备受推崇，许多人学习美国人的时候，会说这也是应该学习的。

资：我可以说一下社会达尔文主义，因为在中国常常对这个有误解，以为只要恃强凌弱就算社会达尔文主义，完全不是这个意思。

为什么叫社会达尔文主义？19世纪中叶，达尔文发表了他的《物种起源》，认为自然界在同样的条件下有各种各样的物种，有的物种能够扛得住灾害，就生存下来了，有的就被淘汰，是自然界的选择，中文一般译作"物竞天择"。差不多是同一时间，英国人斯宾塞把它概括为"适者生存"。斯宾塞提出了一套人类社会发展的理论，简单地概括，或者被人们过于简单化的理解，就是在同样的条件下，在平等的基础上竞争，有的人成功了，有的人失败了。同样平等的条件下，为什么他成功，他失败？因为这个人比那个人优秀，这样就推动社会进化。斯宾塞自己不承认他是把达尔文主义用到社会学上，他的理论要复杂得多，但是通常人们就把它称作"社会达尔文主义"。现在不去探讨理论问题，就算它是把达尔文主义用于社会，同样是优胜劣汰，有一个很重要的前提，就是在平等的基础上，在机会完全一样的情况下，在同样的条件下竞争，这就是社会达尔文主义。

但是，为什么社会达尔文主义站不住脚呢？其中一个原因是人的机会不可能完全平等。现在一天到晚讲不要输在起跑线上，这个起跑线是不可能平等的。斯宾塞提出这个理论的时候，美国还没有怎么发展起来，第一代都是白手起家，没有凭借自己有个好爸爸，完全是在荒野上开垦出来，所以他们比较容易接受。那时欧洲已经很不平等了，欧洲已经发展到像狄更斯小说描写的那样两极分化很严重的程度，穷人不是不优秀，而是没机会，所以他们不接受，在欧洲，社会达尔文主义就没能够成气候。美国发展到第二代、第三代，机会也不可能完全平等。所以进步主义改革先在理论上否定了这个理论，否则就是丛林法则，一切听其自然好了。

中国开始出现富二代了。富二代和一般的二代机会就完全不一样了，你就不能够说他们都是在平等的起跑线上，也就是社会达尔文主义不适用了。因为社会达尔文主义的前提是在机会平等的基础上公平竞争。比如说，城管来把小贩赶走，有人把这也叫社会达尔文主义，但那不是，跟优胜劣汰没半点关系。强盗抢劫、暴力执法，那是另一回事，现在人们把这全算"社会达尔文主义"，这完全不对，这也是一种误解。

《人物周刊》：人们经常说到"强政府"和"弱政府"的问题，美国到底是怎样的政府？

资：对美国来说，现在这个是个伪命题。人们老喜欢说弱政府，因为美国在设计政府的时候，受洛克的《政府论》影响较大。最初的想法，最担心一个强的政府的公权力侵犯私人的权利，所以他们觉得政府越小越好，政府小的话，纳税人的负担当然就少了，政府是拿纳税人来供养的。但是现在，我觉得已经不存在这个问题了，因为政府已经这么大，小不了了。美国的政府有很大的责任是管全世界的事，他能小得了吗？绝对小不了。现在再说共和党主张小政府，民主党主张大政府什么的，这个已经不是个问题了。但是还存在政府该管什么和不该管什么的问题。一派人主张"去规则化"，就是少一点法规对经济的约束，另一派人持不同意见。政策在这两派中摇摆。

《人物周刊》：美国的创新能力很强，有哪些因素会持续地保障这种创新能力?

资:每一个人思想都是自由的话,当然就创新能力强,自由的想象可以天马行空,随便想,从各种乱七八糟的想法里头,就会出现真的可行的想法。几年前,我写过一篇文章:《唯有思想是不能用钱买的》,还写过介绍一位美国大发明家的故事,他从小就爱琢磨"为什么",还有一个爱拆东西的癖好,得到了父母和周围人的容忍。如果所有人的思想都是受束缚、定向的,只许这么想,不许那么想,那当然就创新不出来了,这是最根本的。人家从小学,甚至幼儿园开始,思想就是不受束缚的。老师鼓励提不同的意见。我们的学生用什么办法考上清华呢?就是用魔鬼训练法,什么事情什么思想什么东西都不可以看,连小说都不可以看,就看跟考试有关系的东西,好不容易考上了名牌大学,到了大学,说你给我创新吧,他的新思想哪里来?而且出新思想的规律是根据自己的好奇心,自己的激情所在,而不是根据某种外来的布置和压力。所以最重要的就是从儿童开始,思想就不受束缚。这是最根本的。

《人物周刊》:你在书里提到过,美国人自己比任何人对软实力的下降都有危机感,这该如何理解?

资:有一部分人就认为特朗普现在的所为是侵害了美国的制度,危害了美国民主。不仅是他,整个美国的政治生活都出现问题。有一位哈佛大学教授提出几个民主受到伤害的标准:政治人物攻击媒体;质疑选举结果;把政敌说成与外国势力勾结;对内用暴力。前三项在特朗普竞选过程以及上台之后都出现了。美国执政者对媒体一向是敬畏三分的,总统这样公然骂媒体,这的确少有。我还曾说过,美国民主的表现之一是竞选失败者的认输,不论竞选过程中如何互相揭短、攻击,一旦结果出来,落选者立即表示祝贺,发表非常有风度的演说,当年戈尔、麦凯恩的落选演说都可为典范。这次的竞选过程以及总统当选后这么长时间，对立面（不仅是希拉里个人）还公开坚持不服气，是少有的。

另外，我个人还认为有一个潜在危机：美国的司法独立是民主政治中非常重要的，最高法院有很高的权力，起到最后主持公道的作用。但是现在的党派斗争有一个可能，就是使得最高法院的组成变成了"一边倒"。在奥巴马执政后期刚好有一名最高法院法官出缺，需要补一名，程序是总统提名，由参议院审议通过。但是由共和党占多数的参议院就是不给排上日程，故意拖到奥巴马任期终结。等到特朗普上台，任命了一名保守派的法官。现在又有法官位子空缺了，如果总是按政治派别任名，导致一派占多数，法院在关键判决的投票时就可能有损公平。这将是对美国民主的严重损害。当然，还有一个制约的因素，就是不管法官自己的政治见解如何，他能够走上这个位置，必然是在法律方面是有很深造诣的，他应该对法律有一个敬畏，所以他们宣誓都是我只忠于宪法（也就是不是忠于总统或政党）。他投票不一定根据自己的政治倾向，过去也有此先例。

美国有一些人士担忧，美国如果越来越越党派化，那么他的软实力就下降了。美国的软实力在于作为一个民主的榜样存在的，20世纪以来，他之所以能够站得住脚，这是很重要的。

《人物周刊》：20世纪是美国的世纪，21世纪呢？

资：这很难说，我认为21世纪可能不再是某一个国家独大的世纪，而是出现多个强国，各有千秋。

至于美国本身是否衰落，我有一个标准，在全球化的情况下，假如世界的移民的自然流向，还都是往美国跑的话，而且不光是说那些在本土生存不下去的穷人，而是精英人才都往他那儿跑，那他就不可能衰落。一个衰落的国家，人家怎么都愿意上他那去呢？其实美国最大的入超不是贸易，而是人才。贸易出超入超究竟谁占便宜很难说，而人才及其所负载的智力，肯定是入超国占便宜。这个便宜不知美国还要占多久。

（2018）

爱的对立面不是恨，而是冷漠

——《新京报》书评周刊访谈

原编者按：疫情之下，90岁的资中筠老人禁足家中，每日密切关注着疫情的变化，感时忧世。在17年前的那场"非典"疫情中，她曾写下《"非典"与"五四"精神》《痛定思痛话"非典"》等文章，反思体制的弊病，呼吁尊重科学和人道精神。然而当疫情再次来袭，她发现当年批评的诸多现象又一次重演，这令她心痛不已。……这些日子，生活平静的老人虽有钢琴做伴，然而时常心潮起伏。"虽然已接近生命的尾声，但是做不到心如止水，喜怒哀乐常为与自己不相干的事所触发。"拳拳之心，溢于言表。在这个特殊时节，我们请老人在我们的栏目"疫期读书"栏目谈了谈自己的疫期生活，以及对疫情防控的思考。她说，此时此刻需要的是良心和良知，要恢复用自己的头脑按常识和逻辑来思考问题。对于一些社会冷漠症，她引用先哲之言，指出"爱的对立面不是恨，而是冷漠"。（2020年3月2日）

每逢大灾，人性善恶都充分显示出来

《新京报》：这个漫长的假期，你是怎么度过的？与平时有何变化？心态是否有不同程度的起伏？

资：我已退休多年，所以无所谓假期。好多天足不出户的情况也常有。不过这次特别长，也没有朋友来访了，当然有点憋得慌。希望能早日恢复正常。这是人同此心，心同此理的。我虽然已接近生命的尾声，自己生活平静，衣食无忧，但是做不到心如止水。喜怒哀乐常为与自己不相干的事所触发。这些日子更是心潮起伏异于寻常。和大家一样，我的信息来源基本是手机微信和网络媒体。每天都有事使我悲伤或感动至于落泪（我是有泪不轻弹的）；也有事使我十分愤怒，有时真想拍案而起。

互联网犹如万花筒，折射出世道人心。每逢大灾，人性善恶都充分显示出来，这次也不例外。从普通人中涌现出大批仁人义士和许多感人事迹、压不住的正义呼声，危难中见人性的闪亮。平时温文尔雅，埋头自己专业的人士这次表现出热血沸腾，急公好义。有少数在夹缝中生存的媒体和媒体人，"明知山有虎，偏向虎山行"，记者不顾危险奔赴一线，尽其所能努力挖掘真相，冲破阻力，传递给公众。媒体人的这种敬业、勇气和担当令人敬佩。在这样的环境中，还有一些媒体人的存在，令人感到一丝欣慰。还有近年来蓬勃发展的公益组织、公益理念和志愿精神也发挥了特有的作用。凡此种种，证明公道自在人心，多数人的血是热的，民间孕育着充沛的善的力量，给点阳光就灿烂。

最心疼的是那些在一线的医护人员，他们都是普通人，现在被逼成"英雄"，牺牲的概率也最高；他们都是血肉之躯的凡人，如今在"天使"的桂冠下，做无所不能的超人。他国的医生只需对病人负责，唯一要对付的是疾病，而我国医生要应付不知多少专业以外的问题。而且，他们工作条件和环境之艰苦，医患比例之悬殊，发达国家的医务人员是难以想象的。他们不需要虚辞浮藻的吹捧，需要的是切实的人力、物力的支持，符合正常人的作息时间和工作条件，基本权利得到保护和尊重。

《新京报》：疫情期间，对你冲击最大的事件是什么？对你个人生活造成的影响主要有哪些？

资：我本人是安全的，附近没有疫情，小区管理很好。个人基本生活也还没有受太大影响，没有焦虑的理由。但是，想到整个管理体制的情况，还是不免于心戚戚。越是看到主流高昂乐观的调子，就越缺乏信心，愈加担忧。

很多事对我情绪冲击都很大。较早是那个"训诫"事。不但此种做法令人愤慨，而且17年前的SARS记忆犹新，一叶知秋，隐约感到情况不妙。后来事态证明我并非杞忧。武汉封城之后，见到视频中那位父母官面对记者关于医护人员防护设备不足等具体问题的提问，竟硬着头皮、厚着脸皮坚持答非所问，埋头读那空话连篇的稿子；还有某医院护士因物资不足向社会呼吁求助而被逼检讨；还有外来打工者不论是否感染，无处收留，流落街头之事，等等，都使我很难平静。

民间公益的发展是大势所趋

《新京报》：疫情期间在读什么书？为什么选择这些书？阅读过程中有哪些感想？

资：很惭愧，与很多朋友相反，我没有静下心来读书。如上面所说，我这些日子和年轻人一样成为低头族，大量时间看手机。拜互联网之赐，至少还有一些封不住的真实信息，当然其中泥沙俱下，需要自己判断。最近看到陈国强院士等几位医生最新发出的《深刻反思新冠疫情暴露的十大问题》，这篇文章根据专业的洞察力，直面问题，同时提出积极建议切中要害。

其余时间是弹钢琴。这些日子弹琴比平时多。而且根据专业朋友的指点，趁这个机会像学生一样认真练练基本功。幸亏还有这项爱好，可以占据身心，松缓情绪。

《新京报》：疫情期间是否看了什么电影或电视剧？印象最深的是哪一部？有哪些感受？

资：朋友在微信上转给我一些好电影，但是我不善于在手机上操作，所以还没有看。为消磨时间，晚上随便瞎转电视频道，偶有吸引我的就看下去。有的明知无聊，为休息脑子或转移注意力，也看一看。比较完整地看了大半部电视剧《新世界》。尽管有些情节不近情理，但演员都不错。吸引我的还有一个原因，电视剧所表现的时间段（1948年12月中旬至1949年1月），恰巧我就被围困在北平城内，既不能出城返校（清华），也回不去天津的家，在北平东城我父亲的朋友家蜗居了几周。所以，电视剧唤起我对那个时段北平居民生活和街道胡同的记忆。

故事当然是虚构的，但背景环境和老北京小百姓的生活状况和心态还不那么虚假，特别是对旧警察的描述不脸谱化，所以有兴趣看下去。问我感受，看后第一个感想是在现实历史中，像田丹这样的人物，在以后的历次政治运动中能过得了关吗？她这样的个人经历和社会关系"交代"得清楚吗？那些充满理想、为新世界出生入死的地下工作者，迎来了胜利的喜悦，但难以预料以后的命运。

《新京报》：近期是否有在写作或翻译什么作品？此时做这项工作有何特殊感受？

资：没有写什么作品。作为研究，我当前还是关注公益事业的发展，这涉及资本主义国家进入新时代正在发生的演变，可能会产生深远影响，国际研究界较少注意这方面。我已经写过不少这方面的书和文章，准备以后再补充一些新材料。

民间公益的发展在全世界是大势所趋，在我国也不可阻挡。每逢灾难它们的作用都凸显出来，灾难越大，作用越明显。民间蕴藏着强大的向善的能量和智慧。孙中山先生曾说，中国人是"一盘散沙"。我们看到在灾难中也有许多个人做好事，但原子化的个体力量终归有限，需要组织起来。这种组织应该是在自愿基础上百花齐放，而不是一家独大，更不能大一统。从汶川地震起，救灾物资通过一家官方指定的组织操作，已经屡次证明不可行。不知出于何种考虑还坚持这样做。这次证明，凡通过其他途径直接与接受方对接的做法，援助物资都及时有效。事实证明，我国近几十年来蓬勃发展起来的民间形形色色的公益组织，是聚集社会健康力量的平台，并对社会做出了积极的贡献。

尊重事实, 尊重科学, 尊重专业

《新京报》：你认为对于此次疫情的暴发和应对，有哪些方面是需要反思的？有哪些政策建议？

资: 应该反思的太多了。这也是我在这个期间想得最多的，以至于夜不能寐。首先，经过17年前的"非典"，我们吸取了什么教训，亡羊补牢了吗？翻出了我2003年9月发表的旧文《痛定思痛话"非典"》，如果隐去日期，似乎就是在说当下，当时的担心不幸而言中，当时的"期待"，似乎更遥远。试摘录几段充当现在的反思：

当前最重要的、扭转被动局面、举世瞩目的变化就是从信息不公开到公开。人们所期待的也正是这意味着一种真正的觉悟，是通向进一步改革的突破，而不是被动的权宜之计。……最重要的标志，首先是对最早促使真相公开化的蒋医生的态度。……是鼓励还是忌讳说真话的试金石，也是有没有决心改弦易辙，承认公民知情权的试金石。

……

诚然，非常时期行非常之事，……但是，非常手段是不得已的，人民的正常福祉靠的是能够长治久安之计。这一次后期采取的非常手段，有些是本来早该采取的正常手段，有些是不得已的救火行为。如果原来有一个健全的"可问责"的政府，一贯尊重公民知情权，实行信息公开；如果流行于各级政府中的注意力，不是在"形象"，而是在百姓的真正疾苦；如果普通百姓具备与现代国民相称的公民意识和维权途径，那么当灾难袭来时，应对的机制会及时有效得多，至少不必发展到这样"非常"的程度，再采取非常措施。许多具体的、常识性的事，本来是每一个有关人员和有关单位负责人的职责范围，如果事事都要诉诸领导，再英明的领导也没有三头六臂，在庞大的官僚机构中的其他人岂非都是尸位素餐？何况，这种非常手段即使在现体制下也是行之不远的。

　　……

　　实际上，政府后期抗SARS取得成功，还是由于采取了科学的态度，其中包括把对人的生命的考虑放在其他传统的考虑之上、主动与国际合作、信息公开化，等等。人们有理由期望沿着这一方向继续前进，更期望能举一反三，运用于其他严重性不亚于SARS的疫病……但是人们也有理由像担心疫情一样，担心旧的一套的"反弹"。尽管"前事不忘，后事之师"是经常被引用的成语，中国人对于惨痛的经历却是相当善忘的，更确切地说，是容易被导向忘却的。

　　……

　　17年后，大同小异的脚本又在武汉上演一次。最后不得不采取非常措施。然而与上次相比，疫病蔓延之广，情况之严重，控制之难，何止以道里计？这些都有目共睹就不必多说了。另外，相对于成倍增长的需求，医疗资源更加短缺。短期内以"举国"之力建成临时医院，然而硬件可以速成，有专业训练的医生护士却无法速成。亡羊而不能补牢，令人痛心。

特别需要反思的是"人道主义"的缺失。一部分民众在这种文化的熏陶下，自己缺乏人道主义，而且还不相信别人具备，以小人之心度人。别人做好事就怀疑其动机，吹毛求疵，甚至污名化。韩红的遭遇是典型例子。还包括狭隘的极端国家主义，什么事都和国家间的"敌我"联系起来，对待国际人道主义援助也是如此。不但不感恩，还出现各种匪夷所思的阴谋论。外国科学家愿提供合作，共同克服疫病，被称作"黄鼠狼给鸡拜年"……以至于他国发生疫情竟有人幸灾乐祸，更加是丧失人性。

　　当下这种思维还突出表现在对待中医药问题上。本来很自然，中西医结合如证明有效，值得推广。如果实践证明某些中药有积极作用，当然应该采用，医务界有不同意见也是科学问题。但是在某些舆论中，又与"爱国"和"弘扬民族文化"扯在一起，信奉中医成了"民族大义"。最近见到与此有关的最极端的"阴谋论"，是说当年美国人在中国建立协和医学院，就是帝国主义消灭中医，进而消灭中国文化的大阴谋，而且已经得逞云云，连用"科学"态度研究中医学都是"阴谋"的一部分。如此荒唐无知的言论，说得振振有词、洋洋洒洒，竟获得不少点赞。

　　还需要反思的是如何实现法治的问题。最近法律专家指出，实际上我国早已制定应付此类紧急情况的法律，发现疫情的初期，各级官员和有关单位的负责人采取措施是有法可依的，并不需要层层报批。但是，不习惯依法行事的父母官或者根本不知道有这样的法律，或者知道也仍然不敢不揣摩上级领导意图，因为如果上面怪罪下来，法律是不能做"挡箭牌"的。缺乏法治观念，既造成不作为，又造成权力的任性。根据以上的反思，不敢提"建议"，只能说希望：

　　1.全民自上至下进行科学精神和人道主义教育。把理念和事例收进教科书，代替空洞说教。

2.允许人说真话。"让人说话，天塌不下来"。加强信息公开，维护公众知情权，做到言者无罪。

3.尊重事实，尊重科学，尊重专业。对于疾病，最先掌握第一手情况的是医生。首先提出警示是医生本职，不要重复"吹哨人"受训诫的悲剧。

4.加强法治，依法治国。非常时期尤其重要。对全民实行普法教育，俾使人人自觉守法、守纪，按规则行事。日本能对疫情采取比较放松的管理办法，有赖于全民对灾害的训练有素和守法的自觉性。

5.放松对民间团体的束缚和限制。充分认识现代社会民间组织，特别是公益性组织，必不可少的积极作用，将"相信群众"的口号落到实处。

最后，希望某些媒体和妙笔生花的写家们多关注些民间疾苦，多一些反思。医护人员已经忙得焦头烂额，媒体如果不能为他们纾困解难，至少别去添乱，让他们配合宣传的需要而浪费时间精力。现在连"拐点"都还没有看到，对病毒来源与防治的研究还在进行，许多情况尚无定论，湖北人民还在水深火热之中，一幕幕人间惨剧还在发生，疫病还有向全世界蔓延之势，至少现在还不是庆功的时候。

一切应以人为本，以控制疫情为目标

《新京报》：你认为我国目前的公共卫生系统建设，有哪些不够健全之处？类似的公共卫生事件，政府救助和民间自救该如何协同？

资：前面提到的最近陈国强院士等几位医学专家发表的文章，提出的问题和建议正是我想说而说不到位的，确实是专家了解实情，都是直率中肯之见。有他们这些真知灼见，我就不作野叟献曝的建议了。但愿他们的建议能得到实现。

不过，我根据自己直接和间接对医疗现状的体会，早有一些想法想一吐为快。我感到我国的医疗体系需要做根本性的改革，已经刻不容缓。在当前这场瘟疫中弱点暴露无遗。应该清醒地认识到，发达国家如日、欧、美的医疗资源与人口的比例是与我们不可同日而语的。我们医护人员平时工作之辛苦，他们很难想象，当前疫病感染者的隔离条件，他们与我们也有天壤之别。如果我们医护人员有他们的防护设备，感染率、死亡率绝不会那么高。所以，他们不论出于什么动机，或是善良的无知，那些溢美之词，只能是饱汉不知饿汉饥，甚至是类似"何不食肉糜"。我们自己的甘苦应该心里有数。

且不说非常时期。平时我国医患供需关系严重失衡，已成恶性循环——普通民众看病越难，医患关系越紧张，医生负荷越重，工作条件越恶劣，越难耐心细致，患者就越不满，导致非理性发泄。医疗资源的核心是医生、护士，恶性事件屡屡发生导致原来最受尊敬的医生职业令人望而生畏。今后医学院招生更难，已在职的医生或出国，或改行，谁还给我们看病？由于平时医疗资源短缺，到非常时期更加捉襟见肘。当前集中大量医院和医护人员抗击新冠病毒，又有多少其他急需的病人得不到及时治疗而被牺牲。这个问题尽人皆知，不必多说。

解决"看病难"、一床难求的问题，首先是增加医疗资源，大力提高公立医院医护人员的基本待遇，使其所得与付出相称。改善工作环境，使医生安心、专心解决疾病问题，而不必考虑其他，更不应有"创收"任务。与提倡尊师一样提倡尊医，使医生重新成为令人羡慕的职业。这是长远之计。

在眼前，现有的医疗资源分配严重不合理，按等级分配，这是我国特有的现象。医保制度"倒福利"（引秦晖教授语）——收入级别越高，报销比例越高。这个问题尽人皆知，似乎还看不到解决的途径。

至于"看病贵"的问题，要从社会保障的制度上解决，而不是牺牲医护人员的收入。所谓"全民医保"只停留在宣传上，需要切实大力普及医保覆盖面，提高报销比例，更需要改变"倒福利"状况。目前医改已经喊了多年，出了各种方案，往往不能切中要害，一则是习惯的形式主义思维作祟，更重要是主持医改者自己享受特权，对看病贵也许略知一二，而对因资源分配不均造成看病难的问题，缺乏改变的动力。

《新京报》：全球化背景下，传染病的传播和防控已是一项世界性议题。这次疫情已扩散至数十个国家，也有一些国家对中国游客进行管控和限制，甚至全面禁止中国人入境，你如何看待此类防控措施？又如何看待美国、日本等国官方和民间对中国的援助行为？

资：实际上，一百多年前人道主义原则已经得到国际共识，所以才有战争中保持中立、对任何一方的伤兵都给予救助的"红十字会"的诞生，才有优待俘虏的国际公约。在天灾面前，国际关系、地缘政治、贸易摩擦都暂时退后，救命要紧；特别是病毒蔓延不问国界，助人也是助己。二战中，美国总统罗斯福提出《租借法》援助反法西斯战争，理由是"邻居着火了，我们应该借给他们灭火器"。如今东邻日本人也以"邻居着火"同样的理由大力、积极提供可能的援助。这些都是正常人很容易理解的行为逻辑。还有我们习惯把政府与民间混为一谈。有许多援助是来自民间，与政府政策无关。

关于对中国游客的限制，这一疫病来势汹汹，传染性如此之强，我国既然可以对武汉封城，在中国疫病有蔓延之势，还未见有效控制之前，国际上所采取一些防疫措施也是能理解的。各国的防护能力和国情不同，对被认为疫区来的中国人的态度有所不同。有些人有过分举动，是个人行为，不必上升到"种族歧视"或国家关系。总之一切应以人为本，以控制疫情为目标。

《新京报》：防疫期间，有没有值得推荐给读者的书籍？

资:很抱歉，我想不出什么书来推荐。此时此刻需要的是良心和良知，用常识考虑问题。不记得哪位先哲说过，爱的对立面不是恨，而是冷漠。如果学富五车，而对他人的苦难无动于衷，才华横溢而只做"盛世"的啦啦队，对正义、非正义没有感觉，那么，无论读什么书，都只能是如钱理群教授所说的"精致的利己主义者"。

关于《蜉蝣天地话沧桑——资中筠九十自述》
——《跨世纪思想家》封面人物访谈

一 底色、回归与启蒙

问：能不能请您先谈一下，这本书的写作缘起、初衷以及特色呢？

资：好的。开始起意写一部回忆录已经多年，其间受到许多朋友的"怂恿"和鼓励，特别是自何兆武先生的《上学记》问世并得到广泛的读者好评以来，一时间出版人和媒体纷纷上门，或约稿，或提出为我做类似的口述历史。根据我的习惯，文思时常是在写作中汩汩流出，并有自己的遣词造句的风格，还是想趁着仍有精力时自己写，而不是口述。但是，随时想写的东西很多，加以近年来似乎越来越忙，往往身不由己，很难静下心来集中精力写过去的事；另外，还由于自己的惰性，无意识中就拖了下来。几年前，读到齐邦媛先生的《巨流河》，作为同代人，感触良多，又唤起多少几乎遗忘的往事，这对我是一大激励，觉得来日无多，非下决心完成不可了。2014年，访问台湾，有幸会晤齐邦媛先生并共进晚餐，相见恨晚。对加紧回忆录的写作又是一次鞭策。现在终于大体完成了。说是"完成"，其实也不准确；越写，想起的细节越多，后来的时间不少是花在斟酌详略上。若要继续写下去，不知伊于胡底。

我本一介书生，寄蜉蝣于天地，渺沧海之一粟，没有什么值得传世的事迹。但是，我所经历的时代却是大起大落，常有惊天动地之事，个人命运也随之浮沉。我常说我这一代人生于忧患，长于国难。其实何止我这一代，几代中国人都是在这种内忧外患的动荡中成长、生活。我们的生年都可以用"事变"来标志：我父母是二十世纪的同龄人，生于1900年，就是"庚子之变"那一年。他们青少年时遇到皇朝覆灭、民国诞生的大变局，他们的教育始于私塾，成于"五四新文化运动"和西学东渐之时。我生于1930年，第二年就是"九·一八"事变。1937年卢沟桥事变，我正是小学二年级暑假，第二年就遭遇校长被日寇特务刺杀的惨剧，终生难忘。抗战八年，我在天津沦陷区读完中学，亲历抗战胜利的狂欢与随之而来的失望。上大学时适逢三年内战，继以政权易帜，国体变更。以后即使你没有亲历战争，却也是政治运动不断，免不了腥风血雨，连我的下一代也经历了"史无前例"的浩劫和随后的巨变。所以，讲家史和个人历史总离不开时代背景，个人经历和心路历程也折射出那个时代的一个侧面。我从大学毕业以后的工作大部分是在国际领域，在绝大部分中国人几乎与外部世界隔绝的年代有难得的国外见闻和与国内外各色人物的接触，从这个角度讲，我个人的特殊经历也许可以收从一滴水看大海之效。

西谚云："人生自四十始"，我却是自六十始，甚至更晚。本来既无案牍之劳形，又无"课题"之催逼，清心寡欲，足以颐养天年；有书有琴，怡然自得。但是，总是有一种戚戚于怀、挥之不去的情结。在这个物欲横流、战火纷飞、杀戮手段日益升级，人性中"恶"的一面展示得淋漓尽致的世界上，人类将伊于胡底？陶醉在"崛起"的豪言壮语中的吾国吾民何处是精神的家园？身居陋室，俯仰古今，心事浩茫，对斯土斯民，乃至地球人类，难以释怀，如鲠在喉，不得不发出声音。却不意引来了不少读者和听众，不知不觉结识了各种年龄的新知，既有才识令我心仪的长者或同辈，也有好学多思的青年学子。特别是乐民先我而去之后，这些忘年交对我照顾有加，在精神上能够相通慰藉，免我孑然一身的孤寂；而纷至沓来、应接不暇的各种约稿和活动的要求，使我生活充实而且感到还有存在的价值。因此，写作这本回忆录，也算是对自己、对友人、对斯土斯民的一个交代吧。

如果这说这本回忆录有什么特色的话，首先是作为特殊年代的"知识分子"，回顾所来路，是一段否定之否定的痛苦的心路历程，既是个人的特殊经历，也有普遍性。今天的青年和外人总是很难理解那个年月的中国读书人的表现和言行，更无法深入了解其内心深处的起伏、转折和纠结。冯友兰先生的东床蔡仲德君曾对冯先生做过精辟的概括，说他一生有三个时期："实现自我、失落自我、回归自我"。这一概括可以适用于所有经历过那个年代的知识分子，只不过每个阶段表现不同，失落和回归的程度各异。这"三阶段"对我本人也大体适用。所不同者，上一代学人在"失落"之前已经有所"实现"，奠定了自己的思想和学术体系，在著书育人方面已经做了足以传世的贡献，后来回归是从比较高的起点接着往前走；而余生也晚，尚未来得及形成自己的思想，连第一阶段还没有开始，就已经"迷失"了。后来回归，主要是回归本性，或者说回归那"底色"，在有限的幼学基础上努力恶补，学而思、思而学。值得庆幸的是，我的余生还有精神家园可以回归，这是拜我的父母和青少年的师长所赐。

我的读者当然是在中国大地，但是由于我自己的拖沓，等到书能付梓时，却遇到了不利的环境，自己感到已来日无多，于是接受朋友的建议，不论如何先让它见天日，就有了这本繁体字的香港版。我还是希望有生之年能看到内地的版本。

问：那么，您能否谈一下这种"底色"是如何形成的？与哪些因素有关？具体而言，"底色"的主要内涵或者构成又是什么？

资：说到"底色"，我们这代人具有挥之不去的忧患意识，这当然与经历中的家国多难有关，也与自幼接受的教育有关。时代的大背景、大环境，以及家庭、师友、学校无形的熏陶，形成了我的"底色"。总括起来就是传统士大夫的家国情怀、济世情怀，在新时代中加上融入世界潮流以求民族振新的追求，也在我的成长期打下深深的烙印，形成不言而喻的终极关怀。

其中，民族振兴、国家富强是我们这代人刻骨铭心的向往。我从未"居庙堂之高"，却也不算"处江湖之远"，不论在哪个时代，自己处境如何，对民族前途总是本能地有一份责任感和担当。在这个问题上自己的思想也有所发展，近年来，无论回顾历史还是展望未来，视角重点日益移向"人"，而不是抽象的"国"。由于中国近代与列强交往中常受欺压，国人习惯地把个人的命运依附于"国家"的兴衰。这在原则上似乎没有问题。但是由于从来没有真正实现"民治、民有、民享"，代表国家的政府不一定代表具体的百姓（我现在尽量避免用"人民"一词，因为这个词也与"国家"一样，被滥用了），于是统治者太容易以"国家"的名义侵犯百姓的权益。国人至今看历史，还喜欢歌颂频于征伐、开疆拓土的君主，今日之青年还为古代专制帝王的虚荣欢呼。而我却经常想起"一将功成万骨枯"，"可怜无定河边骨，犹是春闺梦里人"，以及《吊古战场文》、《兵车行》等等。中国自古以来的文人不缺悲天悯人的情怀，对"兴，百姓苦；亡，百姓苦"是深有所感的。这类文字的熏陶也是形成我的"底色"的一部分。

家庭的熏陶，特别是父母的言传身教，也是一个重要因素。我是在母亲的严加管教下成长起来的。所谓"严"，不是严厉。她极少疾言厉色，打骂之类，我几乎没有挨过打。她注重"说服"，而且很开明；如果不服，允许辩论。这里的"严"，主要是指家教比较严，对于读书、举止、作风都有约束。与此同时，我母亲非常痛恨趋炎附势，又坚持"无友不如己者"，对我交往的同学总要做一番了解，家境贫寒而品学兼优的她都欢迎。有一个同学家里是开跑马场的，平时比较好打扮，和我这种家庭不一样，母亲就不喜欢我与她深交。另外，母亲所信奉的两句话，对我也影响很大。一是"成事勿谏"，一是"堕甑不顾"，都是指已经不可挽回的事，就不要再做无效的争取，或无谓的悔恨。这一影响使我后来经历一些不如意事时能豁达处之。父母身上所体现的自强、爱国、理性、诚、信、蔑视权贵、崇尚学问，厌恶纨绔子弟等等，都在无形中影响了我的人生观和性格，构成了我的"底色"。但是，母亲那种处处为别人设身处地着想、助人为乐和牺牲精神，我确实也没有能继承于万一，我大概只能做到父亲那样消极的清高和洁身自好。

当然，我的养成教育、人格底色的形成，除了父母言传身教之外，在历史大背景下，我出身的那个阶层中耳濡目染所产生的无形影响也是不可忽视的。从我外祖父到我舅舅和父亲，所处的时代是最后一个皇朝气数已尽之时。过去几千年的历史规律是，每当此时就出现"群雄并起""逐鹿中原"的局面，直到有一位强者打败各路英雄，再建立一个皇朝。而这一回，他们所面对的是"三千年未有之大变局"。在几次惨败于列强之后，整个民族良心震撼，特别是士大夫精英阶层意识到不是改朝换代的问题，而是民族存亡的问题，风起云涌的不是逐鹿的野心家，而是各种谋求救国之道的思潮："实业救国""教育救国""科学救国""宪政救国"，直到"革命救国"。更重要的是，这批人已经痛苦而深刻地意识到本民族的弱点，目光向外，探索列强之"强"在何处。

问：那么，您能否结合美国研究所的情况谈一谈，当时您为什么愿意从国际问题研究所调去美国研究所呢？

资：**做学术研究是我的选择，但是研究美国最初是被分配的**。美国研究所成立于1981年，我没有参与创建。李慎之先生把我调去是要我担任副所长，而且正是以这个名义才使国际问题研究所放人。根据中国人事惯例，人家有"升迁"的机会，就不好阻挡了。当时国际问题研究所的郑所长在决定放我之前，还找我谈话，说本来也有意提我为副所长；这样，我是否可以留下不走，我当然不会接受。我想这也是那一代老干部"礼贤下士"的一种姿态，表示他已尽力挽留，并不一定当真。

我进入学术研究领域的初衷是不担任任何行政职务，后来终于被说服接受了美国研究所副所长的职位，是因为我也受到那个时代精神的激励。社科院当时是推动各种新思想的先锋，对于我来说，李慎之本身就是那种"时代精神"的化身，代表了一种新式的领导风格。他反复强调，我们所做的是一种新的"开放"中国的努力，我们将携手建设一个新型研究所和一个"美国研究"的学术新领域。他还说，如果在中国创立了"美国学"这样一个学科的话，你就算"祖师爷"。这只是一句玩笑话，我不会当真。但当时真以为可以对中国的改革大有作为，就同意了，只是提出条件：一不管人事，二不管财务，只负责学术。李慎之一口应承。他本来就"大权独揽"，美国研究所完全是从无到有，所有人员都是他亲自招来的，我到来时已经差不多满额。另外，还有一位副所长专管行政。后来我才意识到，我提出的条件是不现实的，特别是学术是与人才分不开的，只问文章不问人，是自欺欺人，接下来就有评职称问题、工种的分配问题、出国机会问题，等等。在李慎之的卵翼之下，一切由他决定，短期内尚可。不久，他升任社科院副院长，主管所有国际片的八个研究所，虽然一段时间还兼任美国研究所所长，势必不可能多管具体事，我的担子渐渐重起来，烦恼也多起来，此是后话。

在我调到社科院之前，李慎之因准备到美国开会，找我写过一篇有关台湾问题的论文。他有一些想法，与我的想法合拍，我们讨论了几次，拟出大纲，就由我执笔，这方面的原始资料我掌握最多，这也是他找我的原因。当时我还在国际问题研究所，是利用业余和周末时间完成的。又应他的要求，写成英文稿，题为《今后十年的台湾》。后来，中方因故决定不参加此会，老李把书面论文寄了去，引起较大反响。我之所以要求进入学术领域，是不想再给领导当"笔杆子"，或做翻译，而想做一些自己独立的工作。这回又似乎落入原来的套路。那次会议固然邀请他一个人，但是这篇文章是我执笔的，观点是我们共同的，有我许多心血和大部分的劳动。于是我提出应算我们两人合作的文章，尽管我不参会，但我要署名。他似乎有点意外，不过还是同意了，他的名字当然放在前面。这是我平生第一次为自己"争名"，那时还没有著作权的概念。我已经发表过一篇影响很大的论文，关于美国对华政策的专著即将付印，不一定在乎多一篇文章在我名下。但是，我实在不愿再为他人做嫁衣裳，**争的不是名，而是独立**。特别是我已决定调到他手下工作，先要确定工作关系，不论名义上职务是什么，不能又成为一名得心应手的"外事助手"，而要做一个独立的研究人员，这是我当时真实的心理活动。

另一件事是关于翻译的问题。我发现他调我去有一点"私心"，就是仍希望时不时地依仗我为他做一些翻译。他本来英文很好，完全可以交流自如，但是要谈复杂的问题当然还是讲中文更达意，于是很自然地把我作为语言的"拐杖"。我当然不愿意再落入此"陷阱"。于是下决心找机会直言相告：我之所以坚持到研究机构就是厌倦口译这一职业，寻找独立的表达空间。他说："那你的意思就是说，以后我如果想请你帮忙翻译就免开尊口"。我直截了当说："是的"。他显然有不悦之色，这是可以理解的。无论从级别还是资历，我都差一大截，这样生硬地直接拒绝领导也不多见，何况我还是他下功夫"挖"来的。不过，老李到底不同于一般官僚，自此之后，他尊重我的意见，再没有叫我做过翻译，而且我们之间也没有因此有任何芥蒂。这次谈话的直来直往也奠定了以后我和他之间坦率讨论问题的风格。

我与他共事，包括两人都退休以后继续交往近二十年，在二十年中既有耳提面命，又有平等的交流和思想的碰撞，甚至争论（以我的身份可以算是顶撞）。我本性是喜欢说理的，在长年被迫和自我钳制之后，终于可以没有顾虑地表达，心情无比舒畅。无论是何种形式交流，都使我深受教益和启发，也处处感受到他的思想、眼光之异于常人之处。我对他的看法并非一成不变，我们也并非在所有的问题上意见完全一致，但是我最初对他的印象始终如一：襟怀坦荡，议论横生，总是单刀直入，很少拐弯抹角，时常一语惊人，发人之所未发。他也是少有的从不跟我说"要好好改造思想"的领导（另一位这样的领导是李一氓）。相反，他在对我有些了解之后，曾对我说，你应该相信自己决不会不爱国，决不会立场不坚定，你只要把你所想的写出来，就是好文章。那是改革开放初期，对于习惯于"带着镣铐跳舞"的我真有豁然开朗之感。这是一种返璞归真的根本取向。我不但洗尽了那种不自觉沾染上的八股文风，而且终于摆脱从大学毕业前夕就开始的永远改造不好的原罪感，得以回归常识，回归自我，进入今天的境界，是受惠于他。因此，可以毫不夸张地说，他在关键时刻对我的点拨起了"再启蒙"的作用。

问：那么，您能否再为我们讲一讲，什么是"启蒙"？当下的中国，为什么需要"启蒙"或者"再启蒙"？

资：我先讲一下什么是启蒙。对于这个问题，康德有过非常经典的回答。他认为，所谓启蒙，"就是在一切事情上都公开运用自己理性的自由"，就是"要有勇气运用自己的理智"。换言之，启蒙就是指用自己的脑子想问题，回归常识、事实和逻辑；就是打破迷信，回归理性，让理性之光照亮为各种专制统治的愚民政策所蒙蔽的心智。在这里，启蒙的对立面是蒙昧，与启蒙相反的是颠倒黑白和不顾逻辑。

有些人不同意启蒙。在他们看来，启蒙就是先把别人说成是愚昧的，自己是聪明的，然后就是去给人家启蒙。因为有这么一种观念在里面，所以就对启蒙很反感。实际上，这种观念是不对的。

　　从方式上讲，有自我启蒙，也有相互启蒙。但是，启蒙的意思不一定非得是谁比谁特别高明，然后由我来启你的蒙，而是说人们常常处于一种比较愚昧的状态，需要想明白，有时靠外力，有时自己也可以给自己启蒙，人与人之间也可以互相启蒙。就是说原来没懂的道理，忽然一下豁然开朗，懂了。为什么会懂了呢？也许是看到一篇文章，或者是读到一本书，或是听到有一个人讲话，发现事情原来是可以这么看的，原来我这么看，这个角度是不对的，这就是启蒙。为什么我们现在这个问题（启蒙）还一直存在呢？因为我们在相当长的一段时间里，是被蒙昧的，我们是处于愚民教育时间比较长的一个民族，所以启蒙的任务对每一个人来说都还是很重要的。应该说从改革开放以来，上世纪70年代末开始，我忽然觉得自己有所悟，对一些问题明白起来，意识到自己原来非常迷信、非常愚昧，有这样一个过程，也不是一朝一夕达到的。对很多问题都慢慢地明白起来。那么你自己了解到了，你自己见到了光明，你就特别希望和别人分享。当你发现别人还在那糊涂着呢，你就特别希望他也弄明白这个事，这就叫做启蒙。

　　因为我们经历了一个蒙昧的时代，被剥夺了了解真相的权利——包括历史的和现实的，在不同程度上丧失了独立思考的能力，所以需要启蒙，恢复用自己的头脑按常识和逻辑来思考问题。

　　首先，必须要了解真相。我本人近年来读到许多好文章对我很有启发，这也是"启蒙"的一部分。特别是现在网络发达，无法完全控制，给群众性的启蒙创造了空前未有的条件。我不太喜欢"意见领袖"的说法。当然，"闻道有先后"。有些人先了解了真相，先作了深入的思考，想通了一些问题，有责任与大家分享，消除流传的误区，如果说所谓知识分子的担当和责任，大概就是指这个。

　　其次，启蒙不能"定于一尊"，某些人自以为是权威，掌握真理，不容别人质疑，这样又会进入新的蒙昧。只要是基于事实真相，凭借理性的独立思考得出的看法，都应该充分表达，互相交流，甚至争论，这样就会形成一个"启蒙时代"，不过前提是大家都有平等的、充分表达的机会。目前这还是理想，不是近期就能实现的。

再者，启蒙不能作为一种运动。只要每个人凭良心，无论你相信什么信念，只要是真诚的，不是为了媚上，不是为了一己私利；大家在无形之中照亮自己的心灵，传达推动文明进步的、更加接近人性的思想和观念，并相互启发，这就足够了。

此外，启蒙并不是万能的，有的是因为你没想到，无知的缘故；有的是利害关系。我觉得中国的成语真的是非常智慧，有个成语叫"利令智昏"，一心逐利的时候，人的心智会受到蒙蔽，对明摆着的事物视而不见。

二　历史、传统与精神

问：一种最为常见的说法是"以史为鉴，可知兴替"。对于这种说法，您是怎么看待的？另外，您一直主张应当坚持以人为本的历史观，从人的角度重新审视历史，反对对人麻木的历史观。于此，您能否结合历史，谈一下什么是以人为本的历史观？

资："以史为鉴，可知兴替"，这里"替"是关键，为什么不是"兴衰"呢？就是一个皇朝由盛而衰，最后被下一个朝代给"替换"了，这才是最重要的。所谓一个朝代实际上是一个家族掌权，然后又被另一个家族夺走了，换了姓。从历史中吸取经验教训，是为了本朝能千秋万代永远继续，避免被别的朝代"替"掉。谁最该吸取这个教训？当然是皇帝和他的家族。他的谋士、帝师的职责就是教给皇帝如何保住这个皇位，老百姓是无权参与，也无能为力的。所以，中国历史首先是写给皇帝看的。

中国的二十四史只有第一部《史记》例外，是异类。尽管司马迁本人的职务是史官——太史公，但他著史的目的是"究天人之际，通古今之变，成一家之言"，而不是为了皇朝的延续。他的心胸非常博大，包含整个他目光所及的世界，要找出规律，不是为了汉朝统治能够永远持续。所以他胆子很大，一直写到他生活的时代。他是汉武帝时代的人，《武帝本纪》他也写出来了，而且对武帝没什么好话，并非歌功颂德。要是看《史记》的《武帝本纪》，对汉武帝得不出很好的印象。而且《史记》还有点像布罗代尔所提倡的写生活史，给各类人都写列传，包括《游侠列传》《刺客列传》《货殖列传》，等等。中国人历来是轻商的，但司马迁给商人也写列传。还有酷吏、廉吏、循吏，都分别列传，按照他自己的评判标准。所以司马迁的《史记》，是中国历史书里的一个异类。是为记录史实，也是寄托他自己的怀抱，不是给皇帝看的。但从此以后，包括《汉书》，历代所谓"正史"，都是官史，基本上是给皇帝看的。

没有列入二十四史，却是最权威、最重要的一部编年通史干脆就叫《资治通鉴》，顾名思义，目的鲜明，是帮助统治者如何巩固统治权的。作者碰巧也姓司马，但司马光与司马迁的角度非常不一样，他在《资治通鉴》的最后附有一封给皇帝的信，大意说我所有的精力都已经放到这里边了（按：这部通史写了19年，当然有一些助手，所有助手的名字也在上面，包括校对的、刊印的，但是司马光是主要编撰者），此书是在宋英宗时奉命编写的，完成时已经是宋神宗当政了。他请当朝皇帝好好读一读这部书，并明确提出，每一个朝代的兴衰有什么样的规律，宋朝应如何吸取经验教训，才能持续兴旺下去。说穿了，历史著作的最高目标就是如何使皇朝能够千秋万代永存下去。为实现巩固统治的目的，其中有一条就是得民心。所以**得民心是手段，不是目的**。就是说民众的需求和他们的福祉，是必须要顾及的，任何一个统治者都不能不顾及，但这是手段，目标是为了维持王朝统治。

从这一功能派生出来的，史书还有一个功能是对当朝统治者起一定的监督和约束作用，这有一定的积极意义。中国古代史书有一以贯之的价值观，这是从孔子著《春秋》时定下来的。遣词造句都代表着褒贬，叫做"春秋笔法"，所以有"孔子成《春秋》而乱臣贼子惧"之说，因为孔子维护的是正统的秩序，不容犯上作乱。例如，臣杀君，叫"弑"，君杀臣叫"诛"。前者是大逆不道，后者是罪有应得。

大家应该都知道文天祥的诗："在齐太史简，在晋董狐笔"。就是说春秋时期有两个能坚持原则、坚持说真话的史官，齐国的太史简因为大臣崔杼把齐庄公给杀了，在史书上写："崔杼弑其君"。崔杼说不能用弑字，他坚持用，就被杀了。那时候职位常是一家继任的。他死后他弟弟接手他的职位，也坚持用弑字，结果也被杀了，另一个弟弟再接替这个工作，照样坚持用"弑"字，也被杀了。三兄弟前赴后继，就为了这一个字。最后崔杼手软了，觉得不能再杀下去，就认了。所以在《春秋》里记载的是"崔杼弑其君"。这件事说明：第一，他们非常在乎用哪个字；第二，当时的人还是有血性的。他们认定的原则，不惜以身殉职。据说另外还有一个别姓的南史氏，听说此事后还准备去接着干，去撞刀口。后来崔杼罢手了，他才没有去。那时候的人确实较真儿，把坚持他们认定的真理看得比性命还重。我们今天的是非标准和那时不同，看起来很可笑，为了用哪个字而牺牲性命。但他们认为这是原则问题，这是他们的道统。晋国董狐的事迹也差不多，不过没有被杀，就不细说了。通常有"殉国""殉职""殉道"之说，而写历史成为一桩惨烈的职业，要牺牲性命，"殉史"应该算是中国特色。无论如何，这两位史官为后来写历史的人树立了一个标杆，**中国古代修史以此为榜样，坚持写真事，不能为了迎合皇帝的喜好而瞎编，这是一个很好的传统。**

历史都是史官写的，每一个朝代里都有史官。所以顾准说中国的文化是"史官文化"。也许就是从齐太史之后立下的规矩（我没有考证），君主本人不能看史官如何记载他的言行，这样，史官就可以无顾虑地如实记载，为后世提供真实的史料。这个传统在皇权专制时期能保持近千年，很不简单。到唐太宗自己做了不好的事，怕史官记下来，坚持要看自己的"起居注"，褚遂良等人顶不住，就破了这个规矩。后来隐恶扬善，歌功颂德的就逐渐多起来。不过总的说来，史官还是有一定的独立性，心目中有一个榜样，治史者对后世有一份责任心，对真相心存敬畏，不敢胡编乱造。

另外，除了官史之外，还有许多野史、私家编撰的见闻录。例如宋周密撰《齐东野语》的序言说："国史凡几修，是非凡几易，唯我家历史不可易"，因为官史受当时的政治斗争影响，有私心、有党争，常是以得势者的是非为是非，只有他们家祖辈传下来的实录是可靠的。当然这也只是一家之言。在明清以降大兴文字狱之前，这种民间野史的刻写、流传还有一定的自由度。即使是修官史，主要是写前朝历史，不涉及本朝利害，可以客观一些。其所依据的史料也包括广为搜罗的野史，甚至民间传说。而且史官们特别希望当朝皇帝能吸取经验教训，不能自欺欺人，因此也有写真实的动力。赞扬前朝的开国皇帝，揭露过去亡国之君的弊政，都不会冒犯当今的在位者。所以，为我们留下的二十四史，还有相当的可信度。

自19世纪中叶，中国人开始放眼看世界以来，再讲历史，就不限于中国，而是世界各国的历史了。"以史为鉴"也包括以他国的兴衰为鉴。中国人研究外国历史，最开头的着眼点是：为什么他们能打败我们？显然，这里的出发点是救国，不论是学习中国史还是学习外国史都是为了救国，这也是当时知识精英的共同情结。但是"他们"为什么强大，就不能以皇朝的兴衰为主线了。因为欧洲从中世纪以后的发展途径，就不是一国一家的王朝兴衰。历史发展是以生产力、思想的进步，和制度的改变为主线的。比如你要学英国历史，你得看13世纪的《大宪章》，有了这个之后，就是克伦威尔革命，以后又有光荣革命，又有工业革命，等等。而不是以斯图亚特王朝或都铎王朝怎么样了为线索。因此我们在学欧洲的历史时，总是要学文艺复兴、启蒙运动、宗教革命、科技革命、工业革命，什么时候有了蒸汽机之类。既跨越王朝，也跨越国界。日本"明治维新"是国人耳熟能详的话题。这样，不知不觉引进了另一种历史观。

作为现代人，放眼世界，是否还能立足于朝代的"兴替"？既然号称"共和国"，又号称以"历史唯物主义"为主导，那么，历史观就应以生产力的发展、社会的进步、大众的福祉为标准。评判是非得失有了新的视角。眼睛不能总盯着皇家，而是看一般老百姓的生活，包括用什么器皿，什么时候机械化、电器化了，以及风俗的演变等等。而统治方式、政权的兴替，制度的变迁成为手段。这就倒过来了：不是说发展生产，提高人民生活是为了巩固当权者的统治，而是说为了国家繁荣、人民福利、社会进步，什么样的政府和什么样的制度是合适的，不合适就被"替换"。

2005年，中央电视台的纪录片《大国崛起》，曾引起热议。一般观众自然而然会想到"中国崛起"，思考从其他国家的兴衰中看出什么规律。比如纪录片中提到荷兰这个蕞尔小国，却曾经一度因其最自由、最开放，最有创新而领先欧洲，称霸一时；比如德国作为欧洲的后来者，特别重视教育，19世纪德国的教育在欧美国家处于领先地位，德国也以此兴国。实际上是从人类文明发展的角度看历史，这就脱离了帝王家谱的体系，颠覆了为皇朝服务的历史观。从这个意义上讲，《大国崛起》这部记录片无形中起了一些突破性的作用。

自从苏联解体、东欧剧变以来，其原因和经验教训是中国政界、学界戚戚于怀，挥之不去的心结和话题。其原因当然在于"以俄为师"的历史根源，这点众所周知，不必细说。在总结苏俄历史的经验教训的众说纷纭之中，大体上有两种视角：

1.人类文明史的视角

从这一视角出发，得出的结论是苏联原来的统治制度对人类的两大诉求：生产力的发展和公平正义都无法满足，既无效率，也不公平。反而扼杀了文化底蕴深厚、优秀的俄罗斯民族的创造力，给俄罗斯及其周边的民族带来的是祸多于福，因而难以为继。不论以何种方式，最终必然要抛弃旧的制度，转到人类共同发展的轨道上来。这一转轨可能是和平的，也可能是通过暴力。俄罗斯得以和平迈过这一坎，避免了流血和大规模的破坏，是他们人民的幸运，也说明民众的文明程度。苏联的军队坚持枪口不对内，是文明之师。被谎言屏蔽的历史真相也逐步大白于天下，苏联档案开放成为全世界历史学家的盛宴。方今俄罗斯出版了许多历史书，基本上颠覆了《联共（布）党史》，证明该书大部分是为树立斯大林个人，为其专权辩护的谎言。俄罗斯和前苏联的各民族获得了一次新生。总而言之，这是历史的进步。

2.沿袭朝代兴替的视角

这一视角奉苏共的统治为"正朔"，以同一政权千秋万代永远持续为理想，是非褒贬以此为准。于是得出的"教训"是：从赫鲁晓夫开始揭露斯大林暴政的真相（尽管只是一小部分）动摇了对斯大林的迷信；戈尔巴乔夫进一步"公开化""新思维"，"扰乱"了人心；几千万党员不站出来誓死保卫党权，其原因是信仰不坚定，思想自由化；叶利钦是叛徒；手握重兵的武将按兵不动，不作平叛勤王之举，是懦夫。于是当初自称布尔什维克的一群人通过暴力夺取的"江山"给拱手让出来了。从这一角度出发，吸取的教训就是在思想上要加强控制，而且在必要时不惜用军力保卫已经占有的统治权，在这里，亿万广大百姓的实际福祉和意愿似乎是不存在的，可忽略不计。

两种不同的历史观，归根结底是两种不同的国家观，涉及对政府和政党存在的理由的根本认识。百姓是主人，还是在皇恩浩荡下的臣民，各级政府官员是"食君之禄"，还是纳税人养活？这"谁养活谁"是问题的根本。中国由于皇权制度历史悠久，"祖辈打江山，子孙坐江山、保江山"的观念根深蒂固，而对现代民主、共和制的认识历史较短、远未深入普及，却又经历了以人民的名义行高度集权的历史。现在要把观念扭转到以"民"为目的、政权为手段，十分困难，况且涉及如此巨大而盘根错节的既得利益。但是中华民族毕竟是要汇入人类文明滚滚向前的洪流的。历史，不论是本国的还是他国的，已不是只写给君主看，而是面向大众的。

培根说："历史使人聪明"，其前提是写真相的历史。多一些人，早一点清醒地对待历史，明确人民与朝廷哪个是目的，哪个是手段，最终要"保"的是谁，这是百姓祸福、民族兴衰的关键。被编造或屏蔽的历史，其作用适得其反，是愚民的手段，可以使人愚昧。

问：记得您曾在一篇非常著名也非常有影响的文章中，从历史与道统的角度，对中国古代的"士"或者说中国知识分子的精神传统，进行了细致的梳理和深入的分析。那么，您能否简要谈一下"士"的精神内涵是什么？这种"士"的精神传统又有什么突出的特点？

资：对于"士"的精神内涵，可能存在不同的理解。我自幼承庭训，读一点《论（语）》、《孟（子）》，印象最深的几句话就是："富贵不能淫，贫贱不能移，威武不能屈"，"三军可以夺帅，匹夫不可夺志"；"士不可以不弘毅，任重而道远。仁以为己任，不亦重乎！死而后已，不亦远乎"，"自反而缩，虽千万人吾往矣"，等等。这些话，总的精神用现代话语来说，就是"坚持真理，坚持独立的人格"。另一方面，不满足于消极的洁身自好，而是对国家、民族有高度的责任感。有时退而"独善其身"是不得已的，内心的抱负都在"兼济天下"。这种精神包含了中国读书人最看重的"骨气"和"担当"两个方面。保持人格独立，如果没有外界压力，十分容易做到，也就无所谓坚持了。在中国几千年的特定条件下，却是需要很大的勇气甚至以命相争才能守住的。压力不言而喻，首先来自权势，所以"坚持"的另一面就是不畏权势，从孟夫子的"说大人则藐之，勿视其巍巍然……我得志弗为也"，到魏晋名士的特立独行，都有藐视王侯、不畏权势的特点。来自另一面的压力是"俗"，要"坚持"，就必须不随俗、不媚俗，不与"潜规则"同流合污。在上下左右的夹缝或夹击中坚守自己的"志"，保持人格完整，心灵自由，方显其风骨之可贵。这种"风骨"是千锤百炼出来的中国的"士"的精髓。

问：您所看重的这种"风骨"，是不是就是陈寅恪先生在《王观堂先生纪念碑铭》中所主张的"独立之精神，自由之思想"？

资：是的。正如陈寅恪先生指出的那样："士之读书治学，盖将以脱心志于俗谛之桎梏，真理因得以发扬。思想而不自由，毋宁死耳。斯古今仁圣同殉之精义，夫岂庸鄙之敢望。……唯此独立之精神，自由之思想，历千万祀，与天壤而同久，共三光而永光。"这实际上也是"士"的精神传统中最本质、最重要的东西。

当然，我们也知道"士"的精神传统是在特有的历史轨迹中形成的，既有其自身的内在逻辑和价值追求，也有其自身的突出特点。大致来说，主要有三点：

一是家国情怀。以天下为己任，忧国忧民。其依据的现实条件是"学而优则仕"。能有资格"忧国"的，大小都做过官。即使暂时不"居庙堂之高"，而"处江湖之远"，还是有官职，而不是"庶人"。"位卑未敢忘忧国"，还是有一定的"位"，不是草根百姓。尽管皇朝是一家的天下，在朝的大臣还是视同己有，因为舍此无以安身立命。

二是重名节、讲骨气。"士林"有自己相对独立的价值体系和判断标准。"三军可以夺帅，匹夫不可夺志"，"富贵不能淫、贫贱不能移、威武不能屈"的古训是赖以立身的道德准则，从而铸就了读书人的骨气，历经朝代更迭而不变。他们自认为是儒家道统的承续者和维护者。顾炎武在明朝败亡之际讲"天下兴亡，匹夫有责"，有意把"天下"和"国家"分开，他明确说"国家（指朝廷）兴亡，肉食者谋之"，匹夫是没有责任的。那是因为朝代更迭他无能为力，只能努力维护作为精神支柱的道德体系。当然，这里"匹夫"实际上只能是"士"，不可能包括引车卖浆者流。

在政治思想上尽管定于儒家一尊，但对孔孟之道的传承和解释权在硕学大儒而不在皇帝。不论皇帝如何"雄才大略"，从没有过"君师合一"，更没有"汉武帝思想""唐太宗理论"之说。"士"一旦入朝，成为"大夫"，潜意识的还是继承了"贤者为帝王师"的想法，以"致君尧舜"为己任，还是努力企图用道统来影响和规范皇帝。他们心目中有"明君"和"昏君"的评判标准，历代官史也尊崇"直臣"，蔑视"佞臣"，不少当红的宠臣位高权重，却为同僚士林所不齿。文天祥在殉难前想到的是"孔曰成仁、孟曰取义"，而不是宋太祖或其他什么皇帝的训诫。耿直之士"虽千万人吾往矣"，是因为自以为真理在握，有这份自信。所以，尽管有杀头、灭族的危险，面折廷争、冒死直谏之士代代不绝。另外，君臣都重视身后名，对"流芳百世"还是"遗臭万年"很在乎。这一点也是坚持原则的动力之一。

在学术层面，由于有一定的独立性，较少受皇权的干扰，即使在"注六经"中也还能形成不同的学派，特别在唐中叶以后，书院兴起，至北宋蔚为大观。无论在朝在野，学者和书院对道统的传承和丰富起了很大作用，甚至还能发展出疑孔、非孔之学。另外还有一条隐逸之路，在"邦无道"或自己想远离"帝力"时，还可以归隐田园，保持一定的精神独立，并创作出无比丰富的、灿烂瑰丽的文学艺术珍宝。"不为五斗米折腰"成为千古名言，深入人心，不论是否能做到，却在无形中形成一种精神上的向往。

三是"颂圣文化"，把爱国与忠君合二为一，而且忠君是绝对的，"虽九死其犹未悔"。见用则"皇恩浩荡"，"感知遇之恩"，万死不辞，获罪则不论如何冤屈，"臣罪当诛兮，天王圣明"。此语出自韩愈《羑里操》。韩愈是最正统的儒家道统维护者，也应算是直言敢谏之士，明知皇帝好佛，偏要上《谏迎佛骨表》，遭贬黜也在所不辞，"肯将衰朽惜残年"！他以同样的忠诚作《羑里操》，想象当年周文王被殷纣王拘禁时的心情，写出了这句也成为千古传颂的"名句"。周文王代表了儒家所向往的最理想的天子，他坐牢时也有《歌》传下来，注家有不同解释，此处不论。可韩愈觉得他应该抱这样的态度。这种发自内心的绝对服从，其伦理的依据就是儒家的"三纲"，现实的基础则是人身依附。因为在那种制度下，读书人除了"报效朝廷"外，几乎没有其他的途径可以用其学。冒死直谏，犯颜上书，都是出于忠心，就事论事，绝不是反对皇帝本人。无论哪朝哪代多么开明的皇帝都不会容忍对本人公开的否定，连"腹诽"也是罪。为人臣者基本上自觉遵守这一条，因而天王永远"圣明"的颂圣文化流毒久远。

值得一提的是，自西学东渐以来，尤其是自鸦片战争以来，"三千年未有之大变局"促发了民族的猛醒和震荡。"士"的心灵受到了空前的冲击，少数先知先觉者开始新的探索。从这种意义上讲，中国人的现代"启蒙"也于此开始。这一探索持续百年。由于面临的问题与以前完全不同，"亡国"不再是朝代更迭，而是与"灭种"联系起来，那时所谓"灭种",不是真的如希特勒杀犹太人那种"种族灭绝",而是指整个华夏文明的存续问题。所以,读书人的危机感特别强,探索也空前活跃。在精神上,传统因素还有一定的作用。上述忧国忧民的担当与骨气和勇气,在新的条件下被赋予了新的内容,驱使无数仁人志士为民族复兴抛头颅、洒热血。在谭嗣同、秋瑾等烈士乃至早年共产党人身上,都可以看到这种传统精神。不过他们不是为维护原来的"道统",而是力图打破它,朝廷和国家已经不是一回事,而是为救国必须推翻朝廷,至少要彻底改造之。这种威武不能屈的骨气,与从西方引进的"人格独立、思想自由"以及"社会良知"可以相通,并相互加强。

他们告别的是上述第三点"颂圣文化"。这也是"新文化"的精髓。从严复的"开启民智"到梁启超的"新民说",到"五四"一代人为"德先生、赛先生"而呐喊,都是企图唤起民众,摆脱在颂圣文化下培养出来的奴性与愚昧。那种"铁肩担道义"的精神是传统的,而所承载的观念和思想则是新的,从外面引进的。这是一场持续的启蒙。如果说,中国曾经有传统文化与外来文化的精华相结合的时期,那就是19世纪末至20世纪前半,经历了百年的新文化运动(广义的),现代文化、教育、新闻、出版等事业初具规模,同时出现至少两代在思想上和学识上堪称贯通中西的知识分子。即使在抗日战争极端艰苦的条件下,文化教育没有停顿,还在继续发展,新旧结合的"士"的精神没有出现断层。甚而可以说,中国读书人的传统中优秀的部分与新的思潮相结合达到了历史的新高度。

现在常为人们所称道的"西南联大"那些人和事可以为代表,当然不止"西南联大",还有"中研院"以及其他高等院校和学人都有可歌可泣的表现。那时政府也是专制,也有高压,甚至还有暗杀,但是总体上,知识精英还是保持了气节和一种价值共识。张奚若在国民政府召开的"国民参政会"上发言被蒋介石打断,就拂袖而去,下次开会可以退回差旅费，拒绝参加；马寅初公开揭露孔祥熙，把他骂下台，直到1947年已是内战方酣之时，傅斯年公开发表文章《这样子的宋子文非走开不可》，半个月后宋子文就被撤职。1940年冯友兰受西南联大教授委员会的委托给当时教育部部长陈立夫写的那封信，最集中体现了这种传统与现代精神的结合。那件事起因是教育部下达指令，要审核大学的课程和实行统一考试，受到全体教授的抵制，委托冯先生起草回绝函。信是典雅的古文，套用诸葛亮《后出师表》的语气，内容是据理批驳教育部的指令文件，通篇贯穿现代教育独立于权势的理念，掷地有声。信中特别指出，如果按此规定办理，大学将等同于教育部高教司的一个科，大学教授在学生心目中将不如科员，受到轻视。结果教育部的指令就此被顶回，学校保持了独立。这里讲的就是一种　"士"的精神。

如果以上面所说的"士"的三点传统来看当代知识分子的主观世界：家国情怀、忧国忧民，和对"道"的承载，依然存在于一部分人中间，现在转化为对严重的时弊和改革倒退的忧虑、对普世价值的追求，还有拒绝遗忘，追寻和揭示历史真相的努力。这些在进入耄耋之年的老人中特别强烈，同时在中青年中仍不乏有志者。主流媒体以外的报纸、杂志以及论坛，如雨后春笋，此起彼落，前仆后继，承载了当代优秀思想和探索，加之网络对冲破禁锢、活跃思想的作用，构成一道闪闪发光的文化风景线。

毋庸讳言的是，多数青年学子的家国情怀日趋淡薄。其原因是现在个人命运不一定与民族国家紧密联系，可以"用脚投票"，而且出路与才能成正比。合则留，不合则去。人才国际流动是大势所趋，无可非议。同时，正义感与理想也为现实的功利所淹没。如果说，前三十年的思想改造主要是"为威武所屈"，那么现在有话语权的上层精英多"为富贵（名利）所淫"，而多数尚未站稳脚跟，忙于为稻粱谋者，则可以说是"为贫贱所移"。多数人并非良知全泯，但感到无力和无奈，而抗拒则立即失去很多，于是选择与种种明知非正义的"潜规则"或"明规则"妥协。自19世纪中叶至20世纪中叶的留学生主要是"偷天火"，企图回国进行启蒙，改变黑暗、落后的现状；今之留学生则主要为自己找更好的出路，如果选择回国来发展，大多不是改造社会而是被改造，一部分甚至成为维护现状的吹鼓手。士林已无共识，即使有，也各人自扫门前雪，形不成道义的压力。少数有所坚守，进行抗争的，受到迫害时往往孤立无援。也有些人认为，那些特立独行之士所忧虑的社会危机都是长远之事，至少目前还能在歌舞升平中苟安于一时，何苦自寻烦恼？

在主流文化中，一切新老传统的特点中唯有"颂圣文化"如鱼得水。当下的"颂圣"既颂个人，又颂"盛世"。在全球化背景下中国因经济增长迅速而国际地位空前提高，相当多的知识分子在收入和社会地位上是得利者。在此情况下，直接或间接"颂圣"表现出的新特点是：以各种"理论"维护现有体制，否定必要的改革，为显而易见的弊病－特别是当前严重的社会不公和弥漫性的腐败——辩护。一部分所谓"文人"在因"颂圣"而名利双收中不但堕落到无耻的地步，而且已经超越了起码的人道底线。

古之"颂圣"还有真诚的一面，出于对某种纲常的认同。今之"颂圣"多数言不由衷，明知其非。在大会、小会上一本正经地说，大小笔杆子成本大套地写的内容，在茶余饭后私人之间却是讽刺讥笑的话题。人人都做两面派，丝毫没有歉疚感。古之欺君是大罪，今之"君"似乎有意需要被欺。古来帝王还相信以史为鉴，可知兴替，所以史官还有一定的写真事的空间。今之官史不但不发扬"以史为鉴"的优良传统，却着力于屏蔽真相，伪造历史，拒绝反思。这一点对青年一代毒害尤甚，使他们对当代史、近代史完全无知，对古代史严重误读，重新陷入蒙昧。

问：确实如此，古之"颂圣"，实际上也包含有对某种纲常的认同和坚守。就比如说，您在一篇文章中对方孝孺和布鲁诺之死所做的剖析。您认为，虽然他们各自都是殉身于"道"，但是所殉之"道"却完全不同。

资：是的。方孝孺是明朝初年最德高望重的儒生，被明太祖朱元璋任命为皇太孙朱允炆（建文帝）的老师。他后来坚拒为造反夺位的燕王朱棣（永乐帝）起草登基诏书而慷慨赴死，不但被"磔于市"，而且"灭十族"——连没有血缘关系的学生也受株连，其"扩大化"可谓空前。我至今记得当年老师在课堂上讲到这一段时激昂慷慨的神情，使我们都对这种大义凛然的精神由衷敬佩。

方孝孺死难的年代是1402年。过了近二百年，意大利人布鲁诺以传播异端思想于1600年被罗马教廷处以欧洲当时的极刑——烙刑。他在狱中七年，援引教义为自己辩护，只是坚决不肯接受他可以获得赦免的唯一条件——否定"日心说"。其捍卫真理、宁死不屈的精神永为后世所称道。在向他宣读判决书时，布鲁诺有一句名言："也许你们判决我时比我收到判决时更感到恐惧。"临刑前他的舌头被夹住，足见他的言论有多大的威慑力。不过好像古代欧洲没有株连之律，所以他只一人遇难。

我在那篇文章中说过，就抽象的道德而言，方孝孺和布鲁诺都是铮铮铁汉，为捍卫自己认定的"理"宁死不屈，但是他们各自捍卫的"道"和"理"却有天壤之别。布鲁诺为之奋斗的，可以把人类的智慧向前推动一步，而方孝孺为之牺牲的却是朱元璋的孙子还是另一个儿子应该当皇帝，这里面有什么颠扑不破的真理吗？于国于民究竟有什么区别？何况这甚至都不是改朝换代，明朝就是朱家天下。朱棣说得坦率："此本朕家事"，就是说你姓方的管不着。可是至少从秦统一中国的两千年中，一代一代的中国士大夫为帝王的"家事"操心，耗尽聪明才智，献出理想、忠诚，多少人为之抛头颅、洒热血，这种努力推动历史前进了么？

方孝孺和布鲁诺的差别，实际上也是他们所根植之土壤的差别。谁也不能否认我们中华文明历史悠久，我们华夏民族智慧高度发达，只是一代又一代高智商的精英的心智所归决定了不同的历史轨迹。这一历史轨迹到了晚清终于给打乱了，中国近代史从此开始。

三　美国、新冠肺炎与青年

问：如今，中美关系再次走到重要拐点，面临重大考验。美国总统特朗普始终把中国的崛起视作"威胁"，想尽办法阻挠中国的经济发展。近日，继华为事件之后，又以危害国家公共安全的名义对中国的微信、Tik　ToK进行围猎和打击。于此，您能否从专业的角度，对中美两国关系的发展以及影响未来走向的因素做一些简要分析呢？

资：这些年，尽管中美关系起伏不定，但是影响两国接近或疏远的主要因素基本上是没有改变的。当然，有些变化是随着更大的、全球性的、国际背景的、大国关系的变化而产生的。譬如，苏联的"威胁"是当时促使中美两国关系共同迈出关系正常化第一步的一个战略考虑，现在不复存在了。我从来不对一个顺畅和亲密的两国关系抱有任何幻想，也不担心这种关系会恶化到迎头相撞的地步。过去我一般对双方领导人的理性思考还是有信心的。但现在看来，有一些新的现象使我这一信心动摇，产生新的忧虑。

中国经济力量的崛起，已是不争的事实。在有的国家看来，这是对现行国际秩序和霸权平衡的一种挑战。我对这种观点并不感到惊讶。在我看来，国家之间的经济合作和摩擦是经常发生的，并非什么不正常的现象，可以通过如WTO等现行国际机制找到有效方案，来解决它们发展过程中出现的问题。中美之间的问题埋藏在它们各自不同的发展进程之中，双方因为缺乏互信而被想象出来的、并非真实的利益冲突所误导的危险是存在的。

对于中国的崛起，美国人的感情很复杂，既有恐惧，也有嫉妒。尽管头脑清醒的人都清楚两个国家实力之间还存在的真正差距。长期以来，对华政策始终是美国国内政治竞争的一个牺牲品。现在，当美国遭遇了自己的经济困难，中国的经济发展也可能再次方便地成为替罪羊。在中美关系正常化的初期，中国的地位是符合弱势的位置，而且中国所进行的改革是朝向美国欢迎的方向。现在，情形发生了变化，美国公众对中国的心态也发生了变化。

在中国方面，因为国家GDP在近年来的快速增长，尤其是这种增长发生在美国和欧洲遭遇经济下滑和金融危机的时刻，导致了某种骄傲自大的心态，尤其是在年轻一代中间，很多人没有经历过改革前的匮乏社会和艰苦生活，把现在的经济繁荣视为当然，往往无视国内存在的许多问题。在"改革开放"初期，大多数中国人意识到，中国各方面落后，需要向发达国家学习。但是，现在心态变了，许多人认为中国经济"奇迹般"的成长证明了中国体制的优越性，对于当前所有因不公正和治理失败引发的公众不满和社会动荡来说，也有一个很便利的替罪羊，这就是"境外敌对势力"的挑动和怂恿，美国往往首当其冲，被认为是这些抗议行动的主要支持者，无论是公开的还是隐秘的。此外，抛开美国在海外的霸权不论，美国政治体制中的缺陷，如它的国内经济和政治丑闻所暴露的，也引发人们对美国民主体制的优越性和普世性的怀疑。中国的自由派过去将美国作为一种高度文明化的民主国家模式，此刻感到失望，而且在国内反民主的思潮面前，其发言权削弱了。

自改革开放以来，遵循邓小平一贯的思想，中国政府对美国的政策是谨慎的、有理有节的，是基于对形势和双方利益的客观评估之上而做出的。但是，随着互联网的发展和自媒体时代的到来，加以被高估了的实力，非理性的极端民族主义者的观点可能会更加容易传播，上下交相影响，一时间在舆论中发酵，对外传递混乱的信号，引起国际反弹，给"中国威胁论"添火，特别是在中美之间造成恶性循环，这是人们在评估影响未来中美双边关系的因素时需要加以考虑的新现象。

不用说，在未来数十年的时间内，中美关系将是世界上最重要的双边关系之一，如果不是唯一的话。世界和平，甚至可以不夸大地说，人类的福祉，都将依赖于这种关系发展的轨迹，无论它是好是坏。没有任何一个理智的人愿意看到双方走向敌对的状态。良好的关系必须基于相互准确的了解之上。在这个方面，对于两国的严肃研究，包括历史与文化在内，是很必要的。中国将再次处在转型的关口，成败在很大程度上取决于这次转型的方向。与此同时，美国国内也乱象丛生，已经到了必须进行深度变革的时刻。未来中美关系也许将取决于双方在内部改革的成就如何，而不是它们在各自的外交政策如何。在两个国家进行根本性内部变革之前，所谓的"一种持续的相互欣赏的关系"是难以实现的。

问：当前，新冠肺炎依然在全球范围内扩散。您能否结合当年的"非典"和今年的"新冠肺炎"，谈一下我们应当如何应对类似事件呢？

资：不管是2003年的"非典"，还是今年的"新冠肺炎"，都是突然袭击，然后迅速泛滥成灾，最终得到遏制。我觉得，在应对类似事件时，有必要回归到"五四"的精神传统中，回归到"赛先生"与"德先生"那里去。

这里先说科学。当然医学是科学，不过这里科学的含义首先是一种精神，一种价值取向，而不仅仅指科学知识或技术水平。科学精神就是在承认事实的基础上追求真理。把"真实"放在一切其他的考虑之上，例如政治影响、"国家形象"、领导"面子"、部门利益、经济收入、个人仕途等。在我国，"真实"常常要服从于上述种种考虑，特别是所谓"政治影响"。这是长期以来的政治生活培养出来的一种思维方式，从基层到高层各级官员都习以为常，几乎成为本能。一发生天灾人祸，首先考虑对外"口径"如何掌握，而不是穷追真相。现在追究究竟是下级对上级掩盖真相，还是上级给下级规定公布口径，或是真相停留在哪一级，已经不重要。重要的是，长期的"泛政治化"思维腐蚀了科学精神。什么时候我们的各级官员能完全以科学的态度单刀直入地回答问题呢？

关于民主，基本要素之一就是"知情的公众"（informed public）。愚民政策显然与民主不相容。特别是在一个需要每一个公民自觉地与政府合作的疫病危机中，把公众蒙在鼓里，如何行得通？这一态度既不科学也不民主，已经造成了惨痛的后果，而且事与愿违，国家形象、政治影响、政府的可信度恰好因此受到严重损害；中国老百姓的心理，对于坏事总是宁肯信小道而不愿信政府公开发表的消息。这是一种"狼来了"的心理状态，追根溯源，怪不得老百姓。唯一的治疗之道，只有坚持不懈地说真话，假以时日，必见成效。

照理说，医生应该是最讲科学的。医生的首要职责是对病人负责，在流行病面前的首要职责是控制其蔓延。这既是医生的责任，也是权利。但是我们的医生被剥夺了科学对待疾病的权利，他们被要求遵守"宣传纪律"，似乎他们首先是对上级行政领导负责。科学和生命，包括自己的生命，都服从于这一"纪律"。SARS期间第一个冲破这荒唐的"纪律"讲真话的医生是蒋彦永，他立了大功，却遭到了不公平的对待，现在已几乎被人遗忘 。这回的李文亮医生，先被压制，自己也感染而献出了生命后，在民众心目中成为英雄，当局补给迟到的荣誉。但是如果当初他的警觉能得到一名医生的正常对待，疫情的形势可能大不相同。希望这种悲剧不要一再重演。

在中国特有的国情下，蒋、李医生的勇气的确值得钦佩；人们不禁要想，如果是在一个把科学和人道放在第一位的氛围中，医生说出疫情需要冒这样的风险，以至于只有有非凡勇气的人才做得到吗？艾芬医生那句"老子到处说"为什么会瞬间被中国网民用几十种文字传播？难道还不能看出民众对不讲科学、违反人道的"纪律"的深恶痛绝吗？但愿今后出现类似的情况会有更多的医生无视这种"纪律"，大声疾呼。当然，医生们一定有苦难言。以后怎样才能鼓励凭良心说真话，造成风气呢？

与历史上历次瘟疫不同，这两次的疫情都是在"全球化"背景下出现的。这既造成了疫情在全世界迅速蔓延，又提供了全球通力合作围剿病毒的空前有利条件。

中国以举国体制，后期遏制了疫情传播，取得了显著的成效，值得庆幸。但是现在就唱赞歌还为时过早。第一，各方专家都一再警告，疫情尚未过去，有可能卷土重来；第二，武汉早期延误的经验教训尚未得到认真的总结，李文亮等医生不能白白牺牲；由于早期的失误，武汉以及湖北人民遭受了多少不必要的牺牲和苦难，这些都未能得到关注和统计；第四、"中国模式"的抗疫在经济上和其他方面所付出的代价，其长期后果还有待时日方能做出客观估价。最后，我比较担心的是在宣布疫苗成功方面，也仍然出于政治考虑而忽视科学规律，其长远后果难以估量。

总之，正如我在17年前SARS期间的文章所表达的中心思想，就是在不可抗拒的天灾面前，千百万人的生命是第一位的，科学和真相应该放在政治考虑之前。这对任何国家都是一样。各国国情不同，抗疫的方式不同，我们得到的信息也常与身在其中的人的感受有差别。所以我一般不对他国的抗疫做出评论。不过根据我目前的认知，不得不说的是，美国的抗疫表现实在与其超强实力、先进的医疗水平和丰富的资源不相称。人们可以给出种种主客观原因，我认为至少主要原因之一恰好就是受政治影响。正好今年是大选年，应该领导抗疫的负责人从一开始就对科学和医学专家的意见缺乏尊重，把政治、选情放在一切考虑之上。

此外，从整个国际社会来讲，此次蔓延全球危及人类的病毒本应促成超越国界和狭隘利益的国际合作，但是这次的疫病比以前任何一次都过于政治化，从开始的信息共享到后来的药物和疫苗的研制，都因政治因素而妨碍本该有的精诚合作。这是人类的不幸。这其中谁该负什么责任，只有待历史评说。我们一般老百姓只有努力科学地生活，保护好自己，免遭劫难。

问：您在书中也提到，"一个民族的希望只能寄托于年富力强朝气蓬勃的青年人。"那么，您希望现在的青年人在新时代的大背景下应当怎么做？

资：首先，我希望青年朋友们能够凭良心做事，守住一个底线，尽量不要与坏风气、恶势力同流合污。我意识到我自己的处境是比较优越的，作为退休老人，可以免受工作中的种种压力，也有没有养家的生活负担，温饱有余。所以我不能够站着说话不腰疼，对现在正在为生活而挣扎的中青年人不能要求太多。但是我觉得起码你们应该做到守住这个底线。假如为了守住底线而需要牺牲掉一些某种利益的话，也应该有所准备。好在现在与以前不同，由于坚持原则而在一处不见容，总还有可以另谋出路的空间。当然我不提倡做烈士，尽管我非常崇敬敢为天下先而以身饲虎的人。其实守住底线，不作恶，不一定就要做出多大牺牲。根据我与体制内各个岗位上的人打交道的经验，只要没有特殊的野心，有敬业精神，就可以做好事，出成绩。我还发现，凡是不想升官，或已经没有升迁机会的人，反而比较敢负责任，能按常理办事，凭常人之见，做出积极贡献，在不得已时，也能枪口抬高一寸。

还有一点就是不要攀比。我觉得现在年轻人之所以意志薄弱，跟攀比特别有关系。家里有钱的大学生一过生日花好多钱请大家吃饭，经济情况差的就觉得要过生日不请客的话很丢脸。还有追求名牌等等，什么算是有面子，什么算没面子，这是很腐蚀青年的东西。其实完全是不必要的。假如能够抵制这类虚荣，就比较容易做一个正直的人，然后再对社会有所关怀。现在其实有不少有志青年在各个领域努力对社会有所贡献。有需要的地方总有热心的志愿者。只是做志愿者在中国也是要碰到很多跟别的国家不一样的挫折，比别的国家的青年要有更多的勇气、更多的坚韧、更加坚强一些才行，这一点也要有心理准备。

（2020年9月）